何一峰武侠小说

何一峰武侠小说

荒山豪侠

何一峰 著

中国文史出版社

序

余与一峰为卝角交,始见其诗与文,猗乎若流丝之萦回,翩乎若长风之卷箷,浩乎若平沙之无垠,怆乎若波涛之骤惊,鬼神之夜哭,意者其胸中之想象,于其想象之所亭毒,而发为文章,使余感受极快,或感受极不快,所谓夫子言之于我心有戚戚焉。而复见其所作小说,如《情天血地》诸书,霏乎若经云之蔽月,袅乎若流水之舞萍藻,而鲲鲸之所变化,虎豹之所游墟,其尽万物之态也,亦离乎而远相属,缩乎而近不隘。其工巧有如是者,意者其包含天地间瑰玮卓荦之奇人豪杰于一寸心中,而发扬于外,一若侠士之面目栩栩如生、侠士之生活历历如绘,而余乃今知之。虽然以此知一峰,其所知者亦仅仅矣。

近复以《荒山豪侠》一书相示,读其书,则晦明变化瞬息无穷,极天下之奇观,传人间之侠事,而鲛鱼汹涌,湍石之川,岭崖莽林,龙蛇之聚,豪情侠态,跃然纸上,不使《情天血地》擅美于前。而一峰之文,亦喜于百尺竿头,饶进一步,而余乃今知之。虽然余之知一峰者仍无几,其所不知者,盖亦不可胜计,斯可哀耳。

至书中运笔之诡诳,措辞之悲壮,结构之精严,布局之奇妙,若以此而知一峰之才华则有不足焉者耳。

是为序。

汤景丹序于海上
一九三三年二月

自　序

　　一峰少负沉痛，流离奔走，一若有骨焉以塞余喉，有刺焉以戚余胸，不克快然以吐，嗒然以忘。而笔之于书，鸣之以诗歌，旁观者或漫诩为性情之所流露，眼泪之所亭砌，翾余衷以成集，余期期以为不可。然竟不以自知其不可，使毋殃劫梨枣为也。

　　稍壮，益落魄，二十年靡诉之衷，日抑郁，日蕴结，不能以现境界而自满足。而此蠢蠢躯壳，其所触受之现境界，虽极穷奇诡诚之至，常思入于他境界，一变换其现境界所常触受之空气，因此肆情纵放，恒作游侠家言。虽事与愿违，而神与书合，旁观者或漫诩为余之脑髓，所培成之果实，心血所胚胎之结晶，勉余缮以同世，余期期以为不可。然竟不以自知其不可，使毋殃劫梨枣为也。

　　近者佣书海上，所作小说，如《情天血地》《小侠诛仇记》《五岳剑仙传》，在我理想中平添几种新产物，而转为阅者诸君，多得几种新娱乐品，使余之精神上益增许多反比例之苦痛，则有非局外所能洞悉。复因林君之媒介，得识舒君文中于国华，委余编纂《荒山豪侠》说部一书。

　　书既竟，余不敢自诩书中所写他境界不可端倪之剑仙豪侠，以及剑仙豪侠所亭毒不可端倪之事事物物，为小说界中辟一新殖园。但自信足为阅者诸君，可创作一种新娱乐品，而使余之精神上益增许多反比例之苦痛,是岂余果能满足于现境界,而喜游入于他境界,以自鸣其志欤!

是为序。

一峰自序于沪上别墅

一九三三年二月

目　　录

第一回　月夜识人妖狐假虎威

　　　　山岩留艳迹凤去巢空 …………………………… 1

第二回　月破云开显庐山面目

　　　　蛛丝马迹识强盗心肝 …………………………… 8

第三回　中熏香侠男儿落难

　　　　入虎穴奇女子遭擒 ……………………………… 15

第四回　俏佳人设局赚情鸳

　　　　男道学临崖勒危马 ……………………………… 22

第五回　波翻云诡贼计千条

　　　　玉碎香消情丝万丈 ……………………………… 30

第六回　风波生孽海美女离魂

　　　　娇鸟入雕笼天魔献舞 …………………………… 38

第七回　独角村美人遭毒手

　　　　觉林寺和尚显神功 ……………………………… 46

第八回　块垒难消双睛喷火焰

　　　　冤仇已解斗酒见豪情 …………………………… 54

第九回　弹甲高歌风尘嗟潦倒

　　　　单刀直入豪侠发狂言 …………………………… 62

第 十 回　拼却头颅丹心留楮叶
　　　　　传来凶警血泪洒珠容…………………71

第 十一 回　智井凿清泉覆巢完卵
　　　　　渔舟傍野岸漏网余生…………………78

第 十二 回　方外遇奇人形同妖魅
　　　　　愁边逢俊侣义重云天…………………85

第 十三 回　瘦和尚登高赚怪客
　　　　　俏佳人绝技蹴飞球……………………93

第 十四 回　铁履突飞来惊鸿掣电
　　　　　苦刑恶作剧碎骨粉身…………………101

第 十五 回　怪男儿山庙寻幽
　　　　　奇女子渔舟认父………………………109

第 十六 回　王大尹树林识强盗
　　　　　孟神童丱角显英风……………………117

第 十七 回　水上显神功美人身手
　　　　　袖中怀宝剑老侠情怀…………………125

第 十八 回　绮语话深宵君心似铁
　　　　　莲花生妙舌郎意如春…………………133

第 十九 回　巨眼识裙钗心生坑堑
　　　　　祸机沉魑魅胸有戈矛…………………141

第 二十 回　女侠快歼凶龙争虎斗
　　　　　美人欣脱险鱼跃鸳飞…………………149

第二十一回　警电传来绿林掠红粉
　　　　　梦魂错愕玉泪洒青坟…………………157

第二十二回	置腹推诚奸言甜似蜜
	含沙射影诡计毒于蛇……… 165
第二十三回	讨人情和尚受凄惶
	设局诈英雄陷罗网……… 173
第二十四回	巨猾诌胡言安排坑堑
	金龙盘虎寨密布机关……… 181
第二十五回	南阳城刘贵脱身
	饶州府印空卖艺……… 188
第二十六回	水底运神功浪花溅雨
	宵深逢怪杰险语惊人……… 196
第二十七回	摆喜筵枭雄设局诈
	中熏香情侠陷机关……… 204
第二十八回	拼着头颅舍身活故友
	剩余心血长跪奉亲娘……… 212
第二十九回	黑面虎险语逼孤孀
	莽头陀片言激怪侠……… 220
第 三 十 回	暗度金针得锄奸秘钥
	幸逢铁臂作引路明灯……… 228
第三十一回	愧汝知机抽身离火窟
	授人以柄蓦地遇官兵……… 236
第三十二回	火焰飞空千军争破寨
	鼓声报捷一将喜成功……… 244
第三十三回	变戏法混充活神仙
	造谣言巧劫童男女……… 252

第三十四回 葫芦变布袋幻象皆空
古刹拜奇僧音容犹昔……260

第三十五回 扑朔迷离禅房来浪蝶
伦常乖戾恶道受天刑……268

第三十六回 俏丫鬟耻情归地府
恶道士作法惹冤魂……276

第三十七回 艳塔泄春光鸾囚凤槛
风尘识奇侠鹤立鸡群……284

第三十八回 炼宝刀情侠殉身
痛国仇奇人说法……292

第三十九回 飞龙寺贼秃受天刑
摩天岭英雄联凤侣……299

第四十回 昙花惊一瞥众志成城
劳燕喜双飞全书结束……307

第一回

月夜识人妖狐假虎威
山岩留艳迹凤去巢空

在八月中秋夜半的时候,一轮如清水如明镜的月光照到山头上,一少年紧衣窄袖,外面披着英雄氅,腰间佩着青虹宝刀,一路迎风踏月,直走到山巅。只见巍峨的高峰,笼罩在皎月光辉之下,竟似水晶宫殿模样儿。而山中松花竹树,摇曳生姿,一若水中荇藻交横,微波荡漾,不禁失声叫妙。遂从腰间掣出青虹宝刀来,对月欣赏。但觉寒风起栗,秋水侵人,那刀锋闪闪烁烁,耀着空间的皎月,刀光、月色相衔接,只辨不分明。自以为平生境遇,以这刹那时间最为高爽,遂收刀入鞘。正待向山那边一条石径走下去,忽地耳边似乎听得有人呼:"虎……虎……"

这声音很微细,似在那边山岩间发出来的。少年想道,山间村舍不少,不是豹虎出没之区。但仔细听来,那一阵阵呼虎的声音,分明由微风送入耳鼓,便下了山巅,寻得一条山路,向那村岩所在走去。看前面一带松林子里,像有个黑影在那里伏着。

少年自言自语道:"逆畜只在这林子里,我呼之来!"急又掣出青虹宝刀,高高地举过头顶,虎也似的长啸一声,登时山鸣谷应,果见那松林子里闪出一只猛虎来。那虎的身躯高大,形象更凶恶到了极处,在松林右边跳过去。虎口含着一人,似乎还露出两只小脚来。

少年好生惊讶,忙飞步向前赶去,哪里便能赶得上,那虎腾跃奔驰,只在前面有百步远近。一面赶,一面用那只手从外面衣袋里一摸,摸出一支火眼金钱镖来。这件东西,本系旧时代武术界中一种附属的战利品,打在身上,就是个大漏洞,如同现时中了枪弹一样。但寻常练习打镖的人,打出手有三十步远近,能发皆中者,已自命为不可多得的好手了。若能打出五十步外,其至尔力,其中非尔力,要算镖界的一个大拇指。但这少年天生神勇,两臂有三千斤气力,镖法又得自世代家传,所以他打出手的镖不同凡响,能在百步之外,害人性命,算不了什么稀罕。

少年取出火眼金钱镖,急向那虎行的方向,约距离二十步,一镖打去,好大的本领,这支镖刚打在虎背上,便远远听得虎吼了一声,打算这一镖就将这逆畜结果了。

谁知那虎就地一滚,便滚出个武装模样儿的汉子来,从身边抽出光闪闪明晃晃的一把大刀,一个箭步,如飞地直扑近少年面前,喝问道:"你这鸟人,是哪一路的朋友?井水犯到河水上,敢在老爷面前放肆?"

少年却看这东西的厉害,比猛虎还凶恶,可惜这一镖是打着假虎皮,没有伤他受害。此番相见,若不为地方上剪除一大害,不知还要装模作样害了多少年轻的姑娘。当下更不搭话,将手中的青虹宝刀拨了碗口大的花,直向那汉子胸膛间搠去。

那汉子见少年来者不善,善者不来,急将身躯一闪,让过少年的刀锋。两下搭上手,斗了四五个照面,少年暗暗称赞汉子刀法、身法,都来得迅快,若非用火眼金钱镖,如何便能伤他性命。

少年在这里想,那汉子也在那里想,早防备到少年这一招儿,旋战旋变换了家数,那把刀泼得如花似雪,如闪似电,不容少年有打出火眼金钱镖的份儿。少年一看不好,也使出浑身的解数来。两把刀直似急风猛雨,翻腾上下,耳边听得呼呼风响,但有两道白光,一闪一烁。

又斗了二三十个照面,忽地少年将身躯虚闪一下,刀锋早要刺到那汉子下颔了。那汉子不及回刀,向后一让,口里才呐了一声呼哨,少年已大喝一声,手中的青虹刀要砍到他的刀上,不是那汉子掣得迅快,这把刀已被青虹宝刀砍成两截了。汉子又闪过少年这一刀,双脚一跳,早使了个鹞子钻天架势,身体凌空有一丈多高,一刀要向少年顶梁挥来。少年用刀向上一架,好快,汉子已直扑下来,两脚还没落地,又换了个饿虎擒羊的身式,一刀猛向少年刺来。少年急换了个鲤鱼打挺身法,闪开汉子这一刀,一个乳燕辞巢,随后就闪到汉子背后。

那汉子急使了个猛虎翻身,两把刀都落了空,两人就此又打了个照面。少年看这汉子虽然厉害,但相信自家有这样的身法、刀法,断不致在他手下吃亏。

正在鏖战得难解难分之时,不防从山岚间又跑出一只猛虎。那虎刚跑得前来,掀去假虎皮,便从虎皮里跳出个武士来。他看少年的声势非凡,知道有些来历,便嘻喝一声:"住手,我有话说。"

少年和汉子听了,才各自虚避一刀,仍站立个门户。

那汉子便向武士嚷道:"你来了吗?请你来排解排解,这东西硬要向我拼命呢!"

那武士笑道:"我听得你一声呼哨,早知你在这地方撞到辣手了。"

旋说旋转面向少年问道:"兀那朋友,你的本领是谁传你的?你姓什么,叫什么名字,是哪里人氏?快讲出来,咱们也好会一会脚步。"

少年道:"你问我吗,姓石,名剑星,保定人氏。我这点儿本领,就是先父传给我的。"

那武士听了,举起左手,放在眉际致敬道:"我道是谁,原来是石大哥。尊太爷的鼎鼎大名,江湖上谁不知他是直隶省一尊大佛？三年前听说尊太爷死了,膝下也只有石大哥这根擎天玉柱。只恨没这缘分能够同石大哥有相逢的机会,难得石大哥到了这里,真个闻名不如见面,见面胜似闻名。可恨这兄弟无礼,兀自同哥交起手来,不是小弟借问一声,几乎又下辣手,坏了江湖上的义气。"

石剑星大喝道:"你是谁？江湖上容得你们这些败类吗？"旋说旋举刀要冲杀过来。

那武士见势不好,早退后几步,口里便嚷骂道:"狗咬吕洞宾,颠倒不识好人了。你既不讲交情,得吃老子一刀！"

急抽刀接住少年厮杀。那汉子也前来帮助武士接战。来往斗了五七个回合,剑星看武士的刀法比汉子还来得厉害,两个战他一个,哪里有还手的空儿,只是抖擞神威,将那把青虹宝刀使了个三花盖顶,护住全身。叵耐那两个强盗不肯放松一步。剑星暗暗捏了一把冷汗,要想舍命图逃,却惦记那个可怜的难女,并且他父亲在江湖上曾享过鼎鼎的大名,又怕这一逃,便将先人的英名丧尽,因此不得不用全力对付下去。

直鏖战到四更时分,渐渐有些招架不住了。耳边忽听得嗖的箭声作响,直疑惑又是这两个强盗党羽前来,在暗中施放冷箭,不由大吃一惊。接着听那武士叫了声:"哎呀呀！"便倒在山石上,一箭已射中他的左额了。

剑星这一喜,真是喜从天降,不禁鼓起全神,仍接住汉子厮杀。

那汉子见武士中了冷箭,无心恋战,早虚闪一刀,从斜刺里撒脚便走。剑星也不追赶,挥刀将武士拦腰劈作两截,刀锋劈到山石上,砉的一响,连那山石都劈破了。那把刀仍同新发于硎的样子,连一些血迹也没有。

才收刀入鞘,便见迎面跑来一人,手里拈着一把弓,腰间悬着一壶箭,借着月光,看他的相貌,生得甚是凶恶,乱蓬蓬的发,散披满肩,面容丑得像戏台上大花脸一样。那一部刺猬样的络腮胡须,有五寸多长,竖起来同一根根钢针相似。年龄老少虽辨不清,但就这相貌看来,至少也有五六十岁。身材并不高大,但脚步矫捷异常,走到面前来,先向他唱了个无礼大喏。

剑星看他这种势派,心里实在有些放不下,只得放开胆量,向他诉说一大阵。那人说了声:"好!"便同剑星走下山径,果见路旁也堆着一叠庞然而大的虎皮,不知怎的制成了功,模样儿、形式,假虎同真虎一样。那虎皮旁边,睡着一个女子,月光下,看她花容失色,黛绿尘封,一点儿也没动弹,似死去模样儿,但周身没有一些血迹。

剑星用手在她头上一摸,觉得尚有一丝温气,又像没有死的样子。剑星不由失声向那人叫道:"你看这女子好大的瞌睡,还兀自睡着不醒呢!"

那人摇摇头,忙将女子负在肩背,甩开脚步便走。剑星跟在后面,觉得那人两只脚如同踏着旧小说书上风火轮一般,振起全副精神还赶不上。看他走入一座山岩,便不见了。

那山岩前面是一条樵径,荆棘都长满了,谁也一落眼便能辨出这条樵径已经多年没有樵夫出没。弯弯曲曲,走进了山岩,只见一所麻石砌墙茅盖屋的三间小房子,屋的四围布满了许多竹树藤萝,门窗都用芦管编排,一例开放着,不怕有强盗光临的样子。门内没有灯火,但月色照得同白昼相似。看见中间是一间小客堂,两边有两个耳房,一张竹床上铺着一床薄被,被里似乎睡着一人,在那里嘤嘤啜泣。

剑星走进芦门,细看那石床上睡的一人,正是那人背进山岩的女子。不由怔了一怔,心想,看那人的相貌,不是善类,他把女子背到这里来,是干什么事的?便走近床前,向那女子问道:

"你有两条腿,不会逃回家中去?干吗还独自在这地方哭泣?"

那女子见了剑星,芳心里只是突突地跳动,转向他呸了一口道:"你是何人?夜静更深,前来胡闹一阵!我哭也好,笑也好,你问我何来?"

剑星道:"可惜你这点儿轻轻年纪,才离虎口,又入龙潭,不是我赶得前来,如何能保全你的名节?你的家现在哪里?你告诉我,我送你回去。"

那女子道:"既如此,我的家现在试马岩,由这里向那一条路走去,约有十里的路。不要你送我回去,停会儿也有人送我的,不过我猜不透他的心,究竟是怎么样。又没看见你的心,是怎么样,不由使我的心更有些难过。"

正说到这里,忽听西房内有人咳嗽一声,随即走出一个光艳满目的美人儿来。这美人儿本生得蛾眉凤目,一貌如花,而在这月光下看来,更觉美不可状,当向剑星嫣然一笑道:"足下到寒舍有何贵干?你这相貌,我是看见过的,只姓名说不出来。"

剑星暗叫奇怪,她是在什么地方看见过我的,我半点儿也不知道。但她既这样说,我也用不着和她争辩,只得很从容地把自己籍贯、姓名说了,并将夜间经过的情形向她说了一遍,转讯问她的家世。

那美人儿又笑道:"你是保定神镖手石继唐石老英雄的少爷吗?你且不用问我,有你知道我的时候。我听你说,曾在一片松林子里看见一个黑影,在林子里伏着,是不是有这样话呢?"

剑星被她一句提醒,转向床上的女子慰问道:"小姐在那林子里,可被那东西污了没有?"

那女子听了,不由红飞双颊,连忙用手在身上一摸,竟与往常无异。只觉裙子已褪了一半,这颗心才稳住了,便用衣袖蒙着脸说道:"小女子姓秦,乳名爱画,家里只有一个老母,母女在庭中赏月,看见一只猛虎跑到家中来,以后便惊得毫无知觉。醒来也不知如何到了这里,看有一个鬼怪模样儿的人,说我中了强盗的迷香药,已被他救醒过来,问我许多话,叫我安心在这床上睡下,停会儿自有人送我回去。他的话说完,一眨眼便不见了。我欲逃回家去,又不知这是什么地方,离家有多远的路,还怕路间再出了什么乱子。但等了一会儿,仍不见他前来,把我耽搁在这地方,我心里有些悲苦,虽听得房里有种种的声音,而在我想来,总疑是耗子在房里响动,却不料竟走出这位小姐来。她问明石少爷经过的情形,很有些替我担惊害怕,其实我这身体是清白的。"

一句话说得那美人儿又笑起来了,忙向剑星道:"试马岩只有一家姓秦,你送秦家姑娘回去,告诉她的母亲,说此番这位小姑娘虽侥幸脱免虎口,这地方须不是安乐之土,日久下来,还要防他再生枝节。你们妇人家是个没脚蟹,我又不能常在此地,那时怕再没有人搭救这小姑娘了。赶快劝她连夜速迁乐土,休得泄露我们的秘密。"

剑星连声应是,但心中总想这美人儿很与那黑脸老者有关。当夜背负着爱画,到试马岩,和她母亲问讯之下,果然在山巅上听得那一阵呼虎声音,就是爱画的母亲到岩外呼救,而在夜静更深的时候,虽距离有二里多远,这声音却能由微风吹送到山巅上。

此番爱画母女自然听信剑星的忠告,收拾好些细软,将爱画扮作书生模样儿,更由剑星护送她们走出二百里外,母女都感谢不尽,就在那地方和剑星分手,逃往别处去了。

剑星在十七日夜间,回到这山上来,一路寻踪觅径,又到这座山岩。那月色依然照入麻石砌墙的三间屋子,那里的美人儿却不见了。剑星在东西房都寻觅了一会儿,仍不见她的踪迹,不禁暗暗叫作奇怪。

毕竟这美人儿到哪里去了,后事如何,且俟第二回分解。

第二回

月破云开显庐山面目
蛛丝马迹识强盗心肝

石剑星在屋子里寻觅多时,不见那美人儿影子,忽见从门外走来一人,剑星忙将那人衣袖拉住说道:"我正苦寻你不着,不想你又到这里。我问你,前夜姓秦的女子,由你用解药救醒了她,我赶到这里来,你又到哪里去了?我虽承你情义,给我除去一害,不过我看你的相貌太凶恶,有了这一把年纪,房里还藏着个美人儿,这会子你又将那美人儿带往何处?好汉说话不用含糊,还请你明白宣示则个。"

那人放下一把弓,解下一壶箭,很从容地说道:"你这两天到哪里去的?你只寻得我好苦。你今夜仍到我这地方,你叫算有造化,我只托大一些,几乎伤害你的性命,你如何还不明白,对我说出这忾人的话?你要问那个美人儿吗?她的母亲是我的娘,你要见她吗?你见了她总该向她感谢。"

剑星道:"你的年纪比她大得三四倍,我更不相信一娘胎里,会生出这样丑俊不同的两个人来。你对我所讲的话,真令我有些莫名其妙。"

那人道:"你知她姓什么,叫什么名字?"

剑星道:"她不肯对我说,叫我也无从知道。"

那人道:"你从保定到我们太行山来,知道我们太行山有一位老英雄吗?"

剑星道:"是知道的,那位老英雄姓金名钟,诨号唤作穿山甲,是先父的朋友,也住在山这边。我此番到太行山,就只访问这位金老伯,你说我怎么不知道?"

那人道:"你会过金老英雄吗?"

剑星道:"在十年前会过的。"

那人道:"你会见过金老英雄,你知道是住在山这边什么地方?家中有多少人口?"

剑星道:"这个,却不尽知。"

那人道:"这也难怪你不知道金老英雄膝下有一个女儿了,这女儿唤作金玉珠,中秋那一夜,你在这屋子里同金玉珠碰了面,你竟不认识她,你此番要会她吗?就叫她见你。"说着,便卸去外面的武装,脱去快靴,抹去唱戏的假胡须,揭了假面具,便又露出她的庐山真面目来。转吐出呖呖莺声,向剑星憨憨地笑道:"石世兄你看我是谁?"

剑星向她仔细一看,不由拍着手掌笑起来,不是中秋夜间所见的美人儿,还是谁呢?也对她说道:"原来是金世妹,屡次装成这怪模样儿,哄得我要死。多谢世妹助我一箭,为太行山除去一巨害,使我心肝五脏都是感激的。我这两天时间,是将那姓秦的母女护送出二百里外,才回到太行山来。不知世妹怎样寻得我好苦,还说我今夜到这地方,总算是造化,要求世妹见教,我实在不明白。"

玉珠笑道:"我告诉你,距离这太行山,西去五十里,有一座独角村。那地方出了许多恶盗,他们内部机关很巧妙,表面上做人极好,谁也一落眼看不出他们是做强盗的。夜间到山中来,多蒙着虎皮,遮掩山中人的耳目。我父亲认得独角村的头目,唤作惊虎胆费猛,几想和他算账。就因他们本领高强,党羽不少,有些不敢下手,只得到外县去访求豪侠之士,为地方上除灭大害。

我本待父亲回来,出头和独角村人为难,无如在这三夜时间,两个孽障在山中闹得不像话了。前次多是虚张声势,恐吓山农,那次竟敢掠劫良家女子。幸得我用假面具乔装改扮,希图混乱他们的眼目,闻声赶到那地方去,助你除灭一害,救得秦家的女子。在逃的强盗必然赶到独角村报告费猛,我的面目已被我遮掩过了,你虽是直隶人,但你这模样儿,早深深地打入那强盗的心坎,我只恨一时疏懈,请你送秦家姑娘回去。及至事隔两日,你没有回来,我才焦急起来,怕你着了强盗的道儿,惹得我今夜在山前后奔波多时,访查你的下落。天幸你居然还有性命前来见我,正总算先仁叔的在天之灵,在暗中保佑。"

剑星听完了说:"你今夜仍是这样的改扮,在山中寻我,就不怕着了强盗的道儿吗?"

玉珠笑道:"哦!是我错了,我只怕你性命上有了危险,反把自家的祸福丢向脑后。我们女孩子的知识毕竟有限,真是见笑。石世兄,请问世兄要寻访家父,有何贵干?"

剑星便告诉她说:"先父在保定开设镖局,很挣了不少产业,十八岁上,先父母弃养后,我喜欢和江湖上人接近,把家私挥霍尽了,没结交一个真有本领的朋友。因在十岁的时候,老伯父在保定镖局里,指着我对父亲说,'这孩子资质很好,将来该由我传授他一路箭法。'这话虽远隔多年,及今细想起来,如同在眼前一样,我想现在的武艺很是有限,特地赶到太行山来,访求老伯。老伯肯实践前言,成全我的箭法。谁料来得不凑巧,我只得向世妹告辞一声,等老伯回来,再行领教罢了。"

玉珠听罢,便叫了声:"世兄且慢,看你这模样儿,不能离开我家中一步,你不怕,我只有些替你寒心。我们同禀着一副行侠仗义的肝胆,分什么男女,避什么嫌疑,你要吃东西,我弄几样东西给你吃,还要请教你那一手的镖法。便是我父亲回来,也不致怎样疑惑我,你放心好了。"

剑星勉强答应,趁她在东房厨灶下料理饭菜,悄悄走出门去。刚出了山岩,玉珠已发觉了,即听得山岩外霹雳似的大喝一声道:"冤家相见,去去,快随老子到独角村去。"

玉珠只惊得六神无主,急走出山岩看时,不见有人在那里厮杀。看那一条樵径,留着深深的足迹,那一路足迹,是向西走去的,偏是有许多碍眼的东西。向前看去,不见有什么人行走,便跃上一株最高的树巅上,提足了气功,两只脚风飑蜻蜓似的,站在树梢头,借着斜月的光辉,把眼睛闭了闭。重行睁得开来,用两手齐眉,向西望去,看见一个大汉,似乎右手里拿着一只大铁锤,左腋夹着一人,直下山头,向独角村道上跑去。看他跑的脚步,如流星一样快,转瞬间又不见了。

玉珠想到费猛惯使一只流星锤,腋下夹着的当是剑星,不知他如何知道剑星在这地方,两下并没动手,而剑星竟被他生擒到独角村去,想是活祭那厮的徒弟了。欲要赶上去,拼命和他接战,只如何赶得上,一颗心几乎吓得碎了,一个立不稳,便从那树梢头上栽倒下来。幸在跌下来的时候,翻了一个筋斗,两脚落下地,并没有跌伤哪里。欲想连夜到独角村去,设法救脱剑星,只是筹不出一个好方法来。急匆匆跑回山岩,远远就见有个人影在屋里站着。玉珠转然喜欢得心肝都笑开了,暗想,石世兄并没走出山岩,屋里那个人影不是石世兄吗?我看石世兄这面庞,同神仙菩萨一样,原不该少年横折,被擒到独角村去开刀。

旋想旋向前走着,再看那人影已不见了,遂走进屋里一看,不见剑星在那里。咋破喉咙叫了一阵,又没听得有人答应。再走近自己的卧房,却使金玉珠败兴的事情出现了。

原来北壁的窗门向来是关着的,这时候却开放了,借着前窗射进来的月光,看自己床上的被褥被刀割破了,房里的桌凳也移转了方向。玉珠虽是一个女侠,但也能写得一笔好字,房里的布设,除刀剑刀矢箱簏衣服之外,桌上也摆设着笔墨纸砚。细看房里一样也不少。只见砚台上墨沈犹新,下边压着一张大红名片,似乎看那大红名片上还写着不少的字迹。玉珠便将那名片取在手里,走出室外,在皎皎月光之下,看那名片上写着"惊虎胆"三个大字,大字间夹着横竖成行的小字。再一细看,原来写的是:

> 吴奎略报中秋情形,折我爱徒胡豹,我固知汝暗中作祟,旁人就有这胆量,也没有这本领。姑念两家向无冤隙,特同吴奎前来,捉汝羽党,略示微警。汝若不遵教令,早晚必取汝首级。
> 预令吴奎附赠片函,割裂被褥,以作明信。

玉珠看了这似通似俗的片函,恰合绿林虬髯的语气,心想,这吴奎当是抢劫秦爱画的逆畜了。他是认得石世兄的,所以惊虎胆费猛带他前来,能将石世兄擒到独角村去,而吴奎也有这胆量,竟敢神头鬼脑地踅到我房里,放下这样的据证来。吴奎已走了,我再去追赶他,放这马后炮,便能将他活捉过来,未必便能救脱石世兄的大难。我只有连夜到独角村去,碰一碰石世兄的造化,但能救脱石世兄,便叫我粉身碎骨,我都情愿。

划算已定,便连夜乔装改扮,到独角村去相机行事,这且按他不讲。

再说独角村这个地方,毗连太行山山脉,村基隆然高起,平方式的地址,并不像一只角,据父老传说,在明世宗时代,有青白两龙在天上游斗,青龙斗败了,被白龙扫去一只角,落在村上,村中人将这只青龙角献给官府,转进至太医院,特请下一道圣谕,奖励村中的人,因此这村便改作独角村。直至清代康、雍年间,这村名还没有更换。

又有人传说,在胡元时代,有个姓李的财主,左额间长了一个大瘤,外号唤作独角李,住在这座村上,所以也给这村编派一个诨名,就唤作独角村。以后物换星移,这独角村也就另归他人栖住。这些话都出于虚无缥缈,莫可穷究。

但在那时候,独角村中有二三十户人家,却只有一家姓费,这费猛在五六岁的时候,就被拐子拐去了,直到五十岁才回来,已有了一个女儿。有人问费猛,这三十余年,曾在什么地方,费猛都回一句后来再说。

但费猛归来以后,每年必出门两次,都得了不少的财物。有人问费猛在外面做些什么营生,费猛总说是做珠宝生意的,便是日久下来,村中人还不知他是个独脚的大盗呢。这种独脚的大盗,本领自然要高出绿林中强盗以上,就是举动也来得比较诡僻,并肯周济贫苦,所以独角村人,多感受他的周济。还加上个侠义的名目。

那时北五省做独脚强盗的,没有一个不知道惊虎胆费猛的大名,也没有一个不知道他的本领,多有归附他,拜列他的门下。费猛的党羽既多,便不大亲自做买卖了,令他手下的徒弟到外面去踩盘子、请财香,每年很有一笔进项。这踩盘子、请财香的手段,越来越变化得精绝。他又在官府方面,并捐纳一个头衔,好个极凶狠的强盗,表面上却装出绅耆样子,有田亩、有房产,也一样纳税定粮,且和村民往来,并不依山凭险,防备抵御官兵。他们的手段,就仗着内部的组织很严密,那时做珠宝生意的人,因为要防范盗贼起见,十个有九个会把式,因此周近的人家,见他门下的羽党虽多,都当作他雇用的伙计。他能领用一班会把式的伙计在家保镖,出外做着珠宝生意,自然他的本领高强,能吃得住这一群会把式的伙计。谁知他这黑幕,却被穿山甲金钟揭穿了。

金钟本不做这没本钱的买卖，在先也当他是一个做珠宝生意的，看他本领比自己高强，又肯周济贫苦，就很喜欢和他接近，却在本年三月间，金钟发现他一封函信。这封信是由一个踩盘子伙计着人送给他的，内中写着许多江湖上的黑话。金钟才认定他是个独脚大强盗，屡次想和他为难，所怕他艺高手辣，只不敢冒昧。欲禀告官府，又怕他钱多势大，结果要弄个诬良反坐的罪律，只得悄悄出门，访求天下的英雄，再来和他算账。

费猛自金钟去后，虽明知金钟揭穿他这面西洋镜子，但看在平时交谊上面，不好同金钟翻脸，谅他也有所挂碍，绝不致坏了自家的事。及到打探金钟不在家，他有个女儿，却有一点儿小把式，曾派人询问金玉珠，她父亲是到哪里去了。玉珠支吾其词的，只托说她父亲动身到北京保镖去了。

费猛将信将疑，转怕金钟到远方去，约请真有本领的人和他动手，那岂是当耍的事？他本来不曾动过周近地方的一草一木，这时却令两个徒弟，蒙着虎皮，到山中去抢劫，意思是令金玉珠知道是独角村人干的事。如果金玉珠袖手不理，也就用不着多说，倘使她出面为难，就显得她父亲真个出门约请有本领人，要到老虎头上打苍蝇了。果然吴奎回来报告，说是如此。

费猛听报，好生不乐，拿定主意，便在八月十七那一夜，带同吴奎到太行山来，放出熏香，迷翻了石剑星，连夜带到独角村去。费猛所以独捉剑星，仅使吴奎警告金玉珠，其中却有一个最要紧的缘故。

毕竟是什么缘故，并同石剑星性命为何，且俟第三回分解。

第三回

中熏香侠男儿落难
入虎穴奇女子遭擒

你道是什么缘故？并非费猛愿意放宽金玉珠一步，实因懊悔不及时刺杀金钟，留下个大疙瘩，纵然金钟的本领不愁对付不了，所虑金钟此去，访得真有本领的人，要闹起一番龙争虎斗，便能逃脱毒手，这独角村地方，再也栖身不住。就想将来有缘同金钟讲和，多一事不若少一事，免得弃去这个巢穴。若此番将玉珠捉来，加倍触恼金钟，讲和是绝无希望了。不若单将石剑星带回独角村去做押当，薄薄警诫玉珠一二，将来便要讲和，又显得他不是胆怯，是肯同金钟讲个交情，这是他们绿林中人预留地步，对付江湖上一种手段。

若在寻常做强盗的，既同金钟站在敌人的地步，本欲将玉珠劫到巢穴，不处死她的性命，也得用她发泄欲火。毕竟费猛的本领精奇，须比不得寻常的强盗，不知对付江湖上应用的手段，天下何患无美女？又不是办不到手的，何必在旦夕间，急欲蹂躏一金玉珠呢？等待讲和以后，反正金家父女总也逃不了他的掌握。他虽会打着这面好算盘，谁知后来的事实，却又不然。

这夜，费猛将剑星带回独角村，村中人都入睡乡，谁也不知他会干出这种事来。费猛亲自用三道铁绳，将剑星绑了个紧，便吩咐带下去，且将他喷醒，等候讯问。左右答应了一声。

在剑星醒来的时候，觉得周身束缚得不能动弹，睁眼看时，见身上上了绑,才知落到人家手里吃亏。他分明看见是放在一张铁床上,遂由好几个人抬着,在一条石道上向前走。这石道两旁,满堆着不少的假虎皮,月光照不到石道中来,却有东一根西一根的木杆,木杆上却点放一盏灯,照见有许多房屋,要到眼前来。再翻着眼向上瞅望,那上面都砌着一例的瓦砖,遮住天空的星月,才知这地方是个隧道,那些人把他抬到一间很大的厅房上。这厅房两边有两个房,厅上灯烛辉煌,照耀得如同白昼相似。里面的陈设十分富丽,中间悬着一块匾,横写着"逍遥宫"三个大字。一张檀木台子后面,摆着一张大倍寻常的暖榻,台子上安着炉鼎,炉里焚着贡香。

那些人才将剑星放下来,便向两边分立,俨然像衙中差役排班伺候官府的样子。这时候,倏地房门一掀,房里走出十几个侍女来,花一团,锦一簇,把剑星包围起来。你来摸着鼻子,她来捏着耳朵,恨不得同这如意郎搂抱如帏,成了个神仙眷属。

忽然听得有人报说:"老大人驾到!"那许多女子吓得像畏避蛇蝎的模样儿,一溜烟都跑回房内去了。

剑星凝神向外一看,果然在山岩外所见那个使锤的老头儿,走进厅中来了。那老头儿盘膝坐在暖炕上,便问剑星:"和独角村人有什么过不去,要入金钟的党,硬同我为难。今夜被我擒来,你才知道我的厉害……"

刚问到这里,便见又有个人进来,向老头儿低声说了几句。老头儿偏着头,沉吟了一会儿,说:"贱丫头,哪有这样大的胆量!这不是那贱丫头前来还是谁?左右,且将这厮押下去,等我令下开刀。"

左右吆喝了一声,仍将剑星放在铁板门上抬出来,穿檐越角,不知经过多少处房屋,直抬到一间房子外面,才将他放下来。那些人便吆喝一声:"姜龙头!"便有一个后生应声而来,手里拿了一副大倍寻常的镣铐,锵锒锒一声巨响,将那镣铐放在地上,向那为首押解的人行了个两手齐眉礼。

那人便向姜龙头发话道:"你这王八,听见我们押人来了,也不赶一步迎接,可不是在后面牢监里寻着那些女犯开心?你这王八,有几个脑袋?"

姜龙头不知要怎样分辩才好,只是抖抖地回道:"这……这……个,孩儿不……不……不敢。"

那人又骂了姜龙头两句,说:"奉太爷的命令,送来这个要犯,须比不得那些花拳绣腿。倘若他逃跑了,就得仔细你的脑袋!"

姜龙头连应了几个是字,便用那副镣铐,将剑星四肢钉好。又取出一幅青布,狠命将剑星两眼、两耳扎得紧紧的,然后才解去他身上三道铁索。

剑星只觉一阵阵昏天黑地,且索性听他摆布,打算等他们去了,凭他的神力,这镣铐是不难扭断的。那时准备悄悄逃出这陷人坑,再作计较。心里才这样想着,便又觉身体站立的所在,倏地旋转起来,呀的一声响,就被人在背后抱着向前一推,也不知向前冲跌了多远,接着又听得当的一声,以后便听不见什么响动了。

剑星便站起来,两臂一使劲,那手铐便被扭断了。举手除去那幅青布,依然黑洞洞看不见什么。遂将双目闭了一会儿,重行睁开看时,依然没有一丝光线。剑星心想,我的眼睛瞎了吗,怎的什么都不见呢?运用全神,望了许久时候,隐约看屋内并无一物,才知是个黑屋。便用手扯断他脚上的大镣,抛在一旁,扶墙摸壁,兜了好半会儿,觉得这屋的四壁,摸在手里,又硬又滑,乃是一间铁屋,也看不出门在哪里。及至摸到一块方铁,这方铁似乎按在铁搭里面,推又推不动,拉又拉不开,如同生了根一样。知道这是铁门闩,铁门就在这里了。忙退后一步,用尽平生之力,向铁板门猛踢了一脚。谁知不踢犹可,踢出去的那只脚才刚抽回,就听得砰的一声巨响,上面一块很坚硬的铁闸板直压了下来。

剑星顿时惊出一身冷汗,四面都是铁壁,门前又下了铁闸板,要从什么地方逃出去呢?急又运用目光,抬头向上仔细看望,似乎看见上面蒙着数层很坚厚的铁网。那铁网间只有个小洞,可通空气,每距离二三寸地方,密密层层,都垂下好锋快的尖刀。才想到屋里尚有这依稀昏暗的光线,就是上面的刀光射下来的。

再向下定神望着,地下似乎也铺着铁板,上下四面,都没有逃出的希望,不由毛发直竖,又出了几阵冷汗。汗出得没有了,却输送到两只眼里,变出热泪直流,心想,我这性命,就该这么结果吗?我闯荡江湖,何尝落过人家的圈套。这次到太行山访寻金老伯,偶然同独角村人种下不解的冤仇,我将秦爱画安置妥当了,又相认了我的世妹金玉珠,就该听我世妹的忠告,毋庸出那山岩一步。叵耐我看她终不是男子,硬要避免男女嫌疑,顾全彼此的名气,刚走出山岩,就碰见两个对头星,讲不上两句话,就用熏香药将我迷翻。现在竟把我关到这地方来,任凭我的本领再高强些,也休想出这地方一步,难道死生真有定数?我的命该丧在这里?

复又转念想道:"哎呀!方才那老贼在厅上,问我的时候,有人进来向他低声说了几句,我虽没听得那人说些什么,但看老贼的举动,还说,'贱丫头,哪有这样大的胆量!'他这话恐怕是说的金世妹了。我想金世妹的心肝是铁血铸成的,我被老贼弄到这地方,她在今夜必来侦探,要救我出险,看来也被贼人察觉了。凭世妹的能耐,如何能逃脱老贼的掌握?我死原没要紧,连累世妹这一死,人心是肉做的,叫我怎对得起世妹呢?"

凡人在危难时候,不想到什么则已,一想到什么,心思未有不扰乱的。此时剑星想到金玉珠身上，只掐不断这条苦肠子，转将自家的生死关头置之度外。

猛然听得当啷一声响，又是呀的一声，接着索地响个不住。那铁闸板已悬了起来，铁板门也开了，从门外射进灯光来，有许多押解的人要从门外走进来。

剑星不由一喜，暗想，不在这时显点儿能耐，更待何时呢？他的大刀同火眼金钱镖早已被贼人搜去了，要显出他的能耐，就只有两腿、双拳。那些人早看见剑星身上没有刑具，知道姜龙头报说不错，第一个上来，猛然一刀，向着剑星肚皮戳来。剑星就地一滚，闪过他的刀锋，抢了一副大镣在手，不提防他一骨碌，早翻起身来，大镣早飞到那人天灵盖上，登时脑袋迸裂，一声哎呀没叫出口，就倒死在地下。第二个又跟上来，闪到剑星背后，一刀刚要砍下，好快，剑星将身体向左侧一偏，让过这一刀。那人才扭过身躯，就被剑星飞起一脚，踢中下阴，哇的一声，又翘了辫子。

剑星刚要冲出，不防第三个早闪到他的后面，正想用大镣回身打下，即时觉得尾脊骨上中了一下子。心里吃惊不小，顿觉全身比上三道铁索还麻痛得厉害，腰不能伸，颈不能移转，四肢不能动弹，抖个不住，两手仍拿着一副大镣，要来打人的样子。只是目能视，耳能听，口中能言，心里更是明明白白。知道被人家点中了要穴，非等待七日以后，不能恢复原状。

即见有两个人在他面前揶揄道："你要打，只管向咱们打来，做出这怕人的样子干什么？原来你的本领只能伤害独角村起码角色，也咬不了咱们两个，看你是发了疟疾吗？先给你弄去这个大镣，随咱们去请老太爷医治。"

剑星这时恨不得将这两个贼汉生吞下去，只是自己成了这种奇形怪状，便半点儿摆布的方法也没有，又不屑同他们斗嘴，咬着牙关闭着眼,任凭他们擘开手,取下一副大镣,两个抬一个,唉子吆、唉子吆,打着号子,很得意地将他抬到那厅房里。

才放下来,便有一个贼汉向他叫道:"石剑星,你瞧那是谁?"

剑星猛然睁眼一看,那炕上坐着一个黑胖的老者,向着他露出一种不怒而威的笑容。剑星大骂不止,费猛只是大笑。遂向西房内叫了一声,即见一个绝代佳人,长袖宫装,容华映目,蛾眉蟮首,秀媚天成。那佳人搂抱着一个男子,直走到剑星面前,便将那男子放下,在剑星肩上轻轻拍了一下道:"石剑星,你瞧这是谁?"

剑星向那男子望去,约莫有十八九岁,生得面如冠玉,秀逸绝伦,身上的衣服却甚朴素,越显出他的品貌不俗,两个光闪闪滴溜溜的眼珠,只顾向自家望着,好像没有半点儿愁苦的容颜,反对剑星笑了笑。

剑星听他这声笑出来,那肝儿肺儿在腔子里跳个不住,如同现在青年学子、摩登女郎,同到上海安乐宫中,开着个跳舞大会。两眼在他脸上出了会儿神,不由苦笑了一声,说:"果然是世妹来了! 既如此,咱们好一同去吧!"

费猛接着冷笑道:"你的眼力果然不错,也认出她是金玉珠。如今你是我的刀上肉、釜底鱼,你还有什么话讲? ……"

正说到这里,便见那点穴的汉子直走到费猛面前,说了一阵。费猛听罢,勃然怒道:"搏虎不杀,无怪要反噬一口,又伤坏独角村的两条好汉,使老夫脸面上损失了豪杰的光彩。左右! 且将这东西送到杀人房里,斩首报来!"

堂下的贼汉齐齐诺应一声,如同天空响了数声焦雷。

那佳人见了,好生不乐,心想,似这样年纪轻轻的小伙子,竟绑到杀人房去开刀,未免太可惜了。旋想旋叫了声:"且住!"

转向费猛笑道:"爹爹的话我已听得明白了,这东西果然太凶狠,便杀了他,也是罪有应得。且请爹爹暂息雷霆之怒,饶恕他这一次,他将来有个回心转意,也是咱们的好膀臂。如下次再敢行凶撒野,女儿也不敢再向爹爹求情了。"

费猛暗想,我本没有杀他的心肠,不过哄他一阵,警诫他下次不再胡闹。遂也缓缓地点头道:"也罢,且寄下他这个脑袋来。"说罢,用手一挥。

众贼汉仍将剑星带入那间屋里,搬两个死尸出来,乃由姜龙头将那铁板门关上了,又下了千斤闸板。

剑星心想,玉妹夜间到独角村来,一般也被强盗捞住了,我和她碰了面,看她对我狂笑了一声,我听出是她的笑声,知道她心里很伤恼。及至费猛要绑到杀人房里开刀,我的心肝碎了,看她面上虽像行所无事的样子,其实她那颗柔脆的心比我还苦痛,迟早我是免不了一死,我知她也是个死,但我却愿速死,更愿她速死。

想到其间,就恨不得碰死在铁壁上,但是已被人在尾脊骨上点中了穴道,浑身麻痛得失了知觉,一些也不能移动。心里尽管想碰死,事实上哪里由他办得到,两眼的泪珠儿急得又像种豆子一样地洒下来。

约莫过了三个时辰,又听得铁闸门响动了一下,似乎又从外面掼进一个人来,跟着那铁闸已下,铁板门也关起来了。剑星没看清那人是谁,只当作玉珠也被关进这黑暗地狱了,不禁愕了愕,叫声:"哎哟,我害了你了。"

那人听罢,便问了声:"你是谁?"

剑星回说:"是我。"

那人说了声:"谁害了你?"

说着,举起铁铐,要向剑星打来。

毕竟那人是谁,且俟第四回分解。

第四回

俏佳人设局赚情鸳
男道学临崖勒危马

剑星头上吃她打了一下，慌忙说道："住手，你我有何仇恨，何必如此？同监共狱，也算得各有前缘，当真我们落到这样地步，还高兴来这一招吗？"

那人听他这话，更气得跳起来，哗啦啦一响，腿上的大镣早挣断了，两手一震，那手铐也分开了，说："你这人好生无礼，我不打死你不甘心。"

剑星才听清她说话的声腔，虽不像玉珠的腔调，但声如裂帛，如鸣莺，也像是个女子。回想是方才的话无意得罪了她，正要拿话解释，那人不由分说，伸手一巴掌，打在剑星左脸上，打得他左脸向右一偏，又伸左手在右脸上打了一巴掌，打得他右脸又向左一偏。好，被她打了这两巴掌，剑星的头似乎有了知觉，立刻间能左右转动了。

那人似乎怒犹未息，又抓起剑星顶心发，向上一提，这一提，剑星觉得周身骨节咯咯作响，腰腿都被提直了。那人似抛小鸡样的，将剑星来往抛了几下，才放下来说道："看你这牛口里，再敢说出那样的臭话来！"

剑星周身觉得都恢复原状，心想，我被人家在脊骨上点中了穴道，没有解法，七日后才能恢复自由，不想我三言两语，无意间触恼了她，反得这个好解法，使我失去千斤重负。我本来急准备一死了事，但料她有些本领，同陷到这地方来，想是我的同道，何妨向她问明来历，便死也做个明白鬼。遂从容说道："请你恕我这一次，我们都被人家押在这害人坑，何用自家人打戏，给别人笑话？打是打不出道理来的。你毕竟是谁人？快点报出姓名，看你可是个好汉。"

那人听说，便笑道："原来你方才的话是错认了我，叫我反觉得有些难为情起来，没有伤坏哪里吧？"

剑星回说："没有没有，你这一打，反打出许多好处来了。"旋说旋将自家被贼汉点中了要穴，凑巧得她这个解法的话向她说了。

那人笑道："我本想重重警诫你，不许对我再说这无礼的话，谁知反因此解脱你的痛苦，这件事是奇到哪里去了。你问我吗，我这姓名放在家里，没有带出来。你是谁，先告诉我一声，怎的也押在这地方，做我的老前辈呢？"

剑星便将自己的姓名说了。

那人听了，问道："保定神镖手石继唐石老英雄，可是足下的同族？"

剑星流泪道："那是家父，早已弃养了。"

那人听罢，不由拉着剑星的手说道："踏破铁鞋无觅处，得来全不费功夫。大哥，你知道我是什么人？"

剑星道："在这种暗无天日的地方，你看不见我，叫我如何看见你？"

剑星虽这样说，忽地那只手在她腰间触了一下，想她是穿着长袍，再用脚在她脚上一踩，竟似装成一对假大脚，心里转有些疑惑起来，她不是女子，怎么有些像女子的口气？又疑我方才的闲话里，带着小铜钱，叫她听了烦恼，若是个女子，几见有这样自诩贞节的女子，肯同青年的男子扯着手谈话呢？

心里正自狐疑不下,接着便觉得那人将他拦腰抱住说道:"大哥自然你是认不得我的了,我便在光天化日之下,也未必知道这是我的哥,但哥的大名,早就嵌到我这心上。哥要问我嘛,我的贱名就叫作温如玉,说来我的哥总该知道。"

剑星想了想道:"我实在想不起来,乞温大哥明以教我。"

那人道:"大哥是不知吗?我在七岁时候,就被一个卖解的胡存义拐去,逼着我练把式。苦练了四年,随从胡存义卖解,走了不少码头,耍过多少场面,没有一个不说这孩子的把式真耍得好看,很替胡存义挣了不少的钱。这日在北京城教场中卖解,我因夜间想念爷娘,没有合眼,精神疲惫得很,日间要在收场的时候,叫我跑马,我在马身上做着那鸳鸯拐、连环腿、猿猴献果、金鸡独立,这种种名目,看的人都争着喝彩。不想在这阵彩声喝起的时候,我一个不小心,从马身上身左一欹,便栽下来。但我早趁势一闪身,已让过一旁,两脚早已站定,并没有跌伤哪里。那马已跑得远了,看的人都一哄而散。

"胡存义拴好了马,收了场子,带我到船上,夜间便将我捆起来,打得我血人儿一样。打了我还不许我叫喊,一打就要打个死,来日还逼着我到场子上去活现形,不许露出丝毫挨打的样子。

"晚间,我便趁势溜跑了,就遇见尊大人的镖车到北京来,抓住我,问我,'这孩子,在深夜的时候,要走到哪里去,可是迷失了道路吗?'

"我说明缘故,尊大人到北京将镖车交纳过了,亲自将我送到山西,在我父亲面前说,'这孩子还好。'并说,'大哥没有配过亲?'

"我父亲只淡淡谢了尊大人几句。尊大人回去了。

"我从父母弃养以后,过了三年,便改换男装,从家乡动身到保定来。谁知尊大人早经仙逝,大哥又出门去了,我只得从保定转身回山西来。

"一路留心探访哥的踪迹,不想在今夜三更,到费家借宿,被费猛看出我的破绽,百般地调戏我。我的志愿,早已除大哥而外,宁做一辈子老处女,不肯再嫁第二个人了。任老贼用尽心机,哄诱我、恐吓我,我纵是拼着一身剐,也要保全这清白身躯,准备将来交给我的哥,我才欢喜。

"那老贼费了多少心机,只换不过我的心来,便将我押到这个黑暗世界,得遇见了哥,得同哥相拢在一处。我的哥,你哪里明白我的苦心呢?"

说罢,将前心靠紧剑星心口,将唇凑近他的唇边,那一阵阵口舌香,以及女儿身上特有的香气,使剑星不由感觉到十分沉醉。心想,我父亲虽没有对我说过这种话,若果她所言不虚,也可称得一个很有心、很可怜的女子,我倒不能辜负她的情爱。我这时尚没有配亲,像她对我这样情爱,我若辜负了她,不是辜负她这一颗心?不过我看她此刻的言语太风流了,口牙太伶俐了,我总疑她将来未必终成一个贞烈的女子,怎比得我那金世妹呢?唉!在我父亲当初既有这个意思,我这时倒不可摘断她,但愿我那金世妹将来脱险后,得嫁一个乘龙的夫婿罢了。

想了想,便哽咽着说道:"我相信你说的话不错,不过我要问你一句话,你可知道不知道?"

温如玉道:"大哥问我什么话呢?"

剑星道:"你可知道有个姓金的女子,可被老贼玷了没有?"

温如玉道:"那女子可是唤作金玉珠吗?"

剑星应了声是。

如玉摇摇头,说:"夜间老贼去见我,问我是怎么样。他又说:'若再飞金溺壶似的,装着憨腔,金玉珠的结果收场,就是你的现身榜样,也将你这骡子骨,绑到杀人房里去开刀。'"

剑星听完这话,想金世妹已殉节死了,真比拿刀割他的心肝还痛,只叫了声:"金世妹!"不是温如玉将他紧紧抱住,几乎要晕倒了。

如玉见他这样地伤心,忙将他叫醒。

剑星便又说了声:"世妹的阴灵不远,愚兄若得侥幸脱险,当给世妹报仇,为万人除害。不能侥幸脱险,也罢,愚兄只有相随世妹到泉下了。"

剑星这样的伤心沉痛,当然相信金玉珠是殉节而死。如果金玉珠在今夜死了,我这部书也就太没有研究的价值,就该从此搁笔,没有人请教我作小说了。

究竟金玉珠当时怎样到独角村,此刻有没有脱险,而女子是不是温如玉,这其中自诩有前无古人,后无来者,种种惊人的奇局,只迫于笔阵上之要求,不便立刻揭穿。事到临头,当然有一拍即合的局势,请诸君少安毋躁,且俟在下慢慢地讲来。

当下温如玉听他的话,便从容问道:"金玉珠是个什么人?你听说她死了,竟这般地伤心泪落?"

剑星便将实在的情形向她说了。

如玉便拉着剑星坐下,早嘤嘤啜泣起来,说:"像金小姐这样天真活泼的奇女子,我见了也留情,只恨好生生地死在老贼手里,我只恨天上没有菩萨。"说着,那泪珠儿点点滴滴,滴在剑星的手臂上。

剑星忙用手替她揩拭眼泪。彼此又谈了许多劝慰的话,渐渐又叙到他们两人的身世。

温如玉道:"我和你虽没名正言顺地订成鸳侣,但我欲报答尊大人的大恩,若是要嫁人,就早已出了嫁,连小孩子都养下来了。我立愿除你不再嫁人,谅你是个痴情种子,至今又没有对过亲,总该肯成全我的志愿。而我做梦不打算同你先后关到这地方来,哎呀!我的哥,你既是怜爱我的,我们双双陷落到这一步,恐怕谁也保不了性命。于今死期都在眼前,你我还有什么希望?我是个姑娘家,本不该对你说这羞人答答的话,但到了这濒死的一关,还顾什么害羞,不肯当面锣对面鼓地说出来呢?我的哥,我们这两颗心已心心相印,身体上尚未联洽起来。好哥哥,我们不愿将来能成佳偶,但愿今夜做一对儿好夫妻吧!"

剑星想她说出挑逗情怀的话,就是铁石人听了,也难保不心旌摇荡,才不由得有些惊讶,暗想,她这类言语,是个十分上烈女子绝说不出口。据她自己所述拒奸的情形,简直她要算女中的柳下惠,岂有那么贞烈的女子,肯对初相逢的未婚夫婿,不要脸到这一步吗?

想了想,即开口回道:"这些话亏你说得出口,我不知你眨眨眼就变了一个人。你这样话不是对我说的,我料你不是人头畜生心的人,也断不致将我石剑星当作是人头畜生心的人看待……"

剑星话才说到这里,仿佛她钻到自己的怀里,呜咽道:"我的哥,你我已被姓费的关到一处来了,我不相信你们男子汉的心肠比钢铁还硬。"

剑星便呵斥一声道:"温小姐,请你离开些,我想小姐初时的行径,不是这样一个轻狂女子,敢是吃了老贼什么药物吧!"

温如玉听罢,没有回答,仿佛把身体离开一些。

接着剑星便听她抖起来了,急讶然问道:"小姐何作是状?"

如玉抖道:"我只……只……只是怕冷。"

剑星道:"你身上的衣裳想来并不单寒,清秋的天气,怎么这样怕冷?"

如玉又抖道:"我从北京一路而来,受了风寒,前几天就有些怕冷,不想这时又发作起来。我只……只是怕冷,周身如同浇了一盆凉水,我还要冻死在这里呢!"

剑星道:"怕冷有什么法子呢?"

如玉道:"你只不怕冷,我就有法子想了。好在你的心是纯洁无瑕的,昔日里有个坐怀不乱的柳下惠,今日里有个坐怀不乱的石剑星,你我总算是夫妻,妹妹病了,哥哥的心也乱了。我何能对你再萌妄想?但大丈夫做事自有经权,请你解开衣服,将我搂在怀里,你身上的热气度到我身上来,我就不冷了。这一点苦衷,谅你该学古来的柳下惠,暂时救奴一命,也不枉我们夫妻一世之好。"

剑星道:"也罢,我是冰雪其心,慈悲其怀,且学一学柳下惠,暂时解救你的病苦。"说着,便也将衣服解开。

如玉也解去纽扣,给剑星将她搂在怀里,动也不动。剑星极力把持着一颗心,却不肯稍涉遐想。忽然觉得他胸前肌肉暖绵绵的,不似怕冷的样子,转不禁有些心旌摇荡,便用手先在自己的嘴巴上打了两下,说:"不可不可!"旋说旋将如玉推开了,又说:"是我错了,这男女关头,最得把持得厉害,这是你说怕冷,要我解开怀度着热气。若有人对我害相思,难道我就要救她的病苦,同她干出不可告人的事吗?你我若已经成了婚,这也没关要紧,可是现在,我不能因你说是怕冷,就和你贴肉沾身,来一个暖玉温香抱满怀了。哪怕你就冻死,要我再这样的搂抱你,不可不可。"

如玉又抖道:"看你怎好忍心,只不肯救我……我……一命?我为你受了多少风霜,经过多少危险?你一点儿也不体贴我,你还有什么人心?"

剑星道:"生死有什么要紧?丈夫不屈而死,不比苟且偷生强得多吗?何况男女性欲冲动,在贴肉沾身的时期,最难禁止。

古来本有男子接着女子的口度气的,也有女子接着男子的口度气的,这度气便是接吻,也同贴肉沾身一样的意思。但古人度气,度的是死人,不是活人,就因人已死了,这欲性是没有的,这一方面欲性没有冲动,只要那一方面把持得稳,倒也无关紧要。如果这一方面欲性冲动,那欲性便能够转到那一方面,无论那一方面是如何镇定的人,一经贴肉沾身,要把持却如何能把持呢?对死人度气,死人没有欲性,而那一方面又是心坚如石,所谓度气救人,正剑侠之士通权的作用。这会儿却不然了,我怕柳下惠坐怀不乱的故事,也是后人虚夸其词,我何能做这冒险的事?你再要向我厮缠,不可不可。"

如玉又抖道:"你不看我平时爱慕之情,不要救我便罢,若不坐视我活活冻死,临大难不拘小节,才是英雄作用。我虽是个妙龄玉质的女子,你的心是把持得定,也将我当作个男子,你也可以救我一命了。"

剑星听罢,把耳朵掩起来,一声不答。

温如玉再去推他一下,已像入定老僧模样儿,冷不防在他肘腋里捏了一下,说:"我们再会吧!"

剑星不由大吃一惊。

欲知温如玉究是谁人,且俟第五回分解。

第五回

波翻云诡贼计千条
玉碎香消情丝万丈

　　石剑星被她在肘腋里这一捏,不由吃惊不小,这条被捏的胳膊登时也麻木得伸不得,缩不得,上不得,下不得,却不及夜间被人点中了尾脊骨那样麻痛得厉害。知道是被她点了肘腋穴,只要挨过一个对时,也自然恢复了原状。便听得屋内叮叮叮铃声作响,这声才响完了,接连又响了两声。那铁闸板已经悬起,铁门也开了。
　　看门外的光亮,不似进来时那般闪耀,知道已是朝日向西的时候了,似乎见有个儒巾儒服的少年从门内闪出来,接着便见那姜龙头不知如何在门外推按了几下,咣的一响,那铁板门又关了。
　　剑星一阵阵烦恼起来,恨不得寻个自尽。不知怎的,他心里转然明白了,暗想,金世妹的大仇未报,若欲一死了事,我到九泉之下,有何面目能见我金世妹呢?我看这东西来得蹊跷,去得也很古怪。若说她不是个女子,她的声音、脸膛,真的都假不来。若说她是个女子,照这种种经过情形思量揣拟,什么温如玉,看来这是独角村的女强盗,乘费猛个冷不防,想来调戏我,破坏我的贞操。只是她想调戏我,随便怎样都可以下手的,为什么要设成这样圈套,费却如许周折呢?这当然是她揣度我是天地间一等侠性男儿,须比不得她们浪漫不堪的女子,容易上男人的钓钩,她的用心亦良苦,我何不将计就计,设法出这牢笼?但不能一拍即合,将这身躯给她奸占了,那还了得?只慢慢地对付她。等我出这黑暗地狱的时候,金世妹的大仇也许有报复的希望了。

石剑星左思右想了一阵,心神反宁帖些,只是腹中饥饿得很,好像有许多的蛔虫在那五脏庙里开着聚餐大会。

延挨了一会儿,忽然那铁板门开了,姜龙头已从门外走进来,现出很亲昵的神气,问:"石爷可有什么吩咐?"

剑星道:"我没有吩咐你,我只问你,方才那个温如玉,是个什么人呢?"

姜龙头道:"小人奉她的命令,来问石爷有什么吩咐,她不准小人向石爷多说,小人和石爷多说这两句话,已是很唐突了。既然石爷没有吩咐,小人只得退出了。"说着,几步退出来,随手又将那铁门反锁了。

剑星又闷闷地坐了一会儿,忽然呀的一声门开了,即见一个似曾相识的小丫鬟,双手托着一个木盘,盘中有一盏油,几个大小的碗、几样饭菜,进门将盘里的东西放下说道:"小奴奉敝主人命令,转送来这点儿东西,好让我喂你充充饥吧!"

剑星腹中虽饿,但有些咽不下,料想饭菜里毒药是不会有的,只得胡乱给她喂哺了几口,便向她问道:"你家主人不是惊虎胆费猛吗?"

丫鬟道:"敝主人不许小奴对先生说,小奴死也不敢说出来。"

剑星方欲再问下去,看她已收拾碗碟,捧着木盘退出来,咣的一响,又把铁门关了。

剑星在灯光下出了会儿神,偶然想到玉珠身死的消息,便不禁放声痛哭起来。哭到疲乏不堪的时候,觉得两臂上麻木比前好了一半,也只胡乱坐在那里打着瞌睡。在睡乡中不知经过多少时候,蓦地醒来,陡觉胸中热气分布全身,有些懒洋洋地撑不起来,但两条被捏的胳膊半点儿也不麻痛了。知道过了一对时,她这点穴的功夫已失了效用,要想把那条胳膊转动几下,哪里能转动呢,这胳膊已弹了下来,不肯听受他主宰了。岂仅这条胳膊软弹得不能动弹,连四肢和全身都软疲得不能撑持了。一屁股坐不定,便睡倒在那里,周身如同没有四两骨头,竟似害了一场大病的人,不能起床的样子。才恍悟到那饭菜里下着瘫痪的药物,到此刻发作起来,已将一个铜浇铁铸的身体弄得像棉花一般软,心里好不伤恼。

隔了两个时辰,那铁门又开了,但此时铁门一开放,没有人进来,也没有人跟后将铁板门反锁着,似乎不怕他逃走的模样儿。竖着耳朵,听有什么消息没有,听了半晌,总是静悄悄的,连那姜龙头也不知去向了。

直听了好大一会儿工夫,才听得外面梆声作响,知道又是起更的时候了,接着听得一阵很细碎的脚步声音,越走越近。先跑进门的却是一个妙龄绝色女子。

剑星看这女子翠黛樱唇,异常妖艳,认得她曾从一间房里将金玉珠抱出来,在自家肩背上拍了一下,还在费猛面前给自家讲了个人情。尔时已看她出落得容华绝代,但不及这时风流浪漫,表现她这位美人儿,刚才卸过脱妆的样子。

那女子才跑进门,后面又跟上一大群丫鬟来,有个大些的丫鬟,指着剑星向女子笑道:"好个漂亮的小伙子,和云姑偕成好事,要算得瑶池第一之仙,配了天上无双之士,比较老太爷那般怪模样儿,他那一嘴的红胡子,才刺破奴的嘴唇皮呢!奴只羡云姑真好福气。"

那女子听了,即向她唬喝了一声道:"你敢!你这奴才,云耶雨耶,满口里又说些什么梦呓?太没把我这个主子放在眼里了。"

　　说完了,便将剑星一把拉起,笑道:"看你虽是个美男子,但对于男女之间,天造地设的那一件情事儿,仿佛是一块未经雕琢的玉石。你也休怪我不懂人事,倘若你是个过来人,我们早就鹣鹣鲽鲽,双宿双飞,我的父亲就是你的岳父了,又何忍使你多挨这一夜的痛苦呢?"

　　剑星听罢,早已瞧科八九分了,便破口大骂道:"我道是什么温如玉,原来是你这贱人,设成局诈,丢尽你祖宗十七八代的门风。要我顺从了你,除非月里嫦娥肯配天河仙子,瑶池王母能嫁东海麻姑,你是杀人有刀,我只恨擒贼无手。不用多说,快些将我砍了吧!"

　　谁知那女子听了,半点儿没有羞恼的神气,仍旧嘻嘻地笑道:"你说的四个女人呀,这是比到哪里去了?我虽是杀人不眨眼的女魔王,便杀尽天下人,也不能杀到你的。我爱你是天下一等的好汉,央媒求亲,总难如从我的心愿,方用这种伎俩,同你开一回玩笑。剑星哥,你骂我不正经,是你一时愤极之谈。就算我不正经,也是爱你的,将来我把这身躯交付了你,还有什么话我不听受你的忠告?你心中若有难言之隐,不妨对我明说,夫唱妇随,我也能助你一臂之力。老实对你说,我父亲费猛就是一条毒龙,绿林中都慑服他的威势,谁不知道惊虎胆的厉害?在十七日那一夜,因欲探访穿山甲的消息,已出门去了。你若对他有什么过不去,哪怕你叫我水里水去,火里火去,也得大义灭亲,给绿林中除去一害。剑星哥,你的心虽是铁打的,也该想想我们痴心女子一片苦情呀!"

　　她说到这里,咽喉也堵塞了,眼圈儿也红了。

　　剑星听了,很斩截地回道:"你的心我是看得出、猜得着,但求你早给我一刀两断,斩断我一切烦恼,来生来世,也可做一对儿好夫妻的。"

那女子急道："剑星哥,你怎么还说这种话?"

剑星不待她接说下去,又破口嚷骂起来。

那女子遂向众丫鬟打了一个暗号,便说："带出去砍了吧!"

即见有个丫鬟说道："姑姑何必如此?他这心肝五脏并不是铁打的,请姑姑高抬手让过,奴去试一试他这小羊羔,肯进牢不进牢呢?"

那女子迟疑了一会儿,换了笑容道："也罢,你就带去劝劝他,迟早也叫他知道我的厉害。"

那丫鬟像得了好差事的样子,便将剑星负上肩头,直带到她的房里,放在床上,便将房门虚掩起来,胡帝胡天,向剑星劝了一大阵。

剑星总不肯贸然承认下来,却乘势询问这惊虎胆费猛究竟有多大的能耐,造下多大的罪孽,使他膝下的爱女也要除去他这个孽障。

这丫鬟也是好人家的女儿,被费猛劫到独角村来,已做费猛几度临时的太太,舍身事贼,实非心愿,趁势将费家的全本地理图向剑星说了个梗概。

原来费猛曾练过一身的罩功,他这罩门,就在他的粪门里。练习罩功的人,在练习的时候,最要戒绝女色,及至罩门功练成了,一般也可生儿育女,但不能成了个金刚不坏的身体。所虑就是这罩门功夫极不容易练成的,费猛在小时候,被花花太岁铁鼎赏识了,将他拐劫了去,传授他的罩门功。但费猛学成了罩门功尚没有传得能学罩门功的徒弟,他倚仗着这一身罩门功,在江湖上做下许多案件,也不知战服多少虎虎的好汉,吓得那些好汉都不敢再同他反对,所以在绿林中博得惊虎胆的诨号。

及至回到独角村来,秘密造下一座隧道,布设许多机关,什么血花池、黑暗地狱、逍遥宫,这里面的机关,各有各的巧妙,也就各有各的用招。他将四方弄来的女子都安置在那逍遥宫里,充当侍女,合则留,稍微强硬些的,不合就送到血花池里看榜样。他的前妻死得早,遗下一个女儿,在七月里生的,乳名唤作巧云。

这巧云在豆蔻初葩、海棠春醉的时候,耳濡目染,见她父亲在逍遥宫里胡闹一阵,她也放浪形骸,自命是风流圣手,那性的试验,恰是非常来得热烈。可是举目一望,房里的丫鬟虽生得粉妆玉琢,都没有可以试验的资格,发泄她的情欲。那么不得已而求其次,就悄悄同费猛一个徒弟有了首尾,日久下来,具有费巧云试验资格的人越来越多,眼前只瞒过一个费猛。便是费猛的一班徒弟,也禀受他们师父的遗传性,趁费猛冷不防,谁也和这位风流师妹有过春风一度的缘分。并且逍遥宫中许多嫣红姹绿的侍女,总嫌费猛年纪老、相貌丑得骇人,只同他的如意郎君在巧云面前献上殷勤,就不妨畅所欲为,眼前也只瞒过一个费猛。但是近年来,费猛不大出门去做买卖,桑中濮下,不知阻拆了许多佳期密约,转使那些痴男怨女衔恨费猛入骨,巴不得费猛开了后门,给人家个白刀子进,他们就自大为王,上了筋斗云了。

这丫鬟把费家的秘密向剑星说了,并劝剑星如从巧云的心愿,设法锄杀了费猛,好救她出这陷人坑。

剑星听罢,几乎不想天地间竟有这种奇事,明知她此番把自己带到房中来,预先承受巧云的命令。可笑那无耻的淫娃,做梦不打算揭穿她这层黑幕,居然说出这一段风流话来。遂又向那丫鬟询问金玉珠生死的消息。

那丫鬟还没有回答,便听门外咳嗽一声,呀的一声门开了,便从门外走进个大汉来,向那丫鬟冷笑了一声,说:"你这丫头,满口说些什么胡话?你想要跟着汉子走,一双两好地成就露水夫妻,若不如从你的心愿,你也不知咱们师妹厉害!"

那丫鬟方欲分辩,不防大汉早纵身上前,如鹰抓雏鸡似的,将她的衣领抓住,在她胸前摸了摸。

那丫鬟将身一扭说:"你这是干什么?"

大汉也不答话,乘势抱住了她,在自己衣袋里取下一根绳子,将她两手反绑,即拉到床上,解下她的裤带,遂又将剑星的裤带照样地解了,两个裤带只一解,提起剑星,向丫鬟身上压下去。两人身体并在一起,用裤带捆好了,喝一声:"不要动,一动就有许多水溅出来了!"这两个肚皮合拢着,虽没有什么云情雨意,倒像个特别新式的强奸。

丫鬟又羞又恨,却没有丝毫能抵抗的能力,两只水汪汪眼睛,只望着剑星。剑星又气又恼,只恨自家吃了瘫痪药,一点儿推拒的气力也没有,也睁大着两眼,愕愕地望着她。

那大汉点头道:"你们的心愿偿了,眼睛靠着鼻子的,且谈叙知己的话吧!咱们姑姑前来,自然会开发的。"说着,便拍手大笑地去了。

巧云好似神仙一样,大汉前脚走了,巧云已带了两个丫鬟,后脚走进门来。到了床前,只顾扳着丫鬟的脸,嘻嘻地笑。看她的形容,比怒的还难受,止不住价抖起来。

巧云数落道:"你说谁和谁有过春风一度的缘分,显得咱们都是歪货,只你一个人正经吗?你要他设法同你出险,你眼里就没有我这个主子,应该看看你自己是一副什么门面,也要弄了家的跟野的,把尿屎屁呕出来。我来送你出这陷人坑,省得你身体姓张,肝肠姓李。"说着,便解去他们的裤带,把那丫鬟两足提起,喝一声:"去吧!"

那丫鬟方欲求饶,巧云用两手使劲一扯,已将她扯成两半边血人了,便叫了声:"来人!"早走上几个丫鬟,有两个丫鬟将那丫鬟的尸首拖到血花池中去了。

转脸向剑星问道："你看见了吗？推开窗槅，说一句明白透亮的话，无论我这面庞、身段，哪一件委屈了你，便是我生就得歪鼻子、塌眼睛、浑身大麻风，你到这时候，还敢对我再扭一扭吗？"

剑星瞑目不答。

巧云见他没有回答，便抽出解刀，猛地向剑星咽喉刺来。

欲知剑星生死如何，且俟第六回分解。

第六回

风波生孽海美女离魂
娇鸟入雕笼天魔献舞

　　费巧云一刀要刺到石剑星咽喉的时候,看他两眼的泪从眼眶里挤出来,不由又将那把刀抽回了,暗自对剑星出了会儿神,心想,我在逍遥宫见了你,这一缕情丝便牵到你身上,知道你是石继唐的儿子,不比寻常好说话的,不惜佩戴镣铐,到黑暗地狱中去,设局诈,下苦情,打动你的心怀,意思不过想图你一个高兴。谁知你不能如从我的心愿,我总想你的心肝,是血热的,人孰无情?不过在那黑暗地狱,你没有见我的容颜,便索性地拒绝我,左思右想,只得将这一幕拆穿了,转来又向你威逼利诱,费尽多少唇舌,总打算你见了我的容颜,总该心驰神往,做成临时夫妻了。不料你一味地疏远我,不答应我的话。直到这间不容发的时候,你的苦水却流下来了,我也猜着你饮泣的意思,并非被我屈服下来,实则你到濒死这一关,想到你的爱人金玉珠是死了,自然该在这时候洒却一掬同情之泪。我本当将金玉珠的事迹对你实说了,叫你听了欢喜,不过你若听说玉珠尚在人间,更不肯再作情俘,我不是又在你心坎上,生出一个情敌?我本不敢杀你,并且也不能杀你。于今我的行径被那贱人对你拆穿了,知道你心上添了一重裂痕,我要想嫁你,便对你说出一部天书,也是枉然,倒不若杀了你,反爽快些。但是我杀了你,父亲回来时,叫我又怎样办?在势既不能杀你,你又不肯顺从我,那有什么方法呢?

巧云这样想了半会儿,便听有个丫鬟说道:"姑姑哪有这样呆?不好脱去衣裤,也学作那个模样儿吗?他服了瘫痪药,你要怎样,还不是听你怎样摆布?你给他打破这一关,自然这颗心就换转了。"

巧云被她提醒了,不由拍着手掌笑道:"对了对了,你说这样话,金子、石头都买不到的。"说着,便上了床,一个坐马势,早跨到剑星身上,要替他解着胸前的纽扣。

剑星心想,这是时候了,便咽泪向巧云道:"且慢,我问你,你用心机哄诱我,拿势力压迫我,使我不得不答应你的话,唯有忍气吞声地听你摆布。不过你只能耍弄我的身体,不能买我的心,要买我的心,就没有这般容易。"

巧云听他的话,即扮出笑容问道:"要如何能才买你的心?我不懂得。"

剑星道:"你不能买我的心,光是这般猴急,那有什么趣味呢?人非草木,我的心不是另外生着的。你要买我的心,你将那颗心先卖给了我,我看你的心已卖给我了,像你这面庞,除我金世妹而外,还寻出第二个美人儿来吗?我们就做一对儿好夫妻,也该纳采捐吉。似这样一味胡闹,我的心是不卖给你的。"

巧云笑道:"你倒会拉长线呢!但是我的心没了,看你这晶莹如玉的人儿,只有些等不得,聪明的剑星哥,你想对我说这样话,就可支吾过去吗?要把我的小肚子都笑疼了呢。"

旋说旋动手将剑星衣扣都松了,正在捋着裤子,忽地有个丫鬟从门外匆匆跑进来,叫道:"姑姑还在这里呢!"

巧云呸了一口道:"什么事这样大惊小怪?又不是哪里反了人马,杀得来了。"

那丫鬟赔笑道:"老太爷在宫里请姑姑呢!"

巧云暗骂这老乌龟,怎不外死外葬,迟一刻不回来,早一刻不回来,要把我的心肝都气裂了。急忙匆匆下床,吩咐两个丫鬟,仍将剑星衣裳穿好,带到黑暗地狱看管。便带领一众丫鬟,来至逍遥宫,见了费猛。

费猛劈口问道:"你是在哪里的?"

巧云心里愣了愣,表面上却很从容地回道:"侍女卢怀瑛,想溜空逃出地道,被女儿察觉了,已将她处死,送到血花池了。"

费猛向巧云望了望说:"贱人不愿在这里享福,若吃她逃走了,岂非笑话?宰杀了就得了。我问你,究竟是在哪里的?"

巧云又被他父亲这一句问得愣住了,仍是好好地照前申说了一遍。

费猛也就不再接问下去,便说:"我此刻出门,访问金钟的踪迹,只没有一条线索。事到如今,我只有在家等着他便了。你是我的爱女,不能着了人家的道儿,此刻不许你离开逍遥宫一步。"

巧云听罢,便带着几个丫鬟回到西房去了。

费猛也带着几个丫鬟回到东房安寝。还没有睡着,忽听得厅上有些脚步声响,似从西房里响出来的。再一细听,又听不见了。

费猛暗暗一惊,延迟了好大一会儿工夫,看房里的人都睡熟了,便悄悄走出来,在地道里暗暗巡查一会儿,不见什么动静。忽见一间小小的石屋里,从窗缝内射出灯光来。

费猛悄无声息地赶近窗前窃听,即听巧云的声音恨道:"哪一天,我的老子死了就好了。"

接着又听一个男子的声音回道:"你不要哄我,你老子虽没有死,但有了你这个现世报,他的面子也丢尽了。你今夜还是到姓石的那里去,战个通宵达旦,人不歇甲,马不停蹄。你又跑到我这里干什么？"

巧云又恨道："哦！下次不许你再说这样怄人的话，须知我以后只靠着你开宗明义，不是你指点我的。"

男子道："好姑姑，你不要对我厮缠，你老子回来了，你不怕吗？"

巧云道："这等称呼，你配在这时候唤我吗？"

男子道："我唤你什么？"

巧云道："你唤我一声妹妹。"

男子道："妹妹，你就是我的妹妹吧！妹妹，我问你，你父亲既捉了金玉珠，你为何又将她放走呢？想起胡豹的冤仇，实在叫我吴奎咽不下这口气来。便是妹妹，也对不起他。"

巧云道："你还说呢，你在这地方，还怕没有称心如意的人陪你潇洒？还想到太行山打野食吃，你是什么道理？"

吴奎道："那是你老子的命令。"

巧云道："这也是我老子的命令？"

吴奎道："妹妹，你老子既捉了金玉珠，送上门的馒头，怎么不吃呢？他若是这样的好人，也不应有我这徒弟、你这女儿了。"

巧云道："金玉珠的风味虽佳，你看她还是不尝的好。"

吴奎道："石剑星的风味虽佳，我看你还是不尝的好。时候不早了，请妹妹回去，让我躺下来养养神吧！"

巧云笑了一声道："你准我一件事，我就回去了。"

吴奎道："是什么事呢？"

巧云咯咯地笑道："就是这件事。"

吴奎笑道："哦！是了。"

之后的声音越听越不像话了，费猛恨不得冲进去，将这一对儿鸟男女结果了。毕竟因为自家颜面攸关，只得极力按住心头之火。

及听到这紧急的关头,仍悄悄回房去了,心想,这丫头终是我的骨血,我只好高高手放她过去,但以后要加倍防闲,一步也不许离开我左右就好了。

到了第二日,费猛只将吴奎唤到厅上,说:"我这里有封信,你快给我送到鄱阳帮铁老师那里,第一机密,第一机密。"

吴奎接了信,当日出了独角村,接连走过好几个码头,那天因为下了一阵秋雨,吴奎便趁早落在一所荒寺住下。因为身上衣服淋得像落汤鸡一样,打开包袱,原来包袱里的衣裳也有些潮湿了,只得胡乱换过。忽然看见那封信也潮湿了一片,便招呼一个老道,取盆火上来,先将衣服烘干了,再将那信近火烘了烘。忽地火盆里的柴火爆炸了一声,火焰便直伸起来有三尺多高。他连忙缩了手,那信已烧了一角。

吴奎这一惊非同小可,师父这样机密的信被火烧毁了一角,怎好带到鄱阳帮那里去见铁师公呢?只得准备将信拆开,看是什么话,就好模仿师父的字迹,重行抄录一份,也好对铁师公敷衍一番。谁知不拆犹可,将那信拆开看完了,吴奎不由吓得直战起来。

那信虽被烧了一角,却是两句无关紧要的话。信中的大意,是请铁鼎派人到独角村来,预为同金钟讲和不成,准备武力解决的意思,这倒与吴奎本身没有什么关系。最令吴奎看了心胆俱裂的,内中附有一行小字是:

> 吴奎轻敌卖友,业已调查属实,要求处以殛刑,以为老师门下违背帮规者戒。

吴奎自信在太行山打了那个败仗,并不能算是轻敌卖友,不过同巧云的情事,被他察破了,就将这个帽子扣到我头上,假手铁师公,坏去我的脑袋。欲加之罪,又何患无辞？我拆坏他秘密的信件,我这脑袋已有些靠不住,何况这信中又要求铁师公杀我呢？怕是怕不出道理来,就不若准备一个远走高飞,我嫖了他的女儿,谅他也咬不了我。只是逃到哪里去,才避免得他的耳目呢？

心里正在踟蹰,即见那个老道进房说道:"老和尚要请施主吃饭去。"

吴奎奔波了半日,腹中也有点儿饿了,只说一声:"叨扰不当!"便揣了信件,随着老道,沿廊走至方丈,看中间摆设几样饭菜,迎面坐了一个老和尚,同一个女子对面讲话。

吴奎愣了愣,心想,这老和尚像在哪里看见过的。只得走上前,向老和尚见礼。忽地那女子转过脸来,向吴奎望了望,便起离席,从腰间抽出一把宝刀,直奔吴奎,却被老和尚一声喝住。

那女子发话道:"老师父听道人禀告,几乎将你这贼骨头当作江湖上好朋好友,也请你到客堂里吃饭。不料你这贼骨头,当日是我手下的败将,今日又鬼使神差地到佛寺来受死。"

吴奎仔细向那女子望了望,相貌虽只十八九岁,但满脸如涂上一层丹砂,兀自争辩道:"你怎说我是你手下的败将？我同你没有过不去,为什么要给我当面开销？我一不是怕你,二不是让你,只因看在老和尚佛面上,不好同你争较。你想我是谁？说来要吓你一跳,我是惊虎胆的门下,唤作毛毛虫吴奎便是。"

那女子道:"对了,我认得不错。你想我是谁？当日是你受费猛的命令,到我那里下书,把我床上的被褥都割裂了,只恨我那时没射你一箭,吃你逃回去,害了我石世兄,空劳我去探望一场。今日冤家相逢窄路,谅你插翅也飞不出觉林寺去。"

吴奎听罢,才知她是金玉珠,化装得这个模样儿,便向玉珠赔罪不迭,叙说剑星陷落独角村的情形,并言费猛说他轻敌卖友欲处置死地,只到这时候才发觉。却将他和费巧云暧昧情事,只淡淡漠漠地说了几句,即从怀里取出那封信,给玉珠看。

玉珠看完了,随手将那信撕碎,又向吴奎喝道:"你这话是真是假,用不着和你争辩。只是你若脱离了独角村,此后改过迁善,是你的造化,良言尽此,滚了吧!"

话才说完了,老和尚即起身向玉珠道:"蒙金小姐赦了小徒,谢谢!"

玉珠听他这话,只摸不着半点儿头脑。忽见吴奎仔细向老和尚望了望,偏着头又想了想,即双膝跪下说道:"老师父的法名,是上悟下迷了?记得我在八岁时候,不是见老师父到我家去,要化我做徒弟吗?"

老和尚哈哈笑道:"你那时若皈依三宝,这二十年的魔业也没有了。无奈数由天定,佛力也无可挽救。你在老僧这里落发出家,摆脱层层业障,保你没有危险。若再仗着点点把式,不向正途上行去,将来还不免身败名裂,死无葬身之所?"

吴奎顶礼受戒,便在觉林寺落发出家,法名净业。

过了两日,老和尚将寺中的事务交给另一个徒弟管领,自己带净业入山修道,不知所往。

玉珠却在他们临行前一日,已告别去了。

且慢,在第二回书中,曾叙金玉珠连夜到独角村去,想救剑星脱险,在下正忙着写石剑星落险的经过情形,没工夫腾出笔墨来写到金玉珠夜探独角村事实上去。虽然蛛丝马迹,中间也留下不少的痕迹,总觉看官们对于这件事,有些纳闷。如果模模糊糊地撇过去,就出了个大漏洞,趁在这时候,交代排场,再挽到金玉珠去往觉林寺的一番事实。这支笔,还要借费猛方面写起。

原来费猛在八月十七那一夜,正在逍遥宫里讯问石剑星,忽然有人向他报说,外面捉了个皮荷包,要请老师令下定夺。

费猛听罢,心里早就明白了,便出了隧道,暗暗吩咐一众的徒弟,不许声张。直走到客厅门外,那客厅门早关了起来,便舐开门上的窗纸,向里一望,看见中间绑着一个年轻貌美的男子,面上像涂了一层蓝靛。两旁站立几个徒弟,向那男子哧哧地笑。

即听有个徒弟说道:"你也是有眼睛、有耳朵的,胆敢到独角村盗宝,真是天堂有路你不走,地狱无门闯进来了。"

那男子辩道:"这做贼的事,不是随便冤赖人的,我的赃在哪里?你得将这个贼名给我洗个清。"

那个徒弟说道:"你没有做贼,半夜三更到咱们屋上来,是干什么的?咱们都是做珠宝生意的人,你这贼必然偷了咱们的珠宝,揣在裤里。"

那男子又辩道:"假如裤子里搜不出珠宝来,我好端端一个人,你不该硬赖我是贼。"

那人道:"你裤子里的宝贝,还假得来吗?你要咱们搜,咱们就老实不客气,不搜是不行。来来,且脱去你这裤子,看是有没有好宝贝。"说着,便要来脱他的裤子。

那男子不由哇的一声哭起来了,说:"身可杀,这裤子是脱不得的。"

欲知后事如何,且俟第七回分解。

第七回

独角村美人遭毒手
觉林寺和尚显神功

在这间不容发的时候,那徒弟遂缩回了手,调换了口风,向男子笑道:"你既不愿给咱们搜一搜,显得偷了珠宝,藏在裤子里了。咱们这里的规矩,有人来偷珠宝,被咱们捞住了,绳捆索绑,先行捶打一顿,在铁绳上绑了一块大石,向门前河里一掼,活活地淹死,用不着请官惩办。你死到临头,劝你实说了吧!"

那徒弟面容略和缓些,汉子的口吻又强硬了,只听他回道:"你们这道河,曾淹死过几个贼,怎么你们这些贼骨头还没有淹死呢?"

那徒弟点头道:"不错,我们是贼骨头,你是什么东西?你不实说,当真要脱去衣服活现形吗?"

正说到这里,费猛即推门走进来,问是什么事。

又有个徒弟禀道:"孩儿们在穿厅上吃夜饭,忽听得屋上一声猫叫,孩儿们听这猫叫的声音有些不对,一声呼啸走出来,果见这个贼已从屋上跳下来了。孩儿们见势不妙,打个哨语,大家向后一让,捏着鼻子,放出闷香来,将这个贼迷翻了,捆到客厅上,将她喷醒。看她两耳垂上,有两个针孔,面前还留着短短的流海,就知她是女儿化装的。只问了她一番,她的口紧得很,不肯说出实话来,请老师示下惩治。"

费猛道:"她身边可带有什么武器没有?"

又有个徒弟取上一把刀来,说:"这是她带来的武器,亏得孩儿们见机得早,若是稍疏忽些,不知在她这把刀上要伤死多少人呢。"

费猛取刀一看,看这刀只有一尺多长,寒光如电,那刀柄上嵌着七粒明珠,还钤着"金玉珠"三个字,连忙向众人摇手道:"这个贼很有点儿道理,不能将寻常贼骨头看待,让我打发她回去吧!"

这男子正是金玉珠改装的,她看费猛的气派,早猜着他是独角村的盗首了,算来自家的行径也被他拆穿了,只当作费猛说打发回去的意思,是江湖上的黑话,江湖上要送掉那人的性命,就说打发那人回去,便也很斩截地向费猛道:"你我也不用再说那藏着骨头露着肉的话,我金玉珠前来探听石世兄的消息。前日我已伤了胡豹,谅你不肯开释我,要打发我回去,就赶快请你处死我吧!"

费猛佯笑道:"我道是谁,原来还是你。晚间我有信警诫你,你居然还有这吃虎的胆,敢到独角村,斗斗这强龙。左右!快给我抬到那地方去,让我细细问她一番,再打发她回去。"

左右答应了一声,便用一块青布扎了玉珠双眼,抬到逍遥宫来。才解去眼上的青布,玉珠便觉霍地灯光一亮,看费猛俨然高坐在那暖炕上,两边排立着十来个凶神恶煞的汉子,摆尽了他的威风。那吴奎还不在内,可见独角村的党羽太多,不是容易好对付的。

费猛道:"你看见了吗?凭我的势派,要处死你们父女的性命,直似踏死两个蚂蚁。不过我同你父亲相交有日,实在换不过这个脸来。你伤了我的徒弟,我只将那东西擒来,尽尽告诫,不许你管问我们的闲事,显得我姓费的还肯对你父亲讲个交情。谁知你又要老佛面前大翻一个筋斗,你须不能怪我心肠狠毒。

只是你还有什么话,要对我讲?"

玉珠朗朗回道:"老实对你说,我父亲此次出门,显得同你没有交情可讲。他的女儿射死你的徒弟,你更犯不着同他再讲交情。我们金、费两家,站在对敌的位置,谁有本领,谁就扑杀谁,谁也不能怪谁的心肠狠毒。"

费猛又问道:"究竟你父亲是到哪里去了?你不告诉我,就得在你十个指甲上捆下十根针,再送一碗胡椒面给你吃。只要你对我实说,就趁早送你回去。"

玉珠哈哈笑道:"你不是糊涂虫钻到脑子里去吗?无论我父亲此番出门,访求朋友,没有一定的踪迹,我是不知道。即便我知道,我若怕你严刑拷问,也辱没我父亲一世的英名了。"

费猛点了点头,又问道:"石剑星是你何人,你要舍身救他出险?这东西可是你父亲请来的吗?"

玉珠道:"我父亲何至要请石剑星同你为难?果如此,你就高枕无忧,一辈子也没有失脚的时候了。他是我的世兄,到太行山来访我父亲,连我家的住所他还不知道呢。他被你擒住,我不冒险救他一场,也同你这老贼是一样的凉血。"

费猛沉吟了一会儿,说道:"好孩子,你可知道,石剑星已被老夫一锤打成肉酱了?"

玉珠听罢,便痛哭一声:"哥哥!"忽又大笑起来。

费猛道:"这孩子是疯了吗?适才的话原是哄你的,我限期三年,如果你父亲在三年以内肯同我冰释前嫌,从此桥不管桥,路不过路,我就高高手放他出去。若出了三年以外,就将石剑星及你们的同党,一并绑来开刀。"

玉珠道:"你这话才哄我的呢!"

费猛笑了笑,便向西房内叫一声:"来!"

玉珠好生惊讶,只当剑星已降服他了,口里只骂石剑星须不是好汉子。及至房里出来的是个风流貌美的女子,走到费猛面前,便问:"爹爹有什么吩咐?"

费猛向她低声说了几句。那女子便来替玉珠解着铁索。

玉珠连连摇头道:"不要解,不要解,你们做强盗的,难道'缚虎容易放虎难'这句话都不懂得吗?哪有这样糊糊涂涂开释的道理?"

这女子正是费巧云,当向玉珠笑道:"于今我父亲模模糊糊地开释了姐姐,你倒放起刁来。你要见石剑星吗?且让我给你松开绑,好好地随我回房去,停会儿我父亲自将剑星带来,和小姐相逢一面。"

玉珠心想,剑星既没有遇害,她又开释我,我倒不用再同她计较什么了。待我出了这陷人坑,再作第二步的计较。想到其间,便索性听她摆布。

巧云给玉珠解了铁索,抱回房里去了。

看书人到此,要回想到第三回书中,石剑星在逍遥宫见了金玉珠,只见玉珠对他笑了笑,只当作玉珠这笑里要含有悲愤幽怨的意味,哪里知道她笑的心思,是欣幸剑星将有出险的希望呢。

费猛听有个徒弟报说,石剑星在黑暗世界连伤两名伙伴,便喝令将剑星绑到杀人房里开刀。而玉珠在这紧急的关头,却像行所无事的样子,明知费猛绝不愿杀石剑星,不过恫吓他,不致再闹出什么岔儿罢了。

话休絮烦,且说费猛那时吩咐他的徒弟,将剑星押到黑暗世界。巧云即将玉珠带回房中,便叫小丫鬟:"倒杯茶来,给我润一润喉咙,我好送金小姐回太行山去。"

丫鬟倒上两杯茶,送至巧云面前。巧云喝完了,便乘势亲自斟了一杯,冷不防将一些药末撒入茶杯之内,直送到玉珠面前,说:"姐姐请用茶吧!"

玉珠想不到她在茶里撒了催眠药末,看巧云说也有、笑也有,原不像含有恶意似的,她咽喉里也有些干燥,只得呷了一杯。约隔了三杯茶时候,玉珠忽觉有些蒙蒙眬眬上来,伸了个懒腰,一合眼便不知所以。直到第二日上午时候,才醒转过来。看是睡在自家的床上,七星刀仍放在身边,早知是巧云暗中作祟,将她送回家中来了。心里也就猜着费猛的一种手段,并非怕我父亲,是怕我父亲此行,得结纳江湖上真有本领的人和他反对,留剑星做押当,预作讲和的地步。岂知我父亲已看穿他的行径,哪里能同他讲和呢?待访得真有本领的人,打破独角村,自然连带将剑星救脱出险了。

　　金玉珠以为她想得不错,本准备等她父亲回来,再作计较,无如她想起石剑星来,坐在房里,竟似热锅上的蚂蚁。又转念想道:"我父亲的新交旧友,本领都在他之下,此行是访求山林中隐逸之士,他老人家干得这件事,偏我就干不得吗?救人如救火,石世兄一时不出险,我这一时就好像心里有些疼刺刺的。"

　　这一转念,更觉不能坐视了。她父亲本来最善化装,五颜六色的面孔,化装得惟妙惟肖,家里虽没有多少家具,但化装的器具、衣服、材料、颜色,都配合得应有尽有。

　　她也时常化装出来,学有渊源,也能装着什么模样儿就像个什么模样儿。她此时却不改扮男装,尽用配制停匀的颜料,脸上装得同涂抹了许多丹砂,便闩起门来,从窗外出来,仍将窗门搭起,便有人前来偷东西,她心里只想急访得怀抱绝技的隐逸之士,打破独角村,救出她的石世兄,家中的东西并不把来挂在心上。可是接连访了多日,仍访不到怀抱绝技的隐逸之士,连她同样本领的人也没有见过。

　　这日走到一处村镇,忽听人传说,觉林寺有个悟迷老和尚,能知人间过去未来、吉凶祸福,如同亲眼看见的一样,不愧是佛门中一尊活菩萨,但不肯轻易赐教。

玉珠听说有这么一个活菩萨,便想去问他一问,究竟石世兄几时脱离了陷人坑。便向人问明路径,到觉林寺来,向大殿上走去。

远远看殿间有个鹤发童颜的老和尚,坐在蒲团上嚷道:"这样的东北风,天是晴朗朗的。"一眼忽见玉珠走进面前来了,又说:"有根器的,果竟不同凡响,你可是从东北方来的吗?"

玉珠心想,这真算是活菩萨了,我不就是从东北方到觉林来吗?口里也不住叫作:"活菩萨说得不错!"便向老和尚拜下去。

悟迷老和尚起身,打了个稽首,说:"不敢当,这样的东北风,看小姐背后飞了许多灰尘,才知小姐是从东北方来的。"

玉珠道:"我有一件事,想求活菩萨指示。"

老和尚便将玉珠带入方丈说道:"小姐怎么叫老僧活菩萨呢?"

玉珠道:"不是活菩萨,如何未卜先知?生成这副慧眼,吉凶祸福、过去未来,都了如指掌?贵乡人的论调,果不欺我。"

老和尚道:"什么是活菩萨,能知过去未来的事?那是老僧借佛设教,好引度他们顽蠢汉子,趋吉避凶,走入正轨的。却如何欺得小姐?老僧将吉凶祸福、过去未来的事,向他们一半说得对了,他们能有多大智慧,便将老僧当作神仙活菩萨样的恭维起来?一半说得不对,而老僧是打着禅语,这里面夹着两边风,求相问卜的人都不因老僧说得好是吉,说得不好是凶,都说天机不能尽泄,神仙活菩萨的预言,都包藏在隐微玄妙之间,仓促中只解不透说不出。及至事端已过去了,便自诩恍然大悟起来,说原来如此,哪知已受了老僧欺诳了。但老僧总得劝他们改过迁善,有时也凭着理智,判决人事的吉凶,但不能说得了如指掌。小姐有什么事问我,不妨倾情尽吐,我的见解虽不十分清澈,但多少总该有些补益。"

金玉珠不由照情实数,向悟迷老和尚说了一阵子。

老和尚听了,很惊诧地问道:"金小姐,你怎么讲?你们怎会同他作对?你们的对头,既是惊虎胆费猛,快不要说报复的话了。"

玉珠改换了称呼道:"老师父同他有交情吗?"

老和尚摇头道:"我哪里同他有交情,只可惜我没法能对付他,只好同他敷衍门面。山林中怀抱绝技的人很少,本领练得老僧这样地步,也算下过一番功夫,只是还不能奈何个费猛。"

玉珠道:"老和尚本领果然了得,不妨请赏赐一点儿,给我开开眼界。"

老和尚看桌上放着一只古铜香炉,便将那香炉里茶灰并入无量寿佛前面一只锡香炉里,随手将那古铜香炉放在掌心,两手合并,只一搓,好奇怪,却搓成了一块铜饼了。

玉珠道:"老师父有这样大的本领,还愁不能处置费猛吗?"

老和尚道:"我这是内家功夫,他是外家功夫,外家功夫好到他那一步,非得比他更好的外家功才对付得了。老僧对于外家功夫是个门外汉,但有这样的内家功,他明知老僧表面上和他敷衍,心里却同他久成水火,也奈何老僧不得。却不听信老僧的劝谏,简直使老僧毫无方法。能除去这个大怪物,现在有个人,也学的外家功,不过在这外家功里,又分成派别,总之他们的功夫,和费猛比较,也算半斤八两。只是他有个怪病,只是对付费猛不了。"

玉珠道:"请问老师父,这个人是谁?现在哪里?"

老和尚道:"这些话要能对你说,早就对你说了,老僧又何苦坑害他呢?"

玉珠道:"照老师父这样说,唯有同他讲和,待开脱了石世兄,再设法处置他便了。"

老和尚迟疑道:"这也可以,但是讲了和,你们就要高飞远走,不能再住在太行山了。说一句不用见怪的话,他若尽干碍尊大人一人,未必便肯讲和,要同他讲和,就先得向他摆个势派,没向他摆个势派,哪里便说到讲和的一步?"

玉珠听罢,只出了会儿神,心想,他既不能出面帮我,我在这里久坐,也没有半点儿效用。想着,便向老和尚告辞。

老和尚忙拉住她的衣袖嚷道:"你这时候不能出去一步,你向哪里去?你可知道,人有不测的祸福,天有不测的风云。"玉珠听他这话,不由大吃一惊。忽听哗啦啦一阵响,回头一望,门前闪了一道电光,接着啪的一声巨响从头上响了过去,竟是山摇地裂的光景。

毕竟是什么祸变,欲知后事如何,且俟第八回分解。

第八回

块垒难消双睛喷火焰
冤仇已解斗酒见豪情

　　老和尚道:"落下这样大的雨,你走向哪里去?且在敝寺吃过饭,胡乱在客寮里睡歇一宵,明天让你去。"
　　玉珠只得坐下,知道老和尚虽不肯出山奈何一个费猛,但看他绝不是费猛的羽党。一时雷声电影,雨水盈阶,略向和尚谦逊了几句,复又高谈阔论起来。
　　忽有个火工道人前来,报说外面来了个怎生打扮,怎生模样儿的人,身边佩着单刀,在间寮房里躲雨。
　　老和尚想,这个人也不凡,待道人摆下饭菜,便叫他招呼那人前来吃饭。
　　在玉珠方面,并不料那人便是吴奎。及至和吴奎相见之下,不是老和尚从中调停,险些又闹出一场祸变。
　　那时玉珠听和尚向吴奎说的话,事实也不错,但信和尚收留吴奎做徒弟,借佛设教,不啻给吴奎加入一道紧箍符,将他引入正道,实际上也为社会上除一害马。
　　到了第二日,玉珠便辞了老和尚,重行登程。接连又访了十日,又没访得一个真有本领的人,玉珠好生焦躁。
　　那天行到河南襄阳境界,在一座小小的村镇上打过尖,才出了店门,忽然来了一个老叫花,直向玉珠身边扑来,说:"你是从哪里来的?"

玉珠向这老叫花仔细望去,只见他满脸污垢之气,乱蓬蓬的发散披在肩上,身穿了一件破旧的白裤子,看白裤子肮脏得要像个黑裤子了。上身没有穿着衣裳,只披了一片稿荐,脚上踱着一双没有跟的鞋子。不是听他说话的声音很耳熟,几乎在仓促间,认不出是自己的父亲来。只因见镇上的行人熙来攘往,不便向她父亲多说什么,只淡淡说一声:"孩儿是访你老人家,请问你老人家如何变成这个样子?"

那老叫花正是穿山甲金钟,当下只向玉珠说了声:"一言难尽。"便将她带入一座小小的土地祠里,父女说了一阵。

原来金钟出门时,防备费猛前来踩缉,转化装得这种叫花模样儿,终日劳苦风尘,也走过许多深山大泽,终访不到真英雄、真好汉能助他对付费猛。如今听玉珠说剑星失陷独角村的情形,更加心急如火,便给玉珠也化装像个叫花女儿模样儿,同走到襄阳邻近的山岗里。

天色已将近二更时分了,父女两人正向前走着,可巧一眼看见有个山洞。那洞门里蹲着个叫花,他仿佛听得洞外脚步声响,便走了出来,在星光之下,向金钟父女各翻了两眼,拱手向金钟问道:"老朋友,是哪一辈子弟兄?面生得很,自来不曾会过。"

金钟听这叫花说话的声音,如铜钟一样地响,看他两个眼珠,火一般地露出电光来,眼光照在他身上什么地方,电光便射到什么地方,猜着他也不是乞丐行中一流人物。

金钟便向前拱了拱手,说:"请问老哥,头上有几层宝塔?"

那叫花听是行内话,便回说:"是七层。"

金钟随口应道:"那就是自家的好弟兄了。"

那叫花直笑得跳起来,便领着金钟父女,黑魆魆一直向洞里行去。走过一个弯,忽见里面隐隐透出灯光。再进十数步,见地下还铺着一个布垫,靠壁处另有锅灶、狗肉、猪肉,热腾腾地烧得快熟,几把没有盖的瓦酒壶里,贮着满满的酒,那阵阵酒香、肉香,扑鼻而至。

叫花便请金钟父女在布垫上坐定,两下请示姓名。金钟便改名秦冲,这是他的女儿秦壁。

叫花也向他报了姓名,说:"我姓朱,名儿叫作一个雷字,是南京人氏,流落在这地方做了乞丐。不想这里有个罢头,他姓宋名卓,外号唤作酒里蛆,头上顶着六层宝塔,痨病鬼的样子,也有些本领。见了我,常要请我同他见个高下,好显显他的脸子。我的班辈比他大,不愿和他动手。他有个哥哥叫作宋钰,我曾约宋钰今夜到这地方喝酒,想指教他几句,要他劝着宋卓,下次休要对我无礼。我在今晚煮好了肉,便蹲在洞门口,看那宋钰来也不来,不想遇见了老哥,真叫兄弟快活极了……"

正说到这里,忽然有个叫花子走进洞来,脚步底下跌跌撞撞的,像有八九分酒意的样子。朱雷认得他是宋卓的哥哥宋钰,不由迎得上来。

那宋钰见了朱雷,早高叫起来,说:"朱老大,我们有两天不会了,你在晚间只像耗子躲在洞里,不敢出来,把做兄弟的都想坏了。我若有半句撒谎,叫我的娘陪你睡。酒,我已吃了,今夜不是来吃你的酒,要请你到我兄弟那里凑个热闹。"

朱雷放下稿荐,大怒道:"谁是你的老大、老二?你把老子比作耗子吗?你要老子同你兄弟打几手,就得把你的娘叫出来,也陪老子打几手,老子就依得你。"

金钟父女见这情状,待要向前调停,又听宋钰昏昏懂懂地嚷骂道:"姓朱的,你是抱着你的娘睡昏了,臭烧酒吃在你爷爷肚皮里,要你牛口里放的什么臭屁?"说着,便抡起拳头,向朱雷劈面打来。

朱雷一不避让,二不还手,只听得噼噼啪啪数声巨响,接着便听宋钰叫了声:"哎呀!"拳头打在朱雷的头上,如同打在铁桩上相似。才打了四五下,那打出手的拳头已痛得不能再打了,拳头肿得像碗口一样,五个手指都揸不开,眨眨眼都肿得不能动弹。

朱雷才退后一步,向宋钰喝道:"你这东西,儿子大是老子的,喝了几杯黄汤,眼睛里就认不得老子了?你打老子的吗?你记清了数目,老子同你兄弟算账。"

宋钰光翻着赤红珠睛,向他乜了几下,用那只手抱着拳头,脚底像画十字似的去了。

朱雷便踅转身来,问金钟道:"可是老大哥亲眼看见的,不是兄弟鲁莽,这东西实在讨厌极了。"

旋说旋盘膝坐下,便取过几把瓦壶,每人面前放着一把。朱雷也不向金钟父女招呼吃酒,便咕嘟咕嘟,一口气先喝了三壶酒,才掀开锅灶,尽兴撕吃那牛肉。吃了一阵,才将这锅灶放在布垫上,说了声:"请!"

金钟父女只随意略吃喝些,看他越吃越觉有味儿,刹那间酒也空了,肉也完了,他一些也不觉有酒醉肉饱的样子,便向金钟笑道:"停会儿宋卓必来给他兄弟翻本,不若到洞门口去迎他,请老大哥爷儿们站在旁边,给兄弟壮壮声威。"

金钟向玉珠丢了一眼,便随他走出洞外。

这夜星光遍野,百步见人,金钟看有一群的叫花蜂拥而来,为首的约有三十来岁,生得骨瘦如柴,两眼神光四射,看来同小星一样,知道这瘦叫花当是宋钰的兄弟宋卓了。

宋卓走近朱雷面前,打雷似的喝道:"是好汉,就不该动手打醉汉子。原来你这厮大本领无处使,专要在醉汉身上摆威风……"

正要向下说去,忽看见朱雷背后站立一个老头、一个女子。

那老头儿神气十足,那女子英风逼人,料知也不是等闲的人物,转向金钟拱手道:"在下少会得很,不知老人家是哪一座山门?哪一层的宝塔?我来给哥哥报仇,要望老人家参一句公道。"

金钟在未见宋卓之前,心里也十分着恼,恨不得朱雷一拳打杀他。及与宋卓见面,转不由发生一种爱慕的好感,只恐两虎相斗,终有一伤。便是宋卓真受伤,也很可惜,遂从中调停道:"老朽和这位朱大哥是同辈的朋友,也是初相逢,难得你们厮并的时候,有老朽在这里。想卖个情面,替你们讲和。朱大哥虽有四五十岁,但本领未必示弱于人,老哥正在英年,自然也是我辈中一个大拇指。令兄和朱大哥血气之争,他虽受着重伤,但朱大哥对他没有还手,要请老哥稍息雷霆,不可因血气之争,伤了同道的和气。"

宋卓听金钟这样说,放宽心怀,略对金钟敷衍一番,即使一个飞虎穿心的架势,一拳向朱雷心窝里打来。朱雷并不闪避,也挥拳相应,真是棋逢敌手,只见两对拳头越打越近,都不闪让分毫。当当当,当当当,两人的拳头无论谁打在谁的什么地方,就同铁锤打在铁凳上的样子。

金钟父女都暗暗喝彩,便是宋卓后面的一群乞丐,一个个都打扫喉咙,那一阵喝彩声音,大有山鸣谷应之势。

忽然两人扭跤起来,这光景好不热闹。两人的手,谁都搂结在谁的背后,谁都对谁显出性命相扑的样子。看朱雷身体,却屹然不动,没有移转分毫,宋卓的身体也同在地上钉下一根桩的样子,只是扳摇不动。似此扭结了好一会儿,忽听朱雷一声哦喝,响彻云霄,那散披满肩的头发,都一根根倒竖起来。宋卓背后一条结成饼的小辫子,也气得从头顶上直竖起来,似朝天炷香的光景。

看的人都拍掌称快,那阵阵彩声,又像炸雷样的麻烦起来。

这时候,才听得宋卓喝了声:"住了!"

这声才了,朱雷已将手一松。便见宋卓向地上一跪,连连叩头道:"小朋友们都说我的本领比朱师父高,我说是他们替我吹牛皮,他们总是一百个不承认。早想同朱师父见个高下,好禁止他们胡说一阵,朱师父总不肯答应我,没有法子,所以才用这个计较,好显出朱师父本领,要算牛角不尖不过界了。于今领略得朱师父的硬功,实在比我高。你们不相信,看我今天是对他低头服输了?"

众人只打算宋卓果被朱雷打败了,朱雷倒相信宋卓的话句句不是从心坎里挖出来的。当由宋卓邀着朱雷及金家父女,到他洞里去玩玩。众人都一例赞好,齐打伙,到宋卓石洞中来。

原来宋卓的洞口是座深深的大坑,上面盖了一层土。走地洞中,如同在坟茔里样子。

宋卓道:"前日有个悟迷老和尚送六瓮回龙酒,难得老前辈降临,我们要喝他一场。"

正说着,忽然洞里有个人呢呢喃喃地睡在那里,一面问着宋卓,一面打着哼声。朱雷听出是宋钰的声音,便向他笑了笑,说:"对不起老弟台……"

宋钰不待朱雷接说下去,兀地坐起来,捧着那个红肿的拳头恨道:"你打伤我到那一步,到我洞里来,我没有发酒疯,也算对你低头服输了。你还要当面嘲笑?"

朱雷正欲分辩,宋卓便指着他哥子说道:"老大,你还敢对朱师父无礼!那是你打朱师父,怎么你说是被他打伤呢?"说着,便转身向朱雷道歉。

宋钰不服道:"他没有伤我,我这手膀怎么肿得这种光景?要痛死我也!"

宋卓道:"是你自己受了自己的伤,哥哥如何知道?凡人打出手的气力,若有千斤重,这千斤的重量,若对方人不肯承受,这力量仍得逼了回来,你的拳臂上要受着大震动。这是你打出手的气力,只有百斤,仅肿痛到这一步。如果你出手有千斤以上的气力,打在朱师父身上,他不肯承受,我怕你这拳头和膀臂要拗断了。你这伤势,须怪不得朱师父,也无须朱师父给你医治。你等过一夜工夫,筋脉自然恢复原状,一些也不肿痛了。"

宋钰方才不说什么,他痛得无以解嘲,就在那洞子里唱起不三不四的京曲来。那一众乞丐也就在那里面,你枕着我的大腿,我靠着你的屁股,睡得煞是可笑。

宋卓便将朱雷三人直引到里面一张芦席上坐下,果见灶旁有六个小酒瓮排列着,每个酒瓮要盛有两斤酒,瓮旁那边捆着两只鸡。宋卓亲自将鸡杀死,去了肠脏,调和油盐酱醋,便连毛放在锅里炖起来,取火在灶前燃烧,像这么烧了一个时辰,便将鸡取出来,整个剥脱外面的鸡毛,用两只瓦锅子盛起,放在芦席中间,随取个大酒斗上来,搬过一个酒瓮,望了望,便叫一声奇怪道:"哇!老大偷喝我的回龙酒了,看这瓮口是纸糊的,上面有了个小孔,绝对是老大用芦管放在孔里吸酒吃。这是回龙酒,又叫作酒做酒,这酒须比不得寻常的薄酒。他偷吃了回龙酒,怎么不醉死呢?"

旋说旋揭开纸糊的瓮口,又不由大笑起来,说:"还好,这瓮酒只被他吸了个瓮口,把他的舌头都烂大了。若再偷吃几口,他这一辈子就没有酒吃了。"

旋说旋将那瓮酒倒下一半在斗里,便叫道:"斗酒但请竖手,不吃请用菜,这回龙酒须不好斗着耍的。我常听朱师父说,终年没有一醉,今夜正好同我拼去两瓮吧!"

朱雷说了声:"好!"两人欢呼畅饮,好不快活。

金钟父女闻得那阵酒香,但没有心肠吃喝,只淡淡夹了几块鸡子,觉得煨炖得倒还可口。

看他们这两个酒丐,你一口,我一口,咕嘟咕嘟,喉咙里都有些捆捆作响。顷刻间喝了一斗,便将瓮中的酒都倒下来。

忽地宋卓向金钟笑道:"你老吃了几块鸡子?这酒尽吃一两口,是不妨事的,多吃就要醉死在这地方了。"

金钟相信自家酒量不小,他既这样说,便随意吃喝一两口,也没要紧,遂将那酒斗接过,呷了两口,觉得那酒猛烈无比,才咽入喉咙,面上不由红了一阵,头脑也有些要涨大了,竟似有五六分酒意的样子。便将那酒斗放下来。

宋卓不再勉强,他便接过酒斗,一饮而干。便听砰的一声响,顿使金钟变了颜色。

欲知是什么变故,且俟第九回分解。

第九回

弹甲高歌风尘嗟潦倒
单刀直入豪侠发狂言

原来是宋卓用手指弹着酒斗,铿然作响,一面弹,一面唱道:

依然是酣舞太平如昨,到今朝便记不起当初的雨横风斜。
俺不憩恶木阴,俺不饮盗泉下。
半生事业随流水,两袖清风付落花。
只剩得棱棱瘦骨几根,蹩蹩精皮一架。
残肴剩饭沿村化,问苍天还打落几个糊涂卦。

金钟父女听他这歌声唱得淋漓悲壮,没有唱完一节,就令人听了辛酸泪落,心里好不惊讶。接着见他又开了一瓮酒,倒满了一斗,将酒斗送至朱雷面前,便见朱雷一气喝了半斗,口里连说:"好酒,好酒!叫我喉咙里的虫子都要痒出来了。"

说着,也用指甲弹着高歌道:

身万里,志千秋,人雄死后鬼雄生,戴着头颅难受。
俺不做燕山屠,俺不学钓台叟。
可怜身世无穷恨,破碎河山泣楚囚。
王孙落魄,老骨消磨。公子吹箫,生涯依旧。

天涯知己幸逢君,问何时直捣黄龙,痛饮一杯复仇之酒。

金钟父女听罢,早想他是朱明的后裔,一经触动家国之感,借酒浇愁。这歌声好不惨痛,总使人听了,心里有些酸剌剌的,眼泪也跟着流下来了。便由金钟问讯朱雷的家世。

朱雷道:"我要算痛快极了,今宵只管吃酒,老大哥问我这些话干什么?"

说着,又捧着那酒斗喝了一大口,便送到宋卓面前。宋卓接着一口吸干了。

两人又拼完了那瓮酒。宋卓还想再添,朱雷忽止道:"这样好酒,真难得,且留着四瓮,我们还好吃个痛快。我问你,你这酒说是什么悟迷老和尚送给你,这个老和尚,同你可是相好的忘年朋友?"

宋卓道:"他生平只说我算他的朋友,却又说我有个怪病,就是要喝酒。"

朱雷道:"这个秃驴该杀,他既送你六瓮酒,为什么批说你会吃酒呢?"

宋卓道:"这里面有个缘故,他曾劝我戒酒,我说,'戒酒很容易,但必须先请我吃个痛快,不吃是不行。'他要我发誓,我说,'不戒酒,就叫我死无葬身之地。'他才制出六瓮回龙酒送给我。我吃了这六瓮酒,就要打碎酒斗子了。"

朱雷道:"我们酒是性命,性命就是酒,没有酒,还要这性活在世上干什么?你是我的知己,就不用戒酒。"

宋卓哈哈地笑道:"依你依你。"

这里金玉珠听着他们这话,回想到老和尚曾说他有朋友,本领和费猛不相上下,但有样怪病,恐怕对付费猛不了。老和尚说的这个朋友,当是宋卓了,不想我父女今夜又遇得两个了不得的酒丐。朱师父的本领同宋卓也不分上下,有他们两人出来,也许能侥幸破了独角村,救出我的石世兄了。想了想,便趁他们吃着酒肉的时候,将独角村费猛的行径,以及剑星失陷在独角村的事实,他们父女化名的苦衷,并同悟迷老和尚不愿宋大哥干这事的意思,低声向宋卓逐层逐节地说了。

宋卓听罢,两个骨碌碌的眼珠顿时红赤起来,说:"秃驴,他不早对我说,反怕我吃了酒,讨不着强盗的便宜。照姑娘这样讲,看天地虽大,有没有那强盗容身所在。"

朱雷道:"论他学过罩门的功夫,凭我们几个人前去,要踏破独角村,这算是什么大不了。我们有这四瓮酒,也好助兴去杀他一个痛快。只要不着了他的道儿,还愁救不了一个姓石的小子吗?好孩子,你要我们去吗?今夜便动身随你们前去。"

金钟父女都感谢不迭。宋卓便去将那帮乞丐嚷得起来,说:"这里还有残鸡残汁,我们有了心事,只是吃不下,赏给大家吃了吧!"

又走到宋钰面前,高叫一声:"哥哥!"

宋钰应声而醒。

宋卓道:"哥哥的伤怎么样了?"

宋钰道:"现在已渐渐好起来,大约不出一昼夜工夫,就可以没有事了。"

宋卓道:"兄弟要出门一行,烦哥哥带领孩儿们,留守洞府,不上一月就回来了。"

宋钰道:"你是去不得。"

宋卓道:"怎么去不得?"

宋钰道:"没有什么,你去了,我要打坏那几个酒瓮子,永不偷吃你的酒,你回来也没有酒吃了。"

宋卓笑了笑,遂带了一个大藤箩,把那四小瓮酒都放在藤箩里,大家各藏了应用的兵刃,一路直向独角村来。

那时距离这独角村二十里远近,有个小小镇市,镇上有一家新开的饭店,那饭店牌号叫作甄义兴,酒菜都很可吃,生意倒还有限。恰好这夜初更时分,见有四个男女穷叫花走进饭店来,堂倌见他们这种模样儿,便吆喝道:"你们讨饭,也要懂个规矩,怎么跨进门槛来呢?"

宋卓即指着那堂倌笑道:"孩子们生就这双势利眼,只认得衣服不认得人,我们要讨饭,也不向这种人家来讨,若是有了钱,你们就不用害怕,我先给钱,后吃菜,这样好不好呢?"

堂倌笑了笑,说:"客人若怕银两放在身上不便,就请交给柜上保存。"

宋卓便取出一锭银子,约有二十两,向柜上当的一掷,说:"拣上好的菜开一席来。"

吓得堂倌暗暗纳罕,不想穷叫花身边也有这二十两银子,无论要吃什么东西,也吃不完,便连忙办了十来样上好的菜。又问:"客人要吃酒吗?小店里卖的天字第一号的好酒。"

宋卓从藤箩里取出四个小酒瓮来,说:"我们有十多日没有吃着这样的好酒,口里要淡出什么来,这会儿不吃就没有兴趣能到那地方去。你只取两个大碗来,我们吃我们的酒,你店里有秫酒吗?也好烫一壶来,给这两位吃。"

金钟父女都摇手说是不必。

朱雷道:"他们不吃酒,赶快送上菜来。"

堂倌忙得什么似的,把大鱼大肉摆满了这一张台子。

宋卓开了一瓮酒,倒下来刚刚两大碗,一碗送到朱雷面前,说声:"请!"两人又豪兴勃发,接着吆五喝六地划起拳来。顷刻之间,已吃了四五碗菜、两瓮回龙酒,只是宋卓像有两三分醉意样子。

宋卓道:"我们今天非把这四瓮酒吃完了,酒越吃得多,才越显得我们的真精神、真本领,不吃酒,哪有什么气力呢?"

朱雷不由大笑起来,说:"既不用将这两瓮酒带回去,我们就索性吃完了。"说着,也不由宋卓动手,便亲自开了一瓮。

金钟父女欲上前劝阻,哪里能劝止得住,料想就让他们把四瓮酒喝完,也不至就喝醉了,就听凭他们喝去。谁知他们这时候一不划拳,二不吃菜,每人捧着一个大碗,一口气都将碗中的酒喝完。看他们满脸汗雨淋漓,那种说不出的痛快,简直在根根毛孔里,都要挣出个痛快来。又由宋卓开了一瓮,顷刻间把这一瓮酒又吃得涓滴不剩。

宋卓更来得好笑,只顾用舌尖在空碗里乱舐,便叫店家索性再添两大碗酒来。堂倌便送上两大碗酒。

宋卓呷了一口,便将那大碗向地下一掼,指着堂倌嚷骂起来,说:"老子吃酒给钱,分文并不亏欠,你怎的拿这水酒来搪塞老子?你仔细些,若再没有上好的酒送得上来,看老子性起,打毁你这鸟店。"

堂倌赔笑道:"这是上好的高粱,怎么客人说是水酒呢?"

朱雷从旁问道:"你们不知道什么是回龙酒吗?"

堂倌笑说:"不知道。"

朱雷道:"这回龙酒又叫作酒做酒,什么是酒做酒呢?因是别种酒是水和酒料做成的,这回龙酒是水和酒料蒸成的酒,再用这酒和酒料蒸成了功,这就是回龙酒,又叫作酒做酒。我想你们店里不卖这种酒,你们也怪不得他对你发脾气,就因你们不该用水曲搪塞他。若店里有干曲,就送些上来,你们店里是没有干曲吗?"

堂倌连声回说:"没有。"

宋卓听了嚷道："不行不行,没有回龙酒,连干曲也没有,我不吃一个痛快,能到独角村去干得什么?"

朱雷看他有了好几分醉意了,连忙上前止道:"老弟要到独角村去,拜访费君,多吃了酒,怕你在费君面前失了体面。吃酒吃得够量就好,若吃多了,有什么趣味?"

宋卓不依道:"酒是你的性命,怎么连你也说出这气人的话来?我这本领,不醉并没有什么气力,若给我吃醉了,才显出这拔山之力、盖世之勇,不怕费猛那个囚娘生就了三个头、六条臂膊,我只用这个指头在他屁眼里把那罩门的要害一戳,就戳他个稀烂。"

朱雷道:"老弟是来干什么的?你开口是费猛,你去投奔人家吃一碗饭,怎么说出要打入场的话来?你可明白,此地收徒弟的俗例,没有打入场这个规矩,万一被独角村人听了去,这不是大笑话?吃酒吃得够量,能提出真的功夫来,若是吃醉了,哪里显得出什么本领?你我是内行,也对我信口吹着大气。酒是不用吃了,我相信你的酒量比我大,等我酿得十来瓮回龙酒,再同你吃个大醉。"

几句话说得宋卓笑起来,说:"是我错了,老实讲给你听,我的本领不见得比你低,我的酒量也不见得比你大,你我心心相印,只可欺瞒别人,眼前就瞒不过这位金老爹。时候不早了,不吃酒,我们就算还了账,好一同到独角村去要紧。"说着,便叫掌柜的算了账,连藤箩和酒瓮都不要了。

大家一齐走出店门,直向独角村去了。

谁知这甄义兴饭店,原是费猛出的本钱,新开在这里,令他徒弟飞毛腿甄七经理店务,这甄七别的本领都很有限,只是练就两条比风还快的腿,据说他只在这两条腿上,苦练过十数年,又得费猛从中指拨他,所以走起来,同施展着陆地飞行功一样。

费猛令甄七在这地方开设饭店,却有两个用意:一则秘密招徕各处的同道,扩张势力,二则防有人到独角村闹事,也好做他们的眼线。

那时甄七在后面一间静室里和几个朋友赌钱,忽地有人前来报告,说:"外面来了三男一女四个叫花,很有些银两。内中有两个男叫花,酒量大得骇人,说出话来,喉咙同打雷一般响。看光景怕是靠山吃山靠水吃水的朋友化装的,像煞有点儿道理。"

甄七听罢,便停止赌钱,才走出静室,便听得外面歌声悲壮,转想到这几个叫花,不是合字路的朋友,不便出门招呼。静悄悄听了一会儿,想他们仍在那里吃着酒,没有出门。及听到外面阵阵吵嚷的声音,如连珠炮一般地响,什么"打毁这鸟店!"什么"到独角村去干得什么!"什么"用这个指头在他屁眼里戳个稀烂!"早被甄七听在耳里。待要使起性子,进前喝问一声,却也不敢鲁莽,便从后门走出来,抄着小道,如飞地跑到独角村去,报告费猛。

费猛听报,心里早有了路数,一声令下,啸聚了好些羽党。调拨已定,专等候他们前来,临时却另有一个摆布。

这时,村中的左邻右舍都已睡熟,唯有费家的大门尚敞开着。

费猛有个徒弟,也谙习点穴的功夫,唤作铁叫子李光祖,却伏在屋瓦上。一会儿,果隐约看见男女四叫花,走进大门来了。这正是朱雷、宋卓、金钟、玉珠四人。

看费家大门没有关,就不妨从大门走进来,看各门各房都点着灯亮,只不见人在那里,大家才不禁愕了一愕。不防屋上有些风响,凌空飘下一个人来。看这四个男女叫花都是蓬首垢面,弯腰曲背,头上磕着破毡笠,把眉毛都掩住了,慢慢挨得前来,似乎觉得屋上跑下这样一个人,都吓得向后倒退着。

那人正是李光祖,便喝了声:"不要走,你们既然来了,不是一走便能了事的,有话要讲明白了再走。"

那四个叫花都停住了脚,便由朱雷战战兢兢,向他哀求道:"我们久仰费老爷乐善好施的大名,真是如雷贯耳,冒昧进来,要求费老爷积点儿功德,赏给我们吃一碗饭,没有别的话讲。"

李光祖忙向朱雷拱手道:"请恕我生就这双肉眼,不知是老哥们前来,敝主人是做珠宝生意的,喜欢同绿林中英雄人物讲个交情,因此绿林中人,都不肯同敝主人为难,这几年珠宝生意乃能做得平安无事。今承众位英雄光顾,必是有缓急之需,务请明白指示一个数目,敝主人也绝不吝惜。"

朱雷哈哈笑道:"足下的眼力果然不错,我们还到江头上卖些什么水?但是说我们需要钱使用,我们什么地方不好去理钱,要到费老爷这里来,不是在如来佛面前卖神通吗?请足下对费老爷说,若肯收留我们吃一碗饭,也不负我们恳恳求教之意。"

李光祖听了,沉吟了一会儿,再向他们仔细一打量,没有一个熟面,心里却有些委决不下,只是淡淡地说了声:"好!"旋说旋从袖管里拉出一个竹筒来。

朱雷是何等的阅历,知道他要在竹筒里放出闷香来,不由笑道:"既是自家人,就用不着下这样的毒手。要吃这碗饭,谁也有几句春秋,想我们鼻孔里已用碎布塞起来,不是你手里的家伙能熏翻的。"

李光祖听罢,便随手将那竹筒掼去,仍扮着笑脸回道:"果然够得上吃这碗把式饭,钦佩钦佩。这会儿众英雄亲降玉趾,要访问敝主人,不妨到里面去,请喝一杯寡酒。"

正说到这里,忽然宋卓笑得跳起来:"说什么吃酒吗?不妨请你贵主人出来,我们一口一大碗,要拼就拼他一醉。"

李光祖道:"老哥要会敝主人吗?就请你们随我来吧!不来就算不了是好汉。"

朱雷在旁听了,知道行藏败露了,要想取巧在今夜刺杀费猛,怕是办不到,就不若和他硬来。想着,便向众人喝一声:"上!上!"这声势好不厉害。

欲知后事如何,且俟第十回分解。

第十回

拼却头颅丹心留楮叶
传来凶警血泪洒珠容

众人刚从身边抽出刀子,只见李光祖向门内一闪,便闪得不知去向了。

宋卓大嚷道:"你们是好汉子,尽管叫费猛上来,躲避的就丢尽他妈的皮了。"旋说旋随着众人拥进来。

看这是一间穿厅,东西房都锁着,什么人也不能跑进一步,忽地听得后面呀地作响,众人便一声呼哨,拥到后堂。那后堂门已关起来了,宋卓向前将那两扇门轻轻推了推,觉得里面上了闩,勒起拳头,在那门上撞了一下,便听砉的一响,那里面门闩打折,两扇门大开。门上的砖屑震得纷纷坠落下来,门里高点着大蜡烛,分明不见一人。

西房门敞开着,遂拥到西房,里面也有灯光,分明看是费猛的内寝室,靠壁处放着一面大穿衣镜,有三尺多宽,六尺多高。宋卓只用刀指着那面镜子傻笑,朱雷向前搬开那面大穿衣镜,果然那壁间现出两扇门来,一扇开着,一扇掩着,下面有个很大的地洞,仿佛看那地洞里,还有一座台基,不知有多少层级,看来越到深处,那面积越大,知道这地方通着地道。

朱雷当向玉珠说道:"这些耗子,看来都藏躲在下面,不敢出来了。有我们三人下去就好,你是千金的姑娘,可不用冒这样险,你不妨到村外去看风,等候一班小耗子逃出来,打他的闷棍,见一个才好打一下。倘若耗子来得多了,你只等我们前去追袭,千万不要落到人家手里,闹出一场大笑话。"

玉珠不依道:"这个如何使得?你们两位师父,也有我前辈的,也有我同辈的,为我家石世兄出力,同我父亲冒这个险,反使我伏在村外,等着小耗子出来打闷棍,道理也讲不去。在我看来,理宜由我父女下去碰一碰,但实在又没有两位师父的本领,不若一同下去,便再吃人家捞住,也是应该的。"

宋卓不待朱雷回答,兀自沉下一副脸来,急道:"姑娘,你怎么老是这样孩子气的?我们原想锄奸灭寇,将你石世兄救出来,好做一番事业。想你这点点年纪,是不能下去的。大家都是义气为重,你说的这番话,叫我姓宋的很不愿听。"

金钟见他满脸怒意,忙向玉珠止道:"你生来性情鲁莽,向隧道间锄奸救人,不是你们年轻没有阅历的孩子能干得来的。既承两位师父一番热心,你辜负了,反倒不美,凡事尽听信两位师父的吩咐。我们此番下去,能侥幸得手便罢,不能侥幸得手,有你在,也好准备替老子复仇,这意思你明白了吗?"

玉珠哪里还敢违拗,不禁心酸一阵,且到村外一处竹林间等候去了。

当由朱雷在前,宋卓、金钟在后,走下台基。看见那地下也有灯光,一片马脊路道,只没看见一个人影。再向前走有四五十步,便是一座很好的房屋,各房各屋,里面都没有半点儿灯光,即听屋上有人叫道:"我是敝家师的徒弟李光祖,敝家师因有人前来报告,早知穿山甲金老英雄要来同敝家师为难。我也没见你们众位当中有金老英雄这个人,但敝家师绝猜定众位英雄是受金老英雄的重托,要打他老人家一个金钟罩。只有步步相让,只让到这一步,完全看在金老英雄平日的情分上面,不肯伤坏自家人和气,想求众位讲个和。若是冒昧动起手来,无论谁胜谁败,在敝家师看来,都觉不好。如果金老英雄同敝家师有不共戴天的仇恨,诸位既是他的同道,说不得,就拼去这条命,也得给金老英雄报复。金老英雄向来没有和敝家师有什么过不去,便是前次金小姐和石剑星杀害村中的人,敝家师也只付之一笑,没有将他们处死。如今诸位前来,敝家师没本领,不敢出来同诸位较量。在诸位已占着上风了,诸位若肯从中解和,敝家师仍同金老英雄言归于好,还求他做个大媒,招赘石剑星,做敝家师的儿婿,就将这'较量'两字丢开。"

众人听他这番话,当由朱雷回道:"我们金老英雄同你师父并没有什么仇恨,但你们师徒的行径,不是到这里去盗几件珠宝,就是到那里去掠几朵花枝,要算是世界上一群的害群之马。这些事不听到我们耳朵里便罢,既听到我们耳朵里,就不由生气起来。若肯顾私情而忘公义,求和平而助奸恶,我们也不承认金老英雄是好朋友了。你只管请你师父出来,将这'讲和'两个字丢开。今日的事,不是鱼死,便是网破,不是他死,就是我活。"

宋卓接着嚷道:"怎样?姓费的囚娘贼,想用这番话便可支吾过去吗?快出来吃老子一刀,戳他妈的屁眼。"

金钟也高叫道:"老夫便是金钟,今年已有六十七岁了,便死也死得值。这东西他没本领敢出来比斗,叫他的徒弟出面说话,想是抱着他的女儿,睡死在床上了。"

李光祖只高声应了声:"好!"背后即闪出费猛,从屋上飞下一只流星锤来,好快,这一锤刚打在金钟天灵盖上。金钟一声哎呀没出口,便栽倒下来。

费猛已抖起锤链,把手中的流星锤收了回去,一声呼哨,便从那屋里蹿出数十条大虫来。恰好宋卓已跳上屋脊,看费猛、李光祖两个,随跳向屋那边去了。

朱雷这里只接着这数十条恶汉,厮杀一阵。哪知在这时候,宋卓跟着费猛师徒跳下屋脊,两脚还没落地,那流星锤已打在他的前心上。只听得锵锒一声巨响,那锤似打在比钢铁还坚硬的东西上,流星锤便逼得退了回来,而退回来的时间,比放出去的还迅快。

李光祖却趁宋卓飞身落下的时候,早知他这类硬功,学的是大力衫法,抽出刀子,便向宋卓心窝里刺来。宋卓一声大喝,早夺了他手中的刀,跟后飞起一脚,踢中了下阴,一倒地便死了。

费猛即抛去流星锤,向前扭结宋卓,好快,宋卓急使着鹞子钻空架势,一个筋斗,就头向下脚向上的,右手的刀子直向费猛屁眼的罩门戳来。费猛叫了声:"我命休矣!"急倒仆在地下,遂听得宋卓呼的声响,手中的刀抛撇一边,早已目晕头眩,倒在地下。

原来宋卓多吃了两碗回龙酒,有了五六分的醉意,当时只发一次酒疯,并不觉怎样厉害,因为自家的功夫能降得住这几碗回龙酒。可是这个筋斗,头向下脚向上地翻下来,那酒在肚腹中降伏不住,立刻升上巅顶,回龙酒的麻醉力,一经发作,比什么都厉害,比什么都迅快,那酒升上巅顶,手中的刀不及刺下,登时一阵头眩,便烂醉如泥,打起呼声来了。

费猛再起身看宋卓这个样子,怕他有意使诈,急从身边取出火种,敲着火亮了亮,看他脸上红得像个小阳春天的雄狗卵子,口里喷出酒臭的气味,比什么都难闻,鼻子里的呼声同打雷一样,兀自把费猛弄得又惊又喜,还用手探进裤子里乱摸,怕这屁眼已被他的兵器戳伤了,这也不是当耍子的。后来摸到里面去,觉得这罩门并没有损坏,就势拾了宋卓的刀子,一刀直刺进他的咽喉。只听他大叫一声,鲜血便直喷出来,溅在顶门上,吧嗒作响。再看他两眼睁了睁,两腿蹬了蹬,已是呜呼哀哉,伏惟尚飨了,这才镇定心神,取了流星锤,转到屋那边去。

看东横一个人头,西堆一具尸体,并不见人在那里厮杀。忽见有个徒弟气喘吁吁地跑得前来,高叫着:"不……不……不好了!"

费猛道:"你只说是在哪里厮杀,用得着这样神号鬼叫?"

那徒弟才辨出是费猛的声音,惊魂甫定,随即两手齐眉,向费猛道:"师父快去快去,那东西刀法、身手都厉害,家里的伙伴已折伤一半,其余已四散奔逃,只被那东西抓住了姜龙头,要问黑暗地狱在什么地方,是怎样一个黑暗地狱。"

费猛耳朵模模糊糊,透入这几句话,接着听得一阵声响,说是:"挡我者死,避我者生!"这声才了,早见一个叫花,肩上背着一人,如飞向前走来。

费猛喝一声:"好厉害!"抖起铁锤链,早蹿进几步,一锤便向朱雷迎面飞来。

朱雷忙将身一闪,扑地将那人放下。那第二锤又打到他的肚皮上来了,也听得当的一声,那铁锤被逼得退回来。但朱雷一眼看到费猛,早知宋卓有了不测,但事已如此,便折损了他的小友,伤感也是无益。急向费猛喝道:"且住!你这有伙,毋庸拿出来吓人,有本领,只管同我较量,休要伤坏人家年轻无用的人。"

费猛道:"呀!对了,我问你,你们四个人到来,怎么是来三个?那个乞丐的女子,又到哪里去了?是好汉,说话一句单,两句双,撒谎须算不得是好汉子。"

朱雷道:"我们的同道都同你势不两立,有本领就到你洞里来,没有本领,就退在后面。你问我这些干什么?你是有本领的,赶快同有本领的人动手。"

费猛知道他的厉害,忙退后数十步,一声呼啸,啸聚了那些奔逃四散的伙党,赶得前来。说也奇怪,那些伙党谁也领教过朱雷厉害,如今听费猛一声呼啸,又蜂拥前来,可见国家将帅的命令之严,却及不上一个做强盗的,又见费猛已接着与敌人厮杀。大家的胆量转然鼓壮起来,个个争先舞着单刀,齐向朱雷搠来。

这朱雷的功夫和宋卓是一样的路数,他们这大力衫法,和普通学的大力衫法不同,大力衫法不怕锤打石击,所怕就是戈矛刀剑这一类的东西。但朱、宋两人都是练过童子功的,练过童子功的人,又不怕戈矛刀剑,所怕不是火烧,只恨宋卓烂醉在地下,哪里还能运用童子功来抵抗费猛的一刀呢?

朱雷没有喝醉了酒,他这种童子功,当然在众目一的,霜刃乱搠的时候,发生了反射抵抗的功用,就是身上什么地方被人家搠了几处,也不见得怎样受伤。虽然费猛算得他的敌手,又得众党伙从旁帮助,不容易让他有还手份儿,但他并不害怕,可是这童子功是不能提升过久,也怕内部发生震荡。朱雷同费猛的党伙直鏖战一个时辰,内部好像震荡得厉害,便是气功也断断有些不如其初了。

内中有两个党伙,因刀锋曾砍到他的身上,不但他没有受伤,稍停一歇工夫,才觉得他们的刀已砍卷了口,执刀的那只手虎口上也麻痛得如失了知觉,他们暗暗向费猛打了个哨语,见费猛没回答,连忙出了战地,各带着一个石灰袋上来,只看费猛众人同朱雷鏖战到这一步,明知朱雷童子功是不能持久的,事到临头,这石灰袋当然有个用着。

朱雷这时候才怕起来,一步失了招,就被费猛扭翻在地,使尽平生之力,只封住他两只手。朱雷便拼命升提气功,不妨升提这童子功的时候,鼻孔里的布卷被呼得不见了。费猛即打了个哨语,那几个党伙急撒放石灰袋。石灰直扑到朱雷的脸上,眯塞他的眼、耳、口、鼻四个气窍,便不愁闷不坏他气门中的童子功了,任凭朱雷的软硬功夫好到怎样地步,几下不曾挣扎得起,石灰又迷塞住四窍,眼中的泪、口中的涎唾、鼻中的涕沫,都将石灰泡得滚烫的,又烫得难受,一些气功也提不起来。他也是个血肉之躯,气功一坏,哪里能挡得无情的兵刃?就这么容容易易被费猛师徒暗算了。

费猛计点一班的党伙,伤去十一人,那姜龙头也被朱雷一刀刺死了。费猛只恨他死得太迟了,要死就得快死,不该吃敌人威力降服了,竟开了铁门,从黑暗地狱背出石剑星来,交给敌人手里,依然是免不了一死,这一死,也就死得太不值价了。

费猛一声吩咐,将石剑星仍押到黑暗世界去,拨人在外面看管。又将金钟三人的尸级一股脑儿送到血花池去,再将一众党伙的尸骸就在隧道下掘坑埋葬,心里已猜想那乞丐女子,十有八九是金玉珠化装的,索性一不做,二不休,准备遣兵调将,快将金玉珠擒来开刀,斩草除根,免致潜生后患。

可怜其时金玉珠小姐伏在独角村外竹林里面,等了好一会儿,只不见有什么动静,也没有费猛的伙党经过这地方向前逃走,望穿两眼,只想他们在隧道里得了手,能将她石世兄解救出来,她便死了也情愿。

忽然远远听得一阵吵嚷的声音,这声音似在费家屋上送得来的,还听有人嚷道:"为什么四个强盗,只杀了三个?那个女强盗,是躲到哪里去了?咱们赶快分头寻找,再迟恐怕就要走脱了,这不是当耍子的。"

玉珠陡听到这派声浪,心里一阵阵酸痛,登时泪落如雨。没奈何,只好依着她父亲生前的嘱咐,三十六计,这时候也只有走为上计。遂蹿出竹林,如风地抄着小道向前走去。真个忙忙如丧家之狗,急急似漏网之鱼。刚走了六七里,忽听后面喊声大震,回头一看,竟像有千军万马杀来的样子。

欲知玉珠性命如何,且俟第十一回分解。

第十一回

眢井凿清泉覆巢完卵
渔舟傍野岸漏网余生

　　金玉珠听得背后喊声大震，回头看时，虽被后面村庄上一排一排的树木遮断了眼目，但听那吵嚷的声音非常厉害，料知是独角村人追得来了。看自家孤单单一个人，若冒昧近前混战，绝敌不过他们人多势众，心想，我父亲和朱、宋二位酒侠，十有八九已在独角村地道下遇害了，我本当舍身前进，纵救不了石世兄，也得从中杀他一下。所怕就是被他捞住，再没有人为我父亲设法报仇，便是石世兄，反正也不能保全性命，所以也只拼着一走。如今后面的追兵到了，万不能在四面楚歌之中，杀开一条血路，转使我没处走。一面想，一面仍匆匆向前走，心里阵阵焦躁起来。

　　恰好路旁有一眼枯井，井栏石歪在一旁，玉珠走到那枯井地方，顿时情急智生，估料能从枯井上跳下去，待追的人过去了，自信有这能耐，还能从枯井里跳上来，遂纵身向那枯井里跳下。约莫跳下有二丈深，两脚落了地，就踹在砖屑上，却听不出外面有什么响动了。抬头向上一望，那圆而略扁的月亮正照在井眼当中，借着月光看井底下的面积，团团地围成一个很大的圆圈，堆满了浮土和砖屑，不见有一些水迹。

　　玉珠急蜷伏在井底东北向，留神听外面的动静。好大一会儿工夫，只听不出什么来，探身前进数尺，便听得上面有人嚷道：

"丢你妈的脸,在这里跳下井,就没事吗?"

又有人嚷道:"不错,这个女强盗,分明是在这条道上走的,我在后村高岗上,一株高大的树丫中间看得很明白,若不跳下井去,是向哪里去了?兄弟们,谁有本领,下井去搜一搜。"

玉珠听得这两人的腔调,心中有些害怕,转想,那井眼只容一个人出入,他们也只有一个人先跳进来,不若以逸待劳,准备一个兵来将挡,水来土掩,若和他们捉对儿在井中厮杀,或者侥幸能占一步的优胜。因这么一想,登时鼓起雄心,胆气早放大一倍。

接着便听唰的一响,即见上面跳下一只黑影来。那黑影还未落地,好快,玉珠已起身舞起七星宝刀,一刀直刺中他的前阴,只听哎呀一声怪叫,那人的尸级直向玉珠怀里扑来。玉珠闪身向旁一让,那人便跌了个寒邪扑水,早已气绝多时了。

第二个又下来,也是两脚没有落地,玉珠已挺身一刀,直向那人心窝里刺下。那人怪叫一声,向后便倒,胸前的鲜血直喷出来,撒开碗口大的红花。

第三个跳下来,身手却很迅疾。玉珠刀还没有掤下,那人已飞起一脚,向她左腰眼里踢来。玉珠说声:"来得好!"使了个叶底偷桃,左手已将那人一只右脚捞住了。那人右脚被她捞住,好厉害,同时飞起一只左脚,向玉珠右腰眼里踢来。玉珠的身手也来得迅快,早从右手掼下那把七星宝刀,将那人一只右脚捞住了,用尽平生的气力,两手向两旁直一扯,那人一声哎呀没叫出,一个人已扯成两半个人了。

一连处死了三个,她的胆量愈加大了,暗忖,这些人的本领,我在独角村领略过的,倒也算厉害,可是我用这以逸待劳的方法,来一个,杀他一个,除非费猛老贼亲自追来,便是追来的人再多些,我有这个好地方,也不怕他们对我下毒手了。旋想旋拾了宝刀,留神向上面一听,什么声音也没有。想是那些追来的人,因被我伤死三个,怕已吓得向后转,逃回独角村去了。

心里正在这样胡思乱想,忽然又听上面嚷道:"好奇怪,怎的他们还没有上来?看光景是被贱丫头暗算了。若不报这个仇,显得我们不抱义气,那贱丫头也不知道我们厉害。兄弟们,快动手,想贱丫头也逃不出这个陷人坑。"

玉珠听到这里,打算还有人跳下来动手,仍然预做准备。谁知等了一会儿,又没见有人跳下来,心里好生惊讶,想在井底下跳上去,又怕上面的敌人在井口准备对她下手,还了得吗?若不跳出井,他们若将费猛带到这里,跳下来和我厮杀,凭我的本领,哪里便能敌得费猛,反正总是一条死路了,不好了。

金玉珠这样一猜疑,转又害怕起来,觉得自家死在井底没要紧,父亲的大仇就没有人设法报复,不由一阵心疼,那眼泪便同潮水一般地流下来了。约抽泣了半刻时辰,忽听上面哗啦作响,那阵阵泥沙泥块,如雨而下,也不知有多少人在上倾倒着泥沙泥块,只眨眼的工夫,好像把井口都填满了。

玉珠蜷伏在井底东壁间,那地方虽没被泥块塞满,但空气异常窒碍,口鼻呼吸无灵。玉珠打算被活埋在这枯井下了,两眼黑洞洞,看不见什么,只用刀剜着那井壁的泥块。好快的宝刀,真是无坚不入,不上一个时辰,被她剜成一个饭桶粗细的窟窿来。约剜有三尺深,似乎觉有一道泉水向她面上直喷进来,不敢再向下剜,只用刀向上剜着。那上面也剜成那般粗细、那般深浅的窟窿,身体虽沾湿了许多泉水,但上面的窟窿没有一些水迹。再剜有三四尺深,把身子蛇匍那窟窿里,仍用刀向前剜着,觉得有一刀剜了个空,好,眼前便现出一个圆形的洞门来,觉得空气不是那般窒碍,口鼻间呼吸也有些灵通了。

看那洞门,隐约有一路暗暗的光线,不知有多远。蛇行了几步,那地方竟是一个圆洞,尽可容一人弯着腰出入,以下都被水沾湿了,似乎还听得低微的泉声,潺潺作响,遂弯腰向前行着。

也不知行有多远,那光线顿觉豁然开朗,便见有一溪清水,现到面前来了。进几步要走出圆洞,倏地看见一曲虹桥,太阳光斜照在桥下,随波荡漾,看光景已是来朝辰初时候了。谁知出了洞门,两脚落了空,便在溪水中大翻了一个筋斗,看岸旁有只渔船,这个筋斗刚翻在渔船甲板上,那渔船几乎被两只脚压翻了。

再看那岸中的洞门,竟是一个大涵洞,半边沉在水底,里面的水,看是溪中水灌进涵洞去的。玉珠不由站在那里出神。

忽听舱内有人叫道:"青天白日,哪里来的妖怪,翻到渔船上要吃我呢!"

玉珠向舱里一望,原来是个童颜鹤发的老渔翁,在舱里理着罾线,口里虽嚷着妖怪,面子上绝不露出怕妖怪的神气,便回说:"我不是妖怪。"一面说,一面走进舱,向老渔翁面前一跪,说明自家来历,和种种经过情形。并说:"求你老人家积点儿功德,赐一套衣服给我换过。"

老渔翁听罢,显出很惊讶的样子,向玉珠打量一番,伸头向窗外四面望了望,看没有行人踪迹,便向玉珠道:"你是金家小姐吗?真是吉人天相,侥幸能脱这重重危险,可叹小姐虽和强盗站在敌人地位,此刻反有了强盗的嫌疑了。老夫便给你一套破衣服,你在日间也不能抛头露面,再着了人家的道儿,你的性命更保全不住。快到我舱艄里蹲伏着,不用声响。只要到了夜间三更向后,你便出去也没要紧。"

玉珠道:"我不是强盗,如何会有人疑我是强盗?我不知老丈这话怎讲?"

老渔翁急道:"谁还有这工夫再同你说着闲话呢?你疑惑我吗?我若包藏祸心,要设法对付你,你就骂我老混账。"

玉珠看老渔翁满面慈和之气,并不像含有恶意的样子,只得连声遵命。老渔翁遂将玉珠引到船艄,揭起两块船艄板,指着里面向玉珠道:"你在这船艄里躲一天,不要哭,不要声响。等到三更向后,我放你出来,弄点儿东西你吃,让你回去。"

玉珠流泪道:"多蒙老丈指点,我绝不敢声响。"随即钻进船底,蹲伏做一团。

老渔翁便将木板盖好,外面加上一把锁,直到夜间三更向后,才将玉珠放出来说道:"小姐想必也在这艄底受了些惊恐,这里是一盆洗脸水,这里有一套衣服,是我大女儿遗下的,你穿了也适体。我到舱外去,让你换了衣服好说话。"说着,便蹿出舱来,遂将舱门关上了。

玉珠便洗去脸上的蓝靛,再用干布揩抹身上水迹,将那衣服换过,放在船艄里,仍将上面两块板盖好,才开了舱门。

老渔翁已端来一碗姜汤,说:"我预备一碗姜汤在这里,可喝下去,挡一挡寒气。"

玉珠身上早有些寒浸浸的,双手接过姜汤,喝完了,觉得周身出了一阵汗,也不觉得寒冷了。

老渔翁已煮好两碗鱼,盛上一碗饭。玉珠道谢一声,胡乱也吃了些。

老渔翁才说道:"昨夜独角村来了好些恶汉,一路迎风吆喝着捉强盗,有好几处村庄的人被他惊醒,一窝蜂怪喊着捉强盗。小姐若在日间回去,不是露了村人的耳目?那还了得吗?老夫请小姐在船艄里躲了这许久时间,就是这个意思。老夫听小姐这样说,本当助你一臂之力,剪除独角村那个大怪物。但自家本领太不济,三个小女不在膝下,实属爱莫能助。但愿小姐此去,访求得豪侠之士,为地方除害,为令尊大人报仇,只不可落了独角村人的耳目。良言尽此,请小姐前途珍重,老夫就此送别,日后有缘,也许有相逢的机会。"

玉珠到这时候,才想起请示老渔翁的姓名。

老渔翁道:"老夫不愿向小姐道姓名,小姐也毋庸逼问老夫将姓名说出。"说着,即挥金玉珠上岸。

玉珠向他拱了拱手,说声:"再会!"才跳出岸,老渔翁已扯起芦篷,将船浮出东湾去了。

玉珠跳上了岸,在月光之下,远远看见层层的山峰,认得这是一座太行山,想回家去化装一番,也好遮蔽独角村人的眼目,并料费猛已打算把自家活埋在枯井下了,不会派人到我家中去等我。

主意拿定了,悄悄走到太行山,回到自家房子里。推开窗门,一飞身,已闪进房。点了灯,配合化装的颜料,扮成一副深黄色的面孔,换过一套男装,取了一把弓、一壶箭,叠在被褥里,打了个大包袱,掼出窗外,仍从窗里翻出来,反手关好了窗,即听得背后有些风响。

玉珠回头一看,不由倒抽了一口冷气,便有一阵很娇婉的声音说:"你倒好快乐,苦我深夜奔波到此,不想你果在这里。"

玉珠认得她是费猛的女儿费巧云,虽想自家的能耐绝不是她的对手,但她已逼到这一步,仇人相见,不由使金玉珠直挂下两行珠泪,早从身边掣出七星宝刀,向巧云扑来。巧云向后一让,眨眨眼便不见了。

忽听脑后有人叫了声:"住手!"才知巧云已闪到她的身后。即转身一刀,向巧云上半路搠去。分明搠个正着,再看哪里搠着费巧云呢?把那刀直搠入麻石墙里有五寸多深,遂拔刀在手,看巧云远远站在她的身旁说道:"我是帮你报仇的,不是来杀你的。若再对我下这毒手,就得仔细你的脑袋。"

玉珠道:"你帮我报仇,报的什么仇?你想我的仇人是谁呢?"

巧云道:"你不要性急,性急是没有道理的。我既肯帮你报雪杀父的冤仇,你杀父的仇人,他就是我的老子。你站稳了,我告诉你,你父亲和两个同来的叫花昨夜已死在我们隧道下了,还有个蓝脸女子,被村中人追踪踩缉。那女子跳下枯井,却被村中人活埋处死。你的仇人疑心那女子是你化装的,但没有切实的证据,不想我今夜到你这地方来,你果然没有事,算是大造化。"

玉珠听罢,那眼泪益发潜然不已,说:"这个我不相信,世界上哪有做女儿反给敌人报仇,要谋害老子的道理?"

巧云道:"这一本账,你哪里算得准?我明白说给你听,包管你听了痛快。你的仇人因我是他女儿,不许我轻易离他身边一步,但欲给我觅一个称心合意的儿婿,这人已觅得了,你道是谁?就是你石世兄。叵耐剑星生成拗性,宁死也不肯做费家女婿,我却想到他是有了意中人,就是你金小姐,我想剑星是不肯名正言顺地和我做一对儿正式夫妻,我就不妨嫁他做姨太太,嫁得个多情美貌的郎君做姨太太,比嫁到一个村夫俗子手下去受委屈,强得多了。但料那个老东西绝不肯使我嫁人做妾,你那多情的石世兄又不是容易好说话的。可巧你的仇人今夜已起身到鄱阳帮那里去了,大约半月后才回来,我却想到小姐的生死消息尚未能决定,万一没有死,他们疑惑你不敢在家乡逗留,我却料想你没死,也许回家改装一次。所以趁空儿前来探一次,果然碰个正着。只求小姐成全我们夫妻的缘分,叫我这样,我不敢那样,何况你的仇人平日作恶多端。只要小姐此去访得真有本领的人,报这个仇,我得从中帮助,也算给我第一个父亲报仇了。"

玉珠道:"这话真有些奇怪,你究竟是有几个老子?"

巧云听罢,不禁心酸一阵,那眼泪不由流满了襟袖,说:"这话说来很长呢,请坐下来,让我慢慢说吧!"

正说到这里,忽见后山冲起一阵火光,顿使巧云大吃一惊。

欲知是什么祸变,且俟第十二回分解。

第十二回

方外遇奇人形同妖魅
愁边逢俊侣义重云天

巧云看后山冲起一阵火光,登时愕了愕。

玉珠道:"没事没事,这是山中人防虎,燃烧柴积,不算一回事。"

巧云才镇定心神,直向玉珠子午卯酉说了一阵。

原来巧云的母亲也是好人家的媳妇,生得粉妆玉琢,好个美人儿坯子。巧云生父连璧,还是黉门秀才,十九岁上,将巧云母亲娶过门,没有三个月工夫,不知怎样,巧云的母亲被费猛瞧中了,就在黑夜间,率领一伙羽党,一个个都用锅烟涂黑了面孔,挂起唱戏的假胡须,到秦家打劫,将巧云的父亲及家里仆婢人等都捆起来,搜拣好些细软,从床下翻出巧云的母亲,也用绳索捆好,放在一只大衣橱里抬出来,跟后放上一把无情的火,把连家的房屋烧成灰烬。巧云的父亲及家中仆婢人等却在火窟中,被烧得骨头也变成灰。

费猛将巧云的母亲带回,威逼利诱,不知费了多少心机,巧云的母亲才降服色界天中这个大魔王。同居才七个月,就生下巧云来。巧云在十岁时候,她母亲死了,在未死前几日,趁费猛不在房中,把丫鬟支使开去,便悄悄向巧云流着泪,低声说了一阵道:"我的病已非药饵能医治,所以忍辱偷生,直待十年之久,就只撇不下连家这点儿骨血。你父亲的冤仇我已告诉你了,你要紧紧灌入耳朵,点点注在心头,将来你得侥幸养成了人,招赘一个好儿婿,当设法替你父亲报仇,算你是个孝女。"

巧云不信道:"我是在费家养的,是费家的女儿,怎么反给连家报仇呢?"

巧云的母亲便哽咽道:"傻孩子,你哪里知道,你的身体是连家的,不是费家的。你在娘肚子里已有三个月,娘才到费家来,你总算是连家的人了。傻孩子,娘的话不可对外面人胡言乱语,这也怪你父亲做秀才时,胡诌着假斯文,钻穴逾墙,不知糟蹋人家多少大姑娘,天道好还,合该在为娘身上偿还他的孽债。"

巧云听她母亲这些话,从没有在外人面前露过一次口风。但看费猛把她真当作女儿看待,早将这报仇的心愿渐渐撇向脑后去了。只因费猛不该遣吴奎到鄱阳帮那里送信,欲借铁鼎的手,一棒打断他们这露水鸳鸯。巧云心目中,虽悬着一石剑星,但终怕落花有意,流水无情,却幸有吴奎在一众盗伙当中要算旗开得胜、马到成功的一员大将。

费猛对吴奎下了这样阴毒手段,转使她衔恨费猛入骨,并且心中撇不下那个石剑星,转想在玉珠身上,成全他们的好事,便不将玉珠当情敌看待,将连家的冤仇向她说明,只盼望玉珠再访求豪侠之士,和费猛为难。有她作为内应,除了费猛,这好事也许有几分成就。要替她第一个老子报仇,还是她第二件的算计。

玉珠听她说完了,真当她是个孝女,未能忘情,便一口允许了。

巧云道:"小姐对我所说的话,谅无反悔。"

玉珠道:"我自诩是女中丈夫,一言既出,舌底下就算画个花押了。"

两人又密议了一阵,巧云才洒泪别过玉珠,仍转回独角村去,等候她的消息。

玉珠背了包袱，本拟要到襄阳一行，向宋卓哥哥宋钰通个信儿，后来转念一想，此去无益于事，反使宋钰听了心里难过，便是觉林寺悟迷老和尚那里，去也无益，不若转到北方去，访求山林中怀抱绝技之士，好作计较。

　　主意打定了，走了数日工夫，料距离独角村有一千里了，便典质了包袱，将那一把弓、一壶箭放在身边，扮作武士赴选的模样儿，也曾走过多少深山大壑，无论访不出怀抱绝技的隐逸之士，便是能有她这身本领，千个里也挑不出一个来。想起她父亲血海冤仇，每跑到高山巅上，放声大哭。哭疲了便缘上树丫间，打盹一宵，她饿了也要吃山中的獐鹿雉儿，竟可生吞活剥用来充饥。经久下来，更像疯癫了一样，哭的时候，都是一阵仰天干号，有人问她什么事，伤心到这个样子，她总是回一句后来再说。在关内地方，已访不到真有本领的人，能给她父亲报仇。

　　辗转出了关外，已是寒尽春来的天气。那天行到沈阳摩天岭，看岭上秀峰特立，高可摩天，山中多有积雪。玉珠身上衣服很单薄，也有些怕冷，在岭上奔走两日，这夜星光遍野，远望山中，树枝松影，成种种奇形异状。玉珠对景怆怀，号哭了一番，方要随便到一处树林间睡歇，看有一只兔子向树里钻去。玉珠不由搭上弓，向树林赶进，打算射得这个兔子，胡乱吃它一饱再睡。猛然间，那兔子便钻得不见踪迹，估计是钻出树林去了。出了树林，寻觅一会儿，哪里寻到个兔子呢？

　　树林这边有个山谷，中间一条石道，两边排列着松杉竹木，远远露出一带黑压压的红墙，看光景是座庙宇。玉珠心想，我要在树林间打盹，何妨到庙里去借宿？活菩萨开开眼，也可赏给我一顿冷饭。旋想旋向那红墙行去。渐走渐近，忽地抬头看见那庙宇最后第三进屋上，站着一个人，胸间有碗口大的红星，照见那人浑身披着长毛，头上似乎长着两只角，人面兽形，出娘胎没见过这样大怪物。心里只愕了愕,便扣上羽箭,拽满弓弦,左手如托泰山,右手如抱婴儿,唰的一声,向那红星射去。倏地眼前一黑,那红星不见了,似乎听那怪物一阵乱号,如龙吟,如虎啸,身子依然站在那里,纹风不动。

玉珠毫不退缩,急忙跑近庙门外,想跳到屋上,看看这个大怪物,究竟生得怎样的铜筋铁骨。谁知她两脚还未跳跃,便听得一阵风响,那怪物已飘然而下。

玉珠在星光下,向那怪物仔细一看,说:"这不是觉林寺老和尚吗？我是金玉珠,不知老和尚怎成了这个样子？"

老和尚悟迷也向玉珠望了望,遂从头上除去鹿帽,扯去身上的毛衣,指着左手一盏大玻璃灯笑道:"你那一支箭走运,我这一盏灯倒运,便不是你,老僧也不肯轻易下手,伤人要害。你问我怎么装成这种怪模样儿,这是摩天岭有名的善化寺,老僧从觉林寺动身,偕同净业挂锡在此,寺里的方丈大和尚最爱清闲,却有许多满、蒙人士,贪图寺中风景清幽,前来消寒。方丈大和尚不肯忙着这无谓的应酬,同老僧一商量,每夜装成几种妖怪的模样儿,将那些满洲人吓走了。其实见怪不怪,其怪自灭,如何瞒得正眼法藏？"

旋说旋打开山门,将玉珠引到一间僧寮。那寮房正壁,供着一尊无量寿佛,佛前放着个蒲团。看净业低眉合目,跌坐在蒲团上,仿佛没觉得外面有人走进寮房的样子。

悟迷老和尚指着净业向玉珠道:"这是吴奎,十年大盗,也有这样好收场,可算屠子放刀,立地成佛了。他既在这里用功夫,倒不要惊动他,老僧且引你到方丈室,见见观修大和尚,好吗？"

玉珠无可无不可地随着悟迷走进方丈室,看有个五十岁上下的老和尚,身躯甚是彪壮,披一件百结衲袄,笑容满面。那横三行王七路的麻子,又圆又大,个个麻子里,放出灿然夺目的宝光,如嵌着一颗颗红星相似,盘膝踞坐在一把椅子上。案上摆着五双毛竹筷,一只暖锅子里,蹲着一只高可五寸的小哈巴狗,热气腾腾,像是才出锅的模样儿。两旁站立两个小沙弥,左边一个沙弥手里执着大蜡,那身躯挺着不动。

听悟迷大嚷道:"和尚真好乐呀,想携带携带我老迷,是不妨事的。"

观修哈哈笑道:"来得好,正想叫小沙弥请你,不想你是来了。这位是谁?大家坐下来,吃着耍子。"

悟迷便将玉珠来历说明了。

观修道:"果是一位女剑侠,中国有此等人才,何致遭受灭国亡家之惨?请坐下来,吃着耍子。"

玉珠听说请她吃狗肉,很露出不以为然的神气。

观修笑道:"这是千年的枸杞,幻成狗的模样儿,并不是狗肉。古来有个狗肉将军,贫僧须不是个狗肉和尚。"

玉珠被他提醒了,觉得那狗虽热气腾腾,却没有半点儿荤腥气味,便放下弓箭,在悟迷下首坐了。

观修忽向右边的沙弥说道:"去将你三个师兄请来,也叫他们尝试这种异味。"

小沙弥领命去了,不一会儿,即带着三个美少年进来。那年纪稍大些的,约在二十一二岁,年纪小些的,看去只有十八九龄,最小也有十六七岁模样儿,都出落得丰神潇洒、飘逸绝伦。但衣服甚朴素,估量他们声音笑貌,竟似一娘胎里生出来的样子。这三个美少年各向观修面前请了个安,依次在末席坐了。小沙弥又添上一双毛竹筷,观修说声:"请!"大家咦着枸杞。

玉珠随例拈一块吃下去,觉得那香比辟荔露还香,那甜比妇人的乳浆更甜,知道这是稀世的珍馐。连吃了几块,顿时神清气爽,暖洋洋的,不觉有半点儿寒冷了。忽然想起她父亲大仇未报,理当恶衣菲食,吃着这种稀世异味,心里总觉伤感,不禁放下毛竹筷,顿时又显出如坐针毡的模样儿。

众人将锅子里枸杞吃完了,剩了一些残汤,观修即吩咐两个小沙弥道:"这锅子里的汤,好撤下去煮豆腐,赏给你们众僧侣哄了吧!"

左边那个小沙弥急将手里执着的大蜡插在佛座前的烛台上,同着右边的小沙弥,撤着锅子,笑嘻嘻地去了。

观修又向悟迷道:"你将这位金小姐快领到客寮去,有话明天再讲。"

玉珠急取了弓箭,又随悟迷走到前面一间客寮里,方才坐下,悟迷便问道:"小姐到关外来,虽然风尘跋涉,却不应变成这种模样儿。看你瘦得脱了个形,两眼泡上,更肿得像红桃子模样儿,莫非尊大人遇害了吗?"

玉珠吞声道:"自然是遇害了。师父是活菩萨,虽有活菩萨,也不能给我报雪冤仇。"

悟迷道:"尊大人果然遇害,我只恨迟到关外来,若早到关外,得遇我们这位老和尚,尊大人和我的朋友,也不致死在费猛那里。"

玉珠惊讶道:"老师父这话怎讲?怎么讲?"

悟迷道:"你哪里明白,已有人给你父亲报了仇了。"

玉珠听罢,两眼只注视悟迷,心里也不知是悲是喜,又问:"老师父怎讲?你怎么讲?"

悟迷道:"老僧带领净业到关外来,挂锡在善化寺,便识这观修和尚,才是方外的一尊大菩萨,即将独角村费猛的行径向他说了,并叫净业做证。"

和尚听了,说:"这东西虽是穷凶极恶,但贫僧犯不着为这东西开我多年未曾开破的杀戒,我来告诉一个朋友,我这朋友有的是本领,能了却这本糊涂账,你放心好了。"

果然没过几日工夫,这朋友到善化寺来,对和尚说:"独角村首恶已诛,已着他三个徒弟剪灭余党,好救出个石剑星。"

玉珠忙问道:"老师父只说他这朋友现在哪里,我要去见一见。"

悟迷道:"离这里不远,我就引你去见一见。"

说罢,便领着玉珠,出了山门。下山坡走有十数里,即走到一个富户人家。那人家大门敞开着,门前排着一盏油灯,有一个老苍头在那里打瞌睡。

悟迷急在老苍头肩上拍了拍道:"老僧是打善化寺来的,孟居士在家吗?"

老苍头睁开两眼,向他们两人望了望,回说:"是不在家,大约停会儿要回来了。不妨请两位到厅房里坐。"

悟迷便同玉珠向厅房里走去。看那厅房里,挂着几盏灯,陈设得十分齐整,有个人在里面踱来踱去。

玉珠向那人一看,早高叫起来,说:"那不是石世兄吗?"

那人看是个老和尚,同一个面貌清癯的少年从厅外走进来,只认不出玉珠。但这一声石世兄,听来好生耳熟,只顾光翻两眼,向玉珠瞅望。

玉珠道:"石世兄,你认不出是我吗?我是金……"

剑星急向前要执着玉珠的手,忽然又将手缩回了,说:"金世妹,你……你……你是从哪里来的?这位老师父是谁?且请容我们姊妹谈些要紧的话。"

玉珠即介绍道:"这是悟迷和尚,有话只请世兄说明,同是自家人,有何忌讳?"

剑星哭道:"我只当世妹也追随老世伯的英魂,同归泉下,不想你神气活现地还在世上。世妹,你是从哪里来的?"

玉珠先将在觉林寺遇见悟迷老和尚,及至到了襄阳,便和她父亲不期而遇,如何得遇两酒丐,同到独角村去,如何自家逃出独角村,蛰伏井底,开凿一条生路,得逢老渔翁援救,如何回家时遇见巧云,得知剑星不曾遇害的缘故,如何辗转出关,在善化寺重遇悟迷,引见观修,如何悟迷将她带领前来,直向剑星诉说了一阵。

剑星未及回答,悟迷已垂泪说道:"老僧若不将六瓮回龙酒送给我那朋友,又何至如此?本想他吃得烂醉如泥,见酒自厌,从此戒了酒,好干一番事业。谁知竟闹出这种岔子,正所谓'我虽不杀伯仁,伯仁却因我而死。'使我心里伤恼。石居士,你是怎样回来的?独角村已没有盗伙踪迹吗?"

剑星方才不慌不忙说出那番话来。

毕竟是说些什么,且俟第十三回分解。

第十三回

瘦和尚登高赚怪客
俏佳人绝技蹴飞球

关于锄杀费猛，大破独角村，救脱石剑星的种种惊人情节，虽由石剑星叙述一斑，但终觉略而不详，不若由著书人口气，通盘揭出。这支笔却要在费猛身上写起。

费巧云不是对金玉珠说过费猛到鄱阳帮那里去的话嘛，其实费猛的举动很严密，前者已令吴奎到鄱阳帮去，此番更无亲往鄱阳帮的必要。费猛那夜杀了金钟，及朱、宋两酒丐，估计他的伙党又将金玉珠活埋在井中了，不怕金钟这一方面再有人前来为难，转怕石剑星的父亲石继唐在保定地方曾享过鼎鼎大名，死后的英风未泯，总该有些好朋好友，同石继唐交谊甚深，便同石剑星有了密切关系。他不肯将剑星处死，并欲招赘剑星为婿，在先虽干碍金钟，此刻转又不敢同石家多结怨毒。江湖上的朋友，除非初出茅庐的新水子，他的资格浅而本领小，都胆大如虎，不知道外面天有多高，地有多厚，越是本领高、资格老，胆量越小得厉害。但他在表面上又不肯十分示弱，他对众人说到鄱阳帮去，请人前来提防再有人到村中为难，叫那些人听了，相信他并不怎样怕人懊恼。他却准备到保定一行，暗暗访查石家的动静，如果石家势力大，只好用手段牢笼剑星，倘若事实出乎理想之外，就不妨将剑星砍了，何愁没有个貌艺双全的女婿绊住巧云的脚步。拿定主意，便装作富商模样儿，连流星锤都不带着。

到了保定一打听,石继唐身后家世萧条,生前也没有什么大不了的人物和石家真有交情。保定地方,要算石家父子最有名气。石剑星眼高于顶,本领高出众人以上,眼睛里就瞧不起一班不三不四的英雄好汉,便是和石继唐真有交情的,据江湖上谈论,也只有太行山一个金钟。

费猛打听得这个消息,正要动身回独角村,给剑星一刀两断,便勾去这篇账了。谁知他刚出了保定地界,夜间行到一座荒冢中间,有一个瘦和尚蜷睡在路旁。费猛不防从他身上跨过去,不知怎的,便滑了一跤,立起身来,借着星光,只顾目不转睛向那瘦和尚打量着。

瘦和尚也起身喝道:"哪里来的贼痞?你走路没有眼睛吗,什么地方不好走,干吗要从佛爷爷身上跨过来?"

费猛本打量这瘦驴虽不是等闲之辈,但被他绊了一跤,应向他惩戒一番,也好泄去胸中这口鸟气。无奈这瘦驴说这几句话的声浪来得太严厉,如同老子教训儿子,两眼闪闪灼灼,形象更是可怕。疑惑他来头太大,也不多说什么,仍匆匆向前走。

谁知那瘦和尚将他一把拉住喝道:"你想这一走便能了事吗?值价些,你自己应该怎样?"

费猛觉他那一手手势来得又十分沉重,便笑了一声道:"我既想一走了事,算认得你是个好汉,是个大菩萨,你不该逼我太甚。"

瘦和尚笑道:"你既认得我,你也是个好汉,岂肯随便放你跑掉?"

费猛暗想,我在他身上滑了一跤,就滑得很奇怪,我走路时间,走的同飞的一样,就一脚滑在冻块子上,绝不致将我滑倒。这瘦驴的本领可也厉害,但我学得这身的罩功,看他这样呆驴,又非情理所能屈服,不若就显出我的能耐,同他走一招,看是怎样。

心里这一想,便向瘦和尚道:"你松开手,便是我开罪你,也该让着我向你赔罪。"

那瘦和尚真个把手松开了。

费猛即闪到他的背后,用三个指头,直向他后心这一戳,即见瘦和尚已站在他的面前。再接着一拳,向瘦和尚腹上打来,好快,那瘦和尚又闪到他背后了。费猛一转身,哪知瘦和尚已站在一座大坟台上。费猛待闪身上坟台,那瘦和尚却不闪让了,倏地用一个顺手牵羊的架势,将费猛辫发捉住,高高地悬空提起来。费猛被他这一提,四肢身体没有着力的地方,内部的力就无处发动,登时上冲巅顶,那一根根头发如同一根根铜针,又像煞含有吸力一样。

那瘦和尚仰天打了个哈哈,这一个哈哈打出来,费猛顿觉他一使劲,便使内部软洋洋的,头上的发登时软化了。被他一甩手,直掼出数丈开外,喝一去:"去吧!"

这一下,却也没被他掼伤哪里,便从容起身,走至瘦和尚面前拜道:"我这点点神通,要在佛老爷面前大翻筋斗,像煞豆腐进厨房,不是用刀的菜,却冤枉生这副肉眼,不吃这一回苦,下次还要得罪天下的英雄,理应向佛老爷剪拂赔罪。"原来绿林中的黑话,下拜叫作剪拂。

那瘦和尚听他说出这"剪拂"两字,登时便现出笑容,说:"朋友,你没有被我掼伤哪里,你这本领,也配在绿林中混。同是自家人,不妨坐下来好谈话。我问你,你在绿林中认识多少好汉?"

费猛随口说出几个人来。

瘦和尚道:"独角村费猛你认得吗?"

费猛道:"认是认得的,现在他已死了,佛爷问他何来?"

瘦和尚讶道："敝家师久闻他办事的本领真够,要想拉拢他入伙,不想他是死了。"

费猛道："太师何人？要求佛爷指示。"

那瘦和尚道："敝家师的法名,上法下铨,住持嵩山飞龙寺。贫僧是他老人家的大徒弟,法名唤作耕石。"

费猛笑道："是我说错了,佛爷当着费猛面前,问他可认识费猛,你看是好笑不好笑？"

耕石道："你不要骗我。"

费猛道："我若对你撒谎,就不是人生父母养的。"

耕石忽然怒道："你就叫费猛？贫僧正在踩缉你这个独脚盗,不要多讲,快随我到县大老爷大堂上去。"

费猛道："既是自家人,又何必闹笑？佛爷要将我带到官衙,说一句不值价的话,不算汉子。"

耕石才笑了笑,说："你我可不用这样称呼,我到北方来,有件要紧的事,你能帮助我,将来列在我师父门墙之下,你也有了这把好泰山椅子。"

费猛暗忖,他既够朋友,在绿林中多一个靠山,就多一份好处。想着,便改换称呼问道："大和尚有何见教？"

那人道："我师父派我到摩天岭,访拿独臂猿孟铎,路过这地方,看老哥走一步路,两脚走得飞起来,像煞一条好汉,所以假寐路旁,好借此结识一场。你我相见,也是不容易的。"

费猛问道："这孟铎是什么人,贵老师捉他何来？"

耕石道："实告老哥,这孟铎是关外的大剑侠,敝老师本属正黄旗人,暗受当今老头儿的密旨,专访拿谋叛的剑侠,要抓着他们造反的证据。没有这证据,是不能说他是反叛的。你肯帮我的忙,只要敝老师对老头儿暗奏一本,凌烟绘像的功臣,安知没有你这强盗？我包管你将来还要做个统兵大元帅呢！"

费猛笑了笑,很高兴地相随耕石出关。到了摩天岭,探访了数日,访出孟铎的住址。

耕石即将费猛安在一家悦来客寓,悄悄向他说道:"我们打听这个贼没有出门,让我去到孟家卧底,相机行事,暗暗查着他的证据。证据到了手,我们不用去调请官兵,免得这功劳被人家攫去。有你我两个人,也足抵挡得十万雄兵,那时你见我举火为号,我从里面杀出来,你从外面杀进去,不能放走孟家一鸡一犬。"

费猛道:"贵老师既领得老头子的密旨,要捉反叛,就先将这反叛捉住了,嗣后没有弄不出个证据,又何必如此?"

耕石道:"没有捉住他反叛的证据,如何能下手?假如这证据终没到手,即令我们伪造出来,他在老头子面前翻了供,真假就难辨了。捉拿反叛,比不得寻仇暗杀,寻仇只图报仇为快,捉拿反叛,是要立一番大功。毕竟我们与反叛无仇,这界限最要划分明白。"

费猛点点头。

单说耕石走到孟家门口,却见有个老婆子坐在门前晒太阳,耕石便向她合掌,念了一声:"阿弥陀佛!"问,"孟施主在家吗?"

老婆子向耕石望了望,便挥手叫耕石进去。

耕石走到二门,便听得呀的一声响,老婆子已将大门关起来了。却从里面走出一个十五六岁的小姑娘来,向耕石望了一眼问道:"你找谁?"

耕石道:"贫僧从九华山来,找孟施主有话说。"

小姑娘遂将他带到一座厢房里坐下,说:"敝家师现已出门去了,停会儿回来,请师父在这里等一等。"

耕石合掌应诺。

小姑娘去不一会儿,却偕着两个女郎前来,那两女郎相貌都还标致,一个十八九岁,一个十六七岁,同小姑娘是一样的衣装、一样的打扮,一窝蜂笑得前来。看她们在庭中抛着铁球耍子,她们都有这本领,能将两只铁球打上天,落下来还在手掌心里。抛了一会儿,又见她们把铁球放出来,两球相距有一丈多远,她们只用脚尖踢着。那一只球,也踢得有一丈多高,落下来便向这一只球一碰,就是一个烘托。

耕石不由心里一动,看她们两脚都瘦不盈握,紧穿着尖翘翘的铁尖硬鞋,暗想,铁尖是滑的,铁球也是滑的,能踢得高高飞起,还能在那只球上打个正着,也算是蹴鞠中的绝技了。看她们都生得不错,倘若捉了正犯,倒要破例赦却这三个可爱的人儿,好孝敬我师父,那才好耍子呢。心里这么想,两个狗眼只顾盯在两个球、六只脚上。

好一会儿工夫,忽听那年长的女子向那两个年纪较小的女子说道:"咱们师父该回来了,要考较那一手。三妹妹要预备耍一回,免得临时慌了手脚,要使你那精皮肤挨受一顿饱打。"

三妹才着色回道:"哦,是了,不是大姐姐提醒了我,怕师父嫌我这反弓腰,总耍不好。好姐姐,请你指点指点。"说着,便停止踢球的工作,从怀里取出一只毽子,上面系着翎毛,飘着红绒朵儿。

三妹妹把身子弯得像倒转蜻蜓似的,头凑到足跟上,中间搭了一座天桥,竟似一点儿骨头也无,把毽子放在腹间,向上一凑,那毽子便直腾起来,托的一声,还打落在腹上。

耕石看到此际,不由心里大动,登时打了个寒噤。从此一上一下,约有四五十招。

大姐笑道:"好了,再使劲耍把你这肚肠子耍破了呢!"

三妹妹一转身,已将那毽子接在手里,用一只右脚踢起来,仍将身躯向后一仰,或以耳接,或以目接,或以颧接,或以口接,以鼻接、喉接、额接、颏接,足不离毽,毽不离耳、目、口、鼻、颅、喉、额、颏,眼睛里只看不过来。

大姐姐叫一声:"好!"再看三妹一扭身躯,仍将那毽子揣入怀里去了。

大姐道:"咱同二妹子也要来耍一手。"说着,只向着二妹憨憨地笑。

二妹道:"大姐就是这样傻气,闲话里总夹着小铜钱,你看厅上那个瘦和尚,扯开瘪嘴,眯眯地笑着你呢!"

三妹道:"真是的,咱们都忘记了,真是见笑如来佛。"

大姐笑道:"杀头的,你们怎不早说?放着这马后屁,可是迟了。咱们索性耍他一回,哪有如来会笑人呢?"

二妹妹应了声:"好!"两人各从裙带下翻出一把冷飕飕的匕首来,各站定了门户,互相攻击。两把匕首便是虹飞电闪,斗转星移,有时白练横空,有时如乱泉涌地。一会儿,两把匕首竟搅成一团白光,上下腾踔,叱叱作声。而两人的身体竟似两道红光,变化倏忽,俨如火龙。

忽听前面有人一声咳嗽,竟似敲着钟磬一般的响,就在这声咳嗽出来,耕石且望前面来的是谁。再一转眼,已不见那三个女郎躲闪到哪里去了。

不一会儿,果从外面走来一人,左臂弹了下来,右手叉着腰,轻衣小帽,年纪有四十多岁,已长着短短的胡须。两眉浓然高起,两眼斜吊在鬓角上,黑鬓齐齐,直贴到耳际,像含有满腔的悲愤,直向里面行去。

耕石料想这是独臂猿孟铎了,连忙走出来,合掌称了一声:"孟施主,贫僧候教多时了。"

孟铎回转头,只顾光翻着一对儿眼珠,骨碌碌打在耕石脸上，便问："你是谁，找我有什么事？"

耕石念佛道："贫僧在九华山披剃出家，贱号漱石，流落关外，一路望气到摩天岭来，而灵气所钟，端在施主身上。"

孟铎苦笑了一声，说："是了。"

这声音竟若雁叫秋空，猿啼柳岸，即将耕石领到厅上坐下来，便开口问道："我看和尚瘦弱如竹，来历倒很不错，并说一路望气而来，不妨请和尚看我姓孟的是怎样一个人物。"

耕石向他面上端详了一会儿，说："施主龙凤之姿，天日之表，天与人归，将来贵不可言。贫僧不才，施主如肯殷勤下问，不妨剖诚相示。"

孟铎笑道："我若贵有帝王之福，这一来，我们全国的人不要都是帝王吗？我也胡乱懂得一些风鉴，不妨转请给大和尚相一相。"

耕石道："施主看贫僧是怎样？"

孟铎遂用右手伸进左手袖管子里，除下黑灿灿的东西，锵锒一响，向桌上一搁，震得桌上的茶杯、茶壶都直跳起来，说："你这瘦驴，看我把你心肝都揭破了。"

毕竟后事如何，且俟第十四回分解。

第十四回

铁履突飞来惊鸿掣电
苦刑恶作剧碎骨粉身

　　耕石看那桌上黑灿灿的东西,竟是一只铁臂,上面安着铁络。看这样铁的臂膊,能安在肉的肩背上,早想到姓孟的本领可也不小,就只这只铁臂上,也算很有价值了,又听他骂着瘦驴,不由使耕石听了,有些冒火,也只得极力按住。

　　接着孟铎向下说道:"我这相法,一脱尽柳庄麻衣的窠臼,是我家老祖宗传给我的,不相这人便罢,若相这人,就有这眼力,把他的心肝五脏都看穿了。我家老祖宗曾说过,'胸中正,则眸子了焉,胸中不正,则眸子眊焉。'你这双眼虽也明亮,但凶焰常流无定,造物赋形不错,你是好人,也不该配上这双恶眼,何况满脸邪欲之气,满头恶俗之骨,使人一望就知你是个坏蛋。我姓孟的不知同你这瘦驴有什么过不去,名为抬举我,将来贵不可言,实则欲诱我做个反叛,遭受灭族伤身之惨,你的心想太奇绝了。总之我头上没写着'反叛'两字,你不能信口开河,想将反叛的罪名加在我身上。"

　　耕石一听不好,这一幕已被他拆穿了,软进是不中用,只得和他硬来,便也横眉竖目地回道:"不错,我是生就这双恶眼,你是善类,就不该拐着好人家的女子。我亲眼见有三个女子,你把她们藏在家里怎样?"

　　孟铎听罢,便向厅外呼啸了一声,不一会儿,从门外走进三个女郎来,问:"师父有何吩咐?"

孟铎道:"你们认得这瘦驴吗?"

众女郎都回说:"认得,我们在那里练把式,他也亲眼看见过的。"

孟铎道:"你们是我什么人呢?"

三女郎都说:"师父是哪里话来?"

孟铎道:"这瘦驴说你们是我拐来的,你们说是怎样?"

三妹在旁听了,早将耕石扯开座位。耕石自信自家本领不弱,坐在那里,本同生了根的一样,不知怎样,被这未成年的小女子只一扯,竟将他这有力如虎的大和尚直扯到地下,左腕被她扯着的地方,简直痛得暨不开,连四肢、周身都牵痛了。偌大的本领,也施展不出。不住价发怔。

三妹跟后提起脚,向他脑后一蹴,便将手松开了。

耕石痛得如刀剖着的一样,知道脑后受了她铁鞋尖的重创,想已蹴成一道深沟了,只恨自家没学得师父那样的硬功,便学得费猛那样罩功,今天也不该遭受如此重创。纵然身手再轻捷些,气功再高强些,不怕什么凶器,但一时心荡无定,便是气功也提不起来了。若再从师父学得硬功,要练成金刚不坏的身体,又何致将半世的英风伤败在十五六龄的小女子手里?看今天是不易逃出这是非之场,我师父声名,山林中怀抱绝技的隐逸之士,都说他是个大拇指,这番拜受北京老头子的密旨,访查叛党,外面却不得而知。这姓孟的又远在关外,和我师父谅无私仇,何不将我师父大名抬出来,一般能将他吓倒,放我出来,也未可知。

想了想,便向孟铎叫道:"你们师徒有本领,不该欺负我这可怜无用的人,你能打倒我师父,我就佩服你。你知道我师父是谁?嵩山飞龙寺法铨禅师便是。"

孟铎听了大怒道:"老法秃是你师父吗?那么你叫耕石,不叫漱石。我的意思,本拟叫孩子们前来薄惩你一番,便打发你滚蛋。既然老贼秃是你的师父,人不要走了。"

这话说完了,耕石略停了停,心想,将师父大名抬出来,已吓不倒他,反因此加上一道裂痕。他既不肯释放,只好忍痛逃出去,便逃脱不了,反正也是一条死路。想了想,挨着疼痛,准备起身闪出门外。却被大姐赶上一步,一挥刀便向他右腿上砍去。

耕石觉得她的刀锋所至,竟使遍体生寒,周身反射抵抗的功夫被寒气逼定了,仓促间施展不出,连忙将身子向旁一让。好快,这边二姐早用刀在他腿上只一箍,耕石哇地怪叫一声,左腿已被砍断了。那只右腿尚要向外拐去,又被大姐从左边一挥刀,又将他的右腿砍断了。

耕石暗叫一声苦,登时倒在地下,像有些要晕厥的光景。

孟铎急吩咐将他抬到厨房去。早有大姐从里面取出一个大布袋,将他装放在大布袋里。二姐、三妹扫去了血迹,大姐将布袋提到厨房外。

原来厨房有一个大石鼓放在那里,移去石鼓,下面便显出一个地洞。大姐把布袋向地洞下一掼,身子跟着嗖嗖而下,却踹在很绵软草堆上面,仍提了布袋,下得草堆,将他直送到一间石房里。那石房里有个铁槛,外面上了一把锁。大姐取出钥匙,开了锁,将布袋向里一送,仍锁了铁槛门,兀自去了。

耕石蜷伏在布袋里,忍着痛,一声不响。待大姐去得远了,伸头出布袋一看,料知断了两腿,身躯又关在这种地方,没奈何,只索性听从他们摆布。

不一会儿,听得外面脚步声响,耕石仍将个头缩到布袋里,仿佛被人提着向前走。不知走有多远,便有人将他从布袋放出来。睁眼看这地方,四壁都挂着刀枪剑戟,杀气森然。那独臂猿孟铎高坐一把椅子上,案上放着一只铁臂膊,两边排列三个女子,仍是大姐、二姐、三妹三人,都显出神气十足的样子。

耕石两腿及背上的伤虽然痛极了,这时只极力忍挨,哼也不哼一声,显要得他是个很值价的。却不待孟铎开口问他,反将孟铎喝问道:"我师父同你有什么私仇,值得用这样的狠毒手段对付我?此刻我虽奈何你不得,将来总使你知道我师父的厉害。"

孟铎笑道:"论你们师徒,和我姓孟的没有私仇,但你们都是旗人,你师父受了伪朝的密旨,不知残杀了多少爱国之士,如何瞒得姓孟的耳目?老实说,我姓孟的是反叛,是你师徒应该访拿的要犯。但你师父只知我这血热心肝,还未领略我的本领。这番他到摩天岭,只令你一人前来卧底,也太看轻天下英雄了。"

耕石道:"这厮满口只说些梦呓,我师父何尝到摩天岭来访拿你?你是反叛,你有什么证据?"

孟铎听罢,便指着铁臂笑道:"你要问证据,这个也是铁证。"

耕石道:"我师父只听说你和善化寺观修和尚比武,被他砍断一条膀子,这算什么反叛的证据?"

孟铎道:"我本没这工夫同你多讲话,但我不将其中的情事向你说明,你也不知道我们汉人当中,还有烈性的人物。你已是快要死的人了,就告诉你这个铁证,谅也奈何我姓孟的不得。你师父真当作姓孟的是同观修大和尚比武,被砍断这条臂膊吗?那是掩耳盗铃之谈,好传到你师父耳朵中去,无怪他耻笑姓孟的本领太不济事,令你前来卧底,好做内应,想打姓孟的一个翻天印。殊不知我姓孟的肚皮里还有几句春秋,偏不上他的当。我说这条铁臂膊,怎么算是反叛的证据呢?

"我和观修大和尚,那时谈到你们满人种种残杀我们汉人的事,难道你们满人既有这本领来残杀汉人,我们汉人就没这本领残杀满人吗？为什么一班爱国的先烈，凡在南边起事的，没有一个能成功，仅做了流血成仁、肝脑涂地的人物。我同观修师父谈到这最伤心、最沉痛的论调，深恨人事不平，连天道也不平了。一时气愤填胸，不禁断臂为誓，誓与你们满人不共天日，若不将这乾坤扭转过来，也不愿再生在世界上，做个亡国奴了。观修师父说我凭着这血气之勇，徒死无益，也雪不了亡国的冤仇，劝我深自敛抑，持其志无暴其气，秘密运动海内热血的人物，好成就排满兴汉的大事业。又给我打了一条铁臂膊，所以我说这条臂膊也算是反叛的铁证，比你那两条狗腿要值价些。

"我的秘密都告诉你了，你是值价的，且说出你师父的踪迹，现在摩天岭左近什么地方？须不用狡赖，狡赖便不值价，惹得你们满人，子子孙孙都说不起话。"

耕石听罢，说："我师父现在嵩山，你有本领，就先到嵩山去，能栽他一个跟斗，你就算是个值价的。"

孟铎笑道："嘴巴强是不中用的，你师父没有亲自出马，难道就差你前来，想奈何我吗？"

耕石道："他若知道你果是个硬敌，也不单差我一个前来，下你的手了。"

孟铎也不再问下去，便吩咐立娘取一把锉、一碗盐卤上来。

原来大姐、二姐、三妹三人，是同胞的姊妹，姓冯，大姐名唤倩娘，二姐是唤立娘，三妹名唤窈娘。立娘去不一会儿，便取上一把铜锉、一碗盐卤，由窈娘将碗中的盐卤撒在耕石两腿血肉模糊的所在。耕石实在挨不住，叫了一声："娘！"便昏晕过去。那铁上的血流下来，都是黑的。

孟铎又令倩娘取上一碗冷水，将他喷醒过来。

孟铎道："你是值价的，就立刻说出你师父现在左近什么地方，又何用狡赖，枉叫皮肉吃苦。"

耕石大呼道："我们满人,个个都值价,若是你们汉人,全都像我们满人值价,这山河早就双手捧还你们汉人了。"

孟铎道："是谁不值价呢?"

耕石道："做官的汉人不值价,甘愿做圣朝牛马;小百姓不值价,甘愿俯首帖耳听我们满人残杀;便是你们汉人当中,也有偌大的本领,居然为我这满人利用,帮我前来,下你的手,这人便是江湖上最有名气的唤作惊虎胆费猛。你们汉人这样不值价,还想将这山河恢复过去?哼!我看你也有像我值价的一日。"

孟铎听说"费猛"两字,登时愕了一愕,接着又听耕石说,如何遇合费猛,如何准备举火为号,好内应外合,滔滔汩汩,说得孟铎皱起眉头,眼中早洒下几点英雄泪来。

耕石又说道："你们中国不值价的人太多了,如何用得我师父亲自出马?用汉人扑灭汉人的凶焰,这是我们满人对付你们汉人的唯一手段。我若说一句谎,你就骂我们满人都不值价。"

孟铎略停了停,复向耕石问道："我相信你这时很值价,说话一句是单,两句是双。我听说你们飞龙寺现置下许多神工鬼斧的机关,究竟是怎样的机关?你对我说半句欺瞒的话,我这把铜锉立刻间叫你粉身碎骨,那时你真个实说出来,你算太不值价了。"

耕石喝道："难道你们汉人都是些呆子吗?方才的话我从实告诉你,和我们满人没有关系,不说出来,我就不值价。可是现在的话,我对你说了,或胡诌几句哄骗你,你才骂我们满人太不值价呢!砍断了腿,怕吗?不怕!用盐卤洒在两腿血肉模糊所在,怕吗?不怕!用铜锉锉得粉身碎骨,怕吗?我们满人不怕!所怕畏刑不值价,将这要紧的关头,对你说出,那才是一件可怕的事呢!"

孟铎急喝一声："动手!"

早有立娘提着一把铜锉,搁在耕石左腿伤处。铜锉锉在骨头上,锉得咔嚓作响,锉下来的骨屑被黑血沾湿了。耕石挨刑不过,晕死过好几次,醒来便禁不住哎呀哎呀地怪叫。

孟铎急命停止大刑。

耕石大叫道:"姓孟的,你用这毒辣的严刑堵逼我,想我们旗人不知残杀你们汉人多少英雄,不知蹂躏你们汉人多少女子,你这样对付我,在我身上也泄一泄怨愤,我也还死得值得。请这小娃子松松手,听我供来。"

立娘真个把手一松,猛然间,耕石用两个指头向自家命门上一戳,说:"师父误……"这"我"字便不能说出来了。

孟铎向前看时,耕石已向后一倒,周身的骨节咯咯作响,已经咽气了。

孟铎也流泪道:"这瘦驴真算得一个硬汉,便是我用严刑拷问他,迫于一时义愤,亦复惨无人道。观修师父对我说'持其志毋暴其气'那一句话,实在耐人寻味。"说着,便亲自将耕石的尸具掩埋了,口里还祝告道:"如你这样的值价,若生在我们中国,倒给我姓孟的添一条大膀臂,就因你是旗人,不幸落到我们汉人手里,实在使我有些对不起你,魂兮不泯,应当托生中国,为我们汉人争一口气。耕石且请安心,我送你入土。"

祝罢一场,孟铎仍将冯家姊妹三人集齐在一起,问道:"这瘦和尚已死了,周身骨节还是咔嚓咔嚓作响,看他练的气功,也有六七成的火候,气功到了这样火候,身手都矫捷异常,浑身的肌肉不是你们这把刀所能伤他的。纵然你们学过身使臂、臂使指的功夫,刀风所至,能使人遍体生寒,究竟只能伤害寻常练习气功的人,不能伤坏耕石。"

窈娘见师父问这几句话的神气,来得十分和缓,便笑嘻嘻地回道:"这东西看是练的童子功,他那两只狗眼只顾在我们姊妹身上,这里一碰来,那里一碰去。大姐姐更叫我弄那一反弓腰,他看了,打个寒噤,想他这个寒噤打得有缘故,我们才敢下手。"

孟铎听罢,心想,耕石只学得软功夫,没有学过硬功夫。软的气功,最难学是童子功,但在欲性冲动的时候,纵没实行性欲的试验,也走了元阳,却要在两个时辰以外,才能恢复原状。若再练习硬的气功,便为女色所迷,那身躯自然练得比铜铁还坚硬,便是内部软功受了伤,除非伤中了心脏,再也不会伤坏一些皮肉的。

沉吟了一会儿,转不禁板下一副脸来,喝令立娘:"将倩娘、窈娘砍首报来。"

欲知两人性命如何,且俟第十五回分解。

第十五回

怪男儿山庙寻幽
奇女子渔舟认父

在这间不容发的时候,善化寺观修和尚竟似神仙一般,忽然从门外走进来了,问是什么事,要斩这两个孩子。

孟铎先将耕石前来卧底,预留费猛在外,等候举火为号,及耕石谋泄身死的缘故,向观修说了一遍道:"两个女娃子不该以色相示人,虽撩动人家情怀,希图人家动了元阳,好听凭她们摆布,却先伤坏自己的人格。在我们汉人脸面上,须损失不少的光彩。"

观修笑道:"这如何怪得两个孩子呢?昔日有个范仲淹,修筑堤工,看那些夫子一个个显出袖手缩臂的样子,这范老先生异想天开,派他的二小姐在堤上唱着《满江红》的山歌,竟使那些夫子听得高兴起来,个个强打着精神,三年如一日,这道堤才修成功,为地方田畴,作万世的保障。难道说范仲淹也有可杀之道吗?孩子们只要心地光明,做事有经有权,这正是孩子们通权达变的机宜。你如何能怪得她们呢?"

孟铎听罢,方才饶过倩娘、窈娘两人。

观修又说道:"贫僧不是面托居士到独角村去,除去那个毒物吗,却有一句要紧的话忘记向居士说。那东西练的是罩功,罩门在粪门里,这是悟老的弟子净业才告诉贫僧的,特地赶得前来,幸居士还未动身。并且据耕石的供词,那费猛只在岭上左近地方,等候举火为号,居士不妨将计就计,旁的兵器用不着,只用铁签锥他的粪门就得了。"说着,便合十向孟铎告辞去了。

孟铎连夜挑拨已定,专等候费猛前来。

再说费猛日间在悦来客寓等耕石出去了,略休息了一会儿,心里有些闷剌剌的,你道是什么缘故?

费猛这东西最是奸淫好色之流,哪一夜没拥着女孩儿搂抱入帏,哪一夜便睡不着。休论他在独角村,每夜要同逍遥宫里一班女魔王办一次例行公事,便是离开独角村,一路也要偷偷摸摸,干些采花撷蕊的勾当。此番同耕石结合起来,眼前碍着他,不好逞着兽欲,又想做高官,统兵符,这心肠十分热烈,只好将欲火极力按住。但他的精神上总觉不愉快,便走出房门,到外面去瞧瞧热闹。

忽然客寓门首,来了一个青年的女子,在门外唱着《莲花落》的春调。女孩儿在十六七岁的时候,倘非生得奇形怪状,总有些桃花水色,隐隐动人。这女子头上绾了个松松宝髻,上罩着青帕,鬓边插着几朵香馥馥的花枝,分明云鬓笼情,香腮带笑,那唱出来的字眼儿,如吹着乐器一般,合着手唱《莲花落》,抑扬高下,没有一句唱完了,没有动人的余音,引得客寓里看的人都齐声喝彩,争着舍钱。

费猛从身边摸出些零碎银子,约有一两多,向女子手中一塞。那女子向费猛回眸一笑,袅袅婷婷,又到别处人家唱《莲花落》了。

费猛紧紧跟在她背后,唱一家,便跟一家。那女子把山镇上的人家唱完了,便走出村外。

费猛看她远远走到一座山神庙,便不见了,心里好不欢喜。等到晚间定更以后,便溜到山神庙来,看庙里的光线,不甚黑暗,那唱《莲花落》的女子替一个老婆子在庙里捶腿。费猛走进来,托说是北京王慕忱，日间因听姑娘唱得开心，特来领教。

即听那老婆子回道："这位北京王老爷，咱这孩子是卖嘴不卖身的。"

又听那女子在她老娘身上扯着一把道："娘不要见怪，这王先生，人家是北京有名的大财主，唱了一个唱，还赏孩儿白花花一两银子呢！"

那老婆子听说是财主，也不说什么了。

费猛想，这老婆子还知情识趣，即拥抱着女子席地坐下，拿了一大包银子，向她怀里一送。

那女子呵呵地笑道："王先生，你这是干什么？你不怕冻坏了吗？"

说着，便向那老婆子笑道："王先生要我同他唱个对口儿呢！"

老婆子笑了笑，就铺好地下的行李，说："王先生，咱们这行李是干净的。"

费猛更不搭话，忽听得女子哭起来了。

那老婆在旁说道："好生服侍王先生，大惊小怪的，成个什么样子？老娘当初唱着这对口儿，一点儿苦水也没有呢！"

费猛暗暗一笑。接着女子又忽然笑起来了。

那婆子又说道："这孩子风一阵雨一阵的，太没有规矩，仔细笑断了肚肠子，不是当耍的。"

又听那女子咻咻地笑道："住了，不要讲，我再唱着乐子给你听，管叫你听了开心。"

费猛笑道："我这时高兴极了，你要唱乐子，不用唱着老调，我要你唱个独眼将军大战莲花宫主。"

女子笑道："王先生倒会缠人呢，这样长的乐子，休说我肚里没有，就有也唱不起来了。我唱个《打油令》给你听，请你安静些,休唱着对口儿,你才听出这是我的好乐子呢!"

费猛一声不响,却听女子唱道:

哎呀,哎……哎呀哎……你怎么到这会子来……
风动柳枝摆,露滴牡丹开。
哎呀,哎,初时相见叫人爱,霎时不见费人猜。
暂时得见惹人怪,来来来……来一个玉暖香温抱满怀。
哎呀,哎……

费猛听完这个乐子,又有些不安静起来,脸对脸地在那里击节叹赏。

这时,忽听远远地递过一阵很吵嚷的声音,呼作:"火……火……"

费猛蓦地将女子一推,模模糊糊穿了袄裤,外面披着一件长袍,赤着脚,走出庙门去了。

那女子已得了他一包银子,还想他再来,连衣服都来不及穿好,匆忙走出庙门。路上行人不少,不知谁是王先生,却见西南向有一里远近地方,陡起一阵火光。

顷刻间,那火焰似乎渐渐低压下来。一时夜风如水,身上有些寒浸浸的,当夜便得了个蹊跷病。好容易将这个病医好,那一包银子也就用得精光,依然沿门挨户去唱着《莲花落》,再没有王先生来送她银子了。这且不在话下。

单说费猛出了庙门,直向孟家山村而来,路间遇着好些孟家村附近的人,一个个拿着救火的器具,向村中去救火。谁知不待他们动手,那火焰中便冲了一道黑烟,看是已熄灭了。

费猛同救火的人到孟家门口,那大门尚关着,看那黑焰是在后院起了火。救火的人见火已熄灭,争打着孟家的大门,好去问讯个明白。打了一阵,不见有人开门,也就一哄而散。

费猛待众人去了,在村院前后周视了一遍,听不到里面有什么动静,心里好生惊讶。忽地听屋里起了阵阵吵嚷的声音,说:"不好了……疯和尚杀人了……我们还是逃……"

费猛听了,只打算耕石已得了手,转到大门口,蹿得上屋,还听得下面一派厮杀的声浪,看见有三个女子慌慌张张向一间屋里躲去。探下平地,不见一人,便蹑到那屋子里,黑魆魆不见人在那里。听得东首房里有打战的声音,似乎看那房门没有关,轻轻蹑到房里去,开了窗门,看房里有一张木床,上面盖着被褥,似有人在下面抖得咯吱咯吱地响。

费猛那时在星光下,见这屋躲进来的三个女子都出落得妖艳如仙,两个大些的,看是合得上他的脾胃,早想这孟家村的人不难一股脑儿给他当面开销,这三个美人儿最要紧,第一先将她们捆起来,好设法带回独角村去,调情取乐。此番蹑进房来,又听床下抖颤的声音,颤得床上都有栗栗不安的光景,估着这三个美人儿已躲向床下去了,便在房里高叫道:"咱们有王命在身,只捉孟家大叛,罪人不孥,应赦免孟家的妇女。床下躲的若是妇女,就快出来,咱们高高手放你们过去,若不敢出来,显得你们是男子汉,不出来是不行。"

费猛声扬了一阵,即听床下娇滴滴的声音,似乎有三个女子哭起来了。

费猛心想,不错,要掀开了床,又怕碰坏这三个女子,不是好耍的,讲不起,就从外面蹿进去,将她们拖出来。纵然她们就有几分把式,也不能碰伤我哪里。一时只管妄想这三个美人儿,就好像神使鬼差,没防备后面有人戳他屁股。急蹲在床下,才将个头向里一伸,蓦地听得身后有些风响,好快,孟铎已从门外闪进来,说时偏迟,其时却快,等不及费猛转身,趁势一铁签,便直插入费猛粪门里。听他哇地叫了一声,不想这个生龙活虎的大强盗,偶然不留心,事前没有戒备,竟被人家暗算,早已呜呼哀哉,伏惟尚飨了。

孟铎把铁签在粪门里左右搅动了几下,才抽出来,忽见他赤着脚,穿着一条洒花藕色的裤子,还镶着一路金丝荷叶边儿,似女子的小衣,不由怔了怔,便将他拖到屋外一看,又不禁哑然失笑,早想这厮今夜没有干得好事,匆忙间误将女人家的小衣穿出来了。

这时冯家姊妹已从床下走出来,向费猛打量着。

立娘道:"弟子看这厮未必便是费猛。"

孟铎笑道:"你看我一举手,便除杀这个大怪物,就疑惑他不是费猛。不信,你们用铁签在他周身戳下,除去罩门所在,能戳得他身上哪里,他就不是费猛。"

倩娘、立娘、窈娘三姊妹真个各取着铁签,在费猛周身乱戳。铁签就同戳在铜铁上面,把她们气力都使尽了,仍不能在费猛身上戳下去,反把铁签压断了。休说不能在费猛身上戳下,便在他眼、耳、口、鼻、舌各窍也戳不下,不是费猛是谁呢?不但佩服费猛硬功高强,更暗暗惊叹师父身手迅快。

孟铎吩咐将费猛的尸身多用石灰腌起来,抬出个大衣柜,将他盛起,且放在地道下搁着。当夜无话。

来日,孟铎到善化寺里去一趟,回来便向倩娘、立娘、窈娘说道:"我着令你们改装到独角村去,有封信在此,你们先在那里问一问马胡子,包管他看见我的字迹,帮你们破了独角村,用不着我亲自出马。你们没有遇马胡子,这独角村地方就去不得。"

倩娘道:"师父令弟子们到独角村,必要马胡子从中帮助,这胡子本领,也算大得了不得了。但有大本领人,轻易不肯露出自家的本相,弟子姊妹三人又是初出道儿的雏儿,对于江湖上三教九流的门径,还不大熟悉。师父没说明马胡子的住址,怎么容易会见呢?"

孟铎道:"你们此去,会不着马胡子,我也不叫你们吃这一趟辛苦。不要多问,下去,我的话绝没有差错。"说着,又向她们低声说了一阵,说:"这是净业说来,独角村的机关,也只有三处,你们谨记心头,但没会见马胡子,急要到独角村去,就令侥幸回来,也要拿脑袋见我。"

冯家三姊妹知道师父的脾气,不敢再说什么了,回到房中扎括一番,都装作书生模样儿,却暗暗各藏了一把匕首,下了摩天岭。日间都拣着大户人家天花板上歇息,夜间便出来,施展陆地飞行功,向前走去。

这陆地飞行功,并不是飞在空中,高去高来,不过是气功有了几成火候,行走如飞,比在空中的飞鸟都来得迅快。但遇水路还须搭船进发,不过从摩天岭至太行山独角村地方,十有八九是旱道,间有水面阻止,也不过延迟三两日工夫。她们在路间没有事端阻滞,不上十日,很容易跋涉数千里,向那地方人一探问,早知离太行山西去五十里之独角村不远了。便不用披星戴月,施展陆地飞行的本领,日间沿村访问这个马胡子,可是那些村户人家也说出几个胡子来,就有一二姓马的胡子,看那信封上写着:"马老先生亲拆"六个字,说不出这信是谁的笔迹。

冯家三姊妹就知师父并不是写信给这个没有关系的马胡子看的,也就不用赘说下去。直走过独角村,逢人便问马胡子。

就听有个胡子说:"若问马胡子,我们这地方倒有一个,你们是读书人,要问这个不出名的马胡子,干什么来?"

倩娘道:"没干什么来,不过他有个朋友,托我们寄封信给他。"说着,便将那信送给胡子看。

那胡子看了,仍将信还给倩娘,笑道:"错了错了,我们这里的马胡子,像是个不识字的睁眼瞎子,连个名字也没有,胡子就是他的名字。这信封上写着马老先生的称呼,字迹又写得琳琅脱俗,酷似赵松雪,看这写信的人很了得,我们这里的马胡子,能当得起他这个称呼吗?呀!你看,这里的马胡子来了。"

倩娘便收回了信。

那胡子便高叫起来,说:"马胡子,你篮里的鲤鱼要卖几个钞一斤?"

倩娘姊妹三人都回头一看,见一个老渔翁,童颜鹤发,飘着一部白胡须,头上戴一顶破旧的草笠,身上穿一套蓝布袄裤,上面缀着东一个西一个的补丁,足上系着一双麻绾草鞋,手里提个鱼篮,篮里放着几尾活跳的鲜鱼。虽然弯着腰,一步一步向前走,但精神饱满,没有半点儿龙钟之态。听这胡子向他买鱼,忙直近前说了个价目。

那胡子买了一尾鱼,向马胡子道:"他们都是读书人,要找一个马胡子。"

马胡子向倩娘道:"你们是找马胡子的吗?"

倩娘便将信送给他看。那马胡子将信上的字认了又认,似乎这"马老先生"四个字有些认不出的模样儿,等待那胡子给了钱,提着鱼去了,马胡子便悄悄向倩娘三人道:"你们是从摩天岭来的吗?快随老夫到渔船上去。"

倩娘三姊妹才看出这马胡子就是她们所访问的马胡子,很欢喜地随他跨上一只小渔船,进了舱。马胡子将鱼篮里的鱼养在前舱里,进来将信拆开看了看,见岸上没有人,便将那封信送给倩娘三人看完了。

只惊得倩娘放下信柬,抱着马胡子痛哭。立娘撞到他的怀里,窈娘只在后面捧着他的胡子,也不禁哇地哭了起来。

毕竟那信上写些什么,欲知后事如何,且看十六回分解。

第十六回

王大尹树林识强盗
孟神童丱角显英风

要知这渔翁并不姓马,马字旁边加上两点水,姓的是个冯字。他是河南的有名巨盗冯绍甲,少时绝擅技击,壮乃折节读书,精娴韬略,曾在耿精忠营中当过一员裨将,后来精忠兵败,冯绍甲见国势从此不可挽回了,浑身是劲无可用,就不若爽爽快快做个侠盗。

当年天津知县王锡九到任时翻阅案牍,见盗案十数起,都是控的著名巨盗冯绍甲。王锡九暗想,这冯绍甲积案累累,怎么没缉获破案,前任官是睡着了吗?遂传齐捕役一问讯,才知这强盗行踪飘忽,不是容易捉获的,但所犯的案都得留下冯绍甲的名字。前任官都是旗人,虽然治下发生这许多盗案,却不因捉不住真凶便受上峰的处分,但也奉行故事,喜欢用严刑追比捕头的狗腿。

王锡九看那些捕头都追比得同害过一场大病的样子,不忍再追此他们,只准备出衙,私访冯绍甲的踪迹,不拿他破案,绝不放手。王锡九轻衣小帽,装作寻常人的样子,在本城访了数日,只访不出强盗。就到村野地方暗暗访拿。

这日正是三伏天气,王锡九在赤日之下走得浑身是汗,偶然坐在一座树林底下乘凉,忽听林子里有些呼呼作响。王锡九便愣了愣,心想,这是郊野所在,前不接村,后不靠舍,有什么过路的人在林子里鼾睡呢？便起身悄悄向树林走进，果见那疏疏树林中间睡着个五十岁上下、行装模样儿的人，上身赤膊着，铺着一条大围巾，当作个毯子。围巾四面五寸的地方，撒下好些香瓜仁，都撒得遍了，甜如蜜的瓜仁让他在中间鼻睡，脚下三四尺地方还堆了十数只已经破碎的香瓜，也攒聚着不少的虫蚁。

　　王锡九暗暗一笑，正想将那人叫醒，不防那人已醒转过来，眉目间很有些精彩，只向王锡九望了望，便问："县大老爷改装前来，可是访拿大盗冯绍甲吗？"

　　王锡九笑了一声道："你就是冯绍甲吗？"

　　那人叩头道："小人正是冯绍甲，在大老爷到任时候，小人已前去访探一次，明白大老爷是个有骨气、有本领的好官，所以大老爷到任以来，小人没在大老爷治下做过一件盗案。"

　　王锡九道："你在前任官手里犯有盗案十数起，你的党羽共有多少？看你身边没带着金银，衣装又甚褴褛，你盗的财物又寄到何处去了？是好汉，说话不用含糊。"

　　冯绍甲回道："小人的党羽也只小人一个，在天津作案，拢共算来也有二三万两，只是财物随手盗来，就随手用去，还是双肩荷一口，身边没有半两银子。"

　　王锡九道："你的钱送到赌场上去了吗？"

　　冯绍甲回道："小人不会赌，绝足不入赌场。"

　　王锡九道："这是花天酒地上去了？"

　　冯绍甲道："小人行年五十有二，还是个童男身体。"

　　王锡九道："还好，你的钱究送到哪里去了呢？敢是周济贫苦吗？"

　　冯绍甲道："一半花在周济贫苦汉人上面，便还有一半，小人不敢说。"

　　王锡九道："这里不是法堂，你好好说，本县当原情曲谅。"

冯绍甲道："说出来就是个凌迟的罪。也罢,大老爷是汉人,没有阿谀满人的气习,小人何敢隐瞒?这一半赃物,却送了一个小朋友了。"

王锡九愤然作色道："你说没有羽党,你这朋友,不是你的羽党吗?"

冯绍甲道："他是个反叛,不是强盗。不瞒大老爷说,这个小朋友,在我们汉族当中,脾气怪到极处,境遇也就穷到极处,年纪虽只有二十多岁,骨气、本领却都在小人以上。乞食王孙、吹箫公子,风尘仆仆,同调无人,小人不周济他金银,帮助他将来揭竿举义,他就准备去投海死了。"

王锡九道："渴不饮盗泉水,热不息恶木荫,他的志愿虽佳,但不应受这不义之财。王船山、黄梨洲诸君子,奔走国难,何尝肯沾润不义的财呢?"

冯绍甲道："他看小人送他的金银,其中略有不义之财,便容易收下,小人还承认他是个有骨气的好朋友吗?"

王锡九道："你说他性情奇怪,毕竟是怎样一个怪物?"

冯绍甲道："他老子的脾气就怪,他的脾气比他老子更怪。但他天赋独厚,家学渊源,文章虽及不上他的先人,武术上早有了根底。可是到了现在,他的武术比他老子更好得几倍。

"他在十二岁时候,见他老子不论寒暑,都把一条小辫子箍在头上,心里就有些惊讶,便暗暗向他老子问道:'孩儿看人家把辫子梳得松三花的模样儿,怎的爷将这辫子盘在头上呢?'

"这句话却射到他老子的心坎里,早流下几点泪来,说:'我没有这辫子,早就削了头,要拖着这辫子,更不由使我心里悲痛,做和尚是不要辫子的,就因抛不下我的儿,只得将这辫子箍在头上。但在我天良上,还受着莫大的谴责。'

"他听了有些莫名其妙,信口回道:'辫子虽留在头上,不见

得削了辫子,就将头一并削了。我不信爷有这样傻。'

"他老子听罢,那眼泪益发潸然不已,说:'心肝,你的年纪小得很,不知就因这条辫子,当初曾死去几万人呢。'

"他听完了,登时不快起来地说:'爷的本领真够,一条辫子,竟打死几万人?只怪这几万人命短,竟犯在爷这辫子下吃亏。'

"他老子掩泪道:'我不是说我这条辫子打死几万人,是说因这辫子的缘故,被人家杀死几万人。我儿看演义的角色,他们头上都没有辫子吗?那是百年前的服装,现在是不然了。'

"他说:'不错,唱戏的上台,都没有辫子,怎的一百年后,便另换了一个世界?爷说因这条辫子的缘故,被人家杀死几万人,要请爷告诉我。'

"他老子说:'我告诉你,你在外面说出来,连我全家也有个杀头的罪。在百年前,满人入关,把我们汉人的山河夺了去。他们满人背后都拖着一条辫子,说我们汉人应该做满人的奴才,应该顺从满人的服装,就严令我们汉人留辫子。有许多不愿留辫子的,都被满人捉到官衙里杀头。我们江阴城中士民人等,大家头可杀,这辫子不可留,却被满人打破城池,男子就杀头,女人也带到营中奸杀。满城人士,十个人只侥幸逃出一个。爷在当初没有身殉小节,侥幸逃出江阴,非惜一死,实欲招集江湖豪杰之士,奔走国难,想还我汉族的衣冠,不致沦于夷狄。谁知天地之大,万物可容,竟容我们汉人不得。在爷的朋友当中,不知拼掷了多少头颅,可怜亡国余生,结果还箍着这条辫子。'

"他听着这话,两个眼珠早勒得圆鼓鼓的,拍着屁股跳起来,说:'这些囚娘养的,不但是我们汉人仇人,还是我们祖宗仇人,难道我们汉人都死去了吗?杀头怕什么?与其生的在世上活现形,不若杀了头倒还爽快。放着我不死,有朝一日,都叫这

些囚娘养的认得我,好结算三十年来杀戮我们汉人的账。'

"他老子便禁止他,说:'你要报仇,只存着报仇的心,若这样胡说八道,被人家砍了头,你就没有报仇的一日了。'

"他也只勉强忍受,从此同疯癫了一样,看见黄狗便叫作哥哥,指着石头说是汉人。有时哭,有时笑,笑的时候都是咬着牙齿,哭的时候都是双泪直流。

"他老子死后,他就此东飘西荡,饱经阅历。他的怪脾气,似乎好一些,但他想恢复汉室的志愿比当时更来得热切。不瞒大老爷说,小人和他相交二年,又在天津碰到了他,见他穷得连一文也没有,已将那一半银两一股脑儿送给他。在夜间三更以后,他已辞我,动身到关外去了。"

王锡九听冯绍甲说完了,想,自家身为清廷官吏,暗暗对他那小朋友叫了一声:"惭愧!"便向他正色说道:"你那朋友,姓什么,叫什么,现往关外什么地方去了呢?"

冯绍甲回道:"青天大老爷,便将小人凌迟了,小人不……不敢得罪朋友。"

王锡九道:"你是好汉。"

冯绍甲道:"是好汉怎样?"

王锡九道:"是好汉就请你到县衙去走一次。"

冯绍甲也怒道:"我这眼睛瞎了,误认你是个有骨气的好官,不想你也是一个浑蛋!这地方是我的地方,不是你的法堂,你凭什么带我到天津县堂上去?"

王锡九伸起一个手说道:"我若没有这个,也不敢孤身私访盗叛了。"

冯绍甲看王锡九这只手伸出来,那手背上似有无数的小耗子在筋骨间乱钻乱跳,心里愣了愣,不想他这弱不禁风的文人,还有这一手厉害,料得空口和他好说是用不着,便从树上折下很粗的枝条,用手背在树条上斫了斫,斫成刀的模样儿,向王锡九笑道:"看你脑袋瓜子比这树还坚牢,你就配将我带到天津县堂上去。"旋说旋用刀向树腰间只一挥,好大的本领,那树已被木刀砍成两半截了。

王锡九讶道:"习斋颜先生折木为刀,以胜剑客,你是颜先生何人,也学成他的本领?"

冯绍甲道:"那是我的师父。"

王锡九道:"那你是四川王衡州的弟子,你有本领,请你来砍我。"

冯绍甲道:"识相些,打发我走路,你我往日无冤,今日无仇,用得着下这样毒手?"

王锡九道:"你不讲客气,就难怪本县不懂交情。"

冯绍甲一木刀便向王锡九膀臂上砍去,分明砍个正着。说也奇怪,木刀砍在他的膀臂上,分明柔若无骨,不能伤他分毫。不由老大吃了一惊,便抽了木刀,苦笑了一声道:"你的本领真够,我随你到县衙去好了,反正二十年后,又是一条好汉。"

王锡九登时换了笑容说道:"这算是自家人弄到自家人头上去了,王衡州是我的族叔,我这点儿把式,就是他教给我的。你我也算同门师兄弟了。"

冯绍甲心想,师父的踪迹飘忽不定,便是我列在他的门墙,也是他在三更半夜,鬼怪一样地到我家里教我,只对我说,师公的学术比他高得百倍,武力还不及他。他又说,他有个族弟,名唤膺德,武术比他还高强。现在师父已死,习斋又不知归隐何所,王膺德更没有会过。这位是王锡九,并不是王膺德了。

心里正在这样想,接着又听王锡九道:"你还不知我是四川王膺德吗?我的表字唤作锡九,曾中了一榜,候选京师,实授这个天津知县。我练的是虚力,不是实力,虚力比水,快刀可以削木,不能斩水,故虚力也可说是活力。方才你的木刀能砍断了合抱的树,却不能砍伤我,这便是虚力的好处。但天与你我这样才智,我不该涉足仕场,你不该失身为盗。你我见面,是很不容易的。我妻死没有续弦,有个表妹,在我家抚养成人,意思我欲将表妹嫁给你,我去做和尚了。"

两人谈得十分投机,王锡九真将冯绍甲带到官衙,将表妹配给了他,便用捕盗无状,自劾罢官,到关外摩天岭善化寺,出家做了和尚,法名就起作观修。冯绍甲便携眷回南,不愿住居原籍,却隐姓埋名,在独角村左近地方买舟打鱼。夫妻感情之间,亦甚融洽,接连生了三个女儿,大女儿就唤作倩娘,二女儿唤作立娘,三女儿唤作窈娘。

冯绍甲看他这三个女儿的根器都好得很,不幸他的爱妻死了,适值观修游方前来,见绍甲这三个女儿资质很好,情愿将这三个孩子带到善化寺去,抚养成人,好传授她们本领。冯绍甲一口答应观修的要求。那时倩娘五岁,立娘四岁,窈娘才周龄。

观修自从将这三个孩子带出关外,十年以后,冯绍甲便接到观修的信函,说:"已将这三个孩子转荐到孟铎门下,将来成就,可也不小,放入尘寰,定可做出一番事业。"

冯绍甲看过这封信,原来这孟铎就是他当初在树林中遇见王锡九时所谈论的那位爱国英雄。倩娘三姊妹既列在孟铎的门墙,将来能在中国干出惊天动地的事业,心里好不快乐,几想到关外去,看视这三个女儿。就因她们都在用功的时候,此去怕分了她们用功的心神。

这回倩娘三姊妹奉命来访马胡子,她们都因在幼年时候和父亲分开,如今相隔十四年,如何能认出这马胡子便是她们的父亲冯绍甲呢?但冯绍甲认得出是孟铎的笔迹,拆开信封,那信内明写绍甲老先生的称呼,并言此番令倩娘三姊妹回来,一则着令他们父女重逢,再则说明费猛已经伏诛,要请马胡子到独角村去卧底,好使倩娘三姊妹救得保定少年石剑星,并剪除独角村的羽党。

父女相见之下,正说不尽欣喜与悲哀。倩娘道:"孩儿听师父说,费猛有个女儿,唤作费巧云,又据净业说,这费巧云身手来得很迅快,要请你老人家帮忙,才得剪除独角村的余党。"

冯绍甲听罢,摇摇头,顿时现出很踟蹰的神气,说:"你们在师门多年,大略你们功夫也了得,何妨各献一点儿给我看看呢!"

欲知后事如何,且俟第十七回分解。

第十七回

水上显神功美人身手
袖中怀宝剑老侠情怀

窈娘道:"在姊妹行中,算女儿年纪极小,功夫极不中看,只显出一点儿,见见意思,爷就知道两位姐姐功夫又到了怎样的程度。但如何才显出这点儿功夫呢?哦!有了。"

旋说旋出了舱,站在舱板上,轻舒猿臂,并起三个手指,向河里抓着。手和水相距有五尺多高,那溪中的水抓上来,放下去,溅得叮咚作响。

冯绍甲笑道:"你这种功夫可算在气功上有了根底,比我还高强,不愧为孟君门下好徒弟了。"

窈娘便进舱道:"父亲看孩儿这点儿功夫,笑得像个欢喜佛,若叫两位姐姐各显出好的来,还不知怎样欢喜呢!"

冯绍甲便向立娘点头道:"看舱外没有行人踪迹,你的本领,我总怕不及窈娘。但尽可显出一手,使为父明白一些就得了。"

立娘笑了笑,只是摇着头说:"孩儿有什么本领呢?但看三妹妹耍了一套,说不起,孩儿也作耍把戏似的,耍他一套,包管你老人家看了开心。"说着,便除去瓜轮小帽,箍起一条辫发,推开窗门,竟似玩把戏人穿刀圈的架势,一闪身,已穿出船窗,便听得扑通一声,似下水的光景。绍甲从窗门用目瞧去,见立娘右脚立在波浪上,把左脚用手扳起来,直扳到后面左背上。左脚放下,又将右脚扳起,照样耍了一套。两脚一沾身,身躯向后仰着,直仰到后面足跟上,那溪中的水就同将她这身躯托住似的。

冯绍甲脱口叫声:"好!"

这个"好"字才说出,立娘高叫:"请父亲回避!"

冯绍甲连忙将身躯向旁一让,立娘已穿窗而进,坐在他的父亲面前了。再看她两手、两足及头部上面,一些水迹也没有。

冯绍甲道:"气功好到这一步,我相信窈娘这孩子不是给你吹着大气,有孟君那样好的师父,无怪教出你这样好徒弟来。但我预料倩娘的能耐未必更比你高强,今日我们父女相逢,倩娘不妨也耍一套把戏,给我看看怎样?"

倩娘道:"我的已显过了,父亲又叫我显出什么来呢?"

冯绍甲道:"你没有能耐,就用不着献丑,满口说些什么梦话?你安坐在船舱里,动也不动,怎么可说你的本领已显过了呢?"

倩娘道:"就因孩儿安坐在舱里,动也不动,孩儿才说我的已显过了。看这一叶渔舟,两面只有两个大窗户,实则小得同卧床上相似。二妹妹从窗内闪去闪来,这虽是二妹妹气功好,没有将渔舟震翻,但父亲在二妹闪进来的时候,将身躯向旁一让,我看父亲没有使出气功来,这身躯猛然让过,船上必然震荡得什么似的。而船身动也不动,大家能安稳地坐着,父亲还看不出孩儿的功夫已显过了吗?"

窈娘道:"不错,但你还没有将你好的显出来呢!"

倩娘道:"儿辈重见慈颜,应该各现一套为寿。如今既轮到我,叫我再显出什么好的来?我们不是耍把戏人,实在江湖上种种魔术,我是耍不来的。于今只好用这只船,耍给父亲看了!"说着,两手一伸开,便握着两边船窗檐,连船带人,陡然跃有一丈多高。

冯绍甲及立娘、窈娘父女三人也发觉身子向上一提,都叫了声:"哎呀!"忽然又觉身子向下一沉,船身落下水,恰又没有一些响动。

冯绍甲哈哈笑道:"倩娘的软硬功夫都还了得,稳重时比泰山还稳重,轻捷时比飞鸟还轻捷。有你们三姊妹前来,便是铁打的独角村,也没有打不破的了。前舱里养着几尾大白鱼,我弄两尾给你们下饭。"

倩娘三姊妹要帮着动手。

冯绍甲道:"你们是不会煮饭烧鱼,便帮我弄出来,我吃下去不适口,你们心里也不快乐。不若由我一人弄好,大家吃他一饱,我就快乐极了。"

倩娘三姊妹只要她父亲心里快乐,也就不拘这些小节。少会儿,冯绍甲煮好晚饭,又烫了一壶酒,父女同舱共饮,津津有味。彼此又谈了一会儿,由冯绍甲想了个主意,便照那主意行去。这且按下不表。

单说费家看门的仆人,有认得这个化名马渔翁的,可是接连好几个月不见他前来卖鱼。这日,大家正在门房里吃午饭,忽然有个蓬首垢面的渔翁,弯腰曲背,手里串了三尾大白鱼,慢慢挨近门房来,发出苍缓欲绝的声音问众仆人可买鱼。

众仆人有认得是马渔翁,却没留心他这个无关紧要的人物,便向他笑道:"要卖鱼不在午前来卖,我们已吃午饭了,谁要买你的鱼?"

马渔翁流泪哀求道:"可怜我两天没有吃了,请大爷们做一件好事,将就买下来,赏给我几个钱,我就有命了。"

仆人笑道:"老马,你不好到别人家去卖吗?"

马渔翁道:"别人家也吃了午饭,谁也不买我的鱼。府上是老主顾,做好事买下了吧!"

仆人道:"也罢,你就放在这里,我们吃过饭,给你钱好了。"

马渔翁便放下鱼来,把鼻子嗅了嗅,说:"好一阵饭香,可怜我喉咙里的馋虫都闻得钻出来了。我这时实在饿得难受,请大爷们垂悯我这年老可怜的人,残肴剩饭,赏给我一点儿,也不枉费太爷行善的志愿。"

仆人看他这样子,委实饿极了,便叫他坐在地上,盛了一大碗饭,拈几个大鱼头,胡乱放在饭碗上。看他只顾狼吞虎咽,好像多年没有吃过饭的样子,顷刻间便吃完了。

又向他问道:"老马,你多日不来卖鱼,怎么可怜到这个样子?"

马渔翁听了,更哭着说道:"我在前去七八里地方,有一只渔船,在两个月前上岸卖鱼,回来这渔船就被强盗划去了。我也曾找过不少地方,只是找不着,没有法子,只得帮助人家渔船上打鱼。不想又冒了风寒,害了两天病,那东西怕我死在他的船上,便将我抬上岸。我在岸上一处露棚里晒了两天太阳,这病就好了。我到那东西船上问他索工钱,那东西不肯给我钱,便给我三尾鱼。我想现在也只有这三尾鱼,不肯卖给别人家,单卖到府上,不过想府上好施行善,比人家要多卖两倍的钱,又承大爷们赏给我菜饭,我心里实在感激得不得了。"

仆人道:"你说得好,你这三尾鱼,咱们也不用称斤拨两,你要多少钱,咱们给你多少。"

马渔翁显出踟蹰为难的神气,好半会儿才开口说道:"我卖鱼已有多年了,买鱼不讲价,多给钱还赏我吃饭,实在除大爷们,也没有人做这好事。只是饭也吃了,三尾鱼能值多少钱?大爷们便多给我的钱,可怜我老了不中用,又无家可归,无事可做,依然救不了我的性命。如果蒙大爷们可怜我,容我常在府上吃一碗饭,大爷们不知道,打鱼不算我的拿手事,我却能煮得一碗鱼,斗胆说一句,比大爷们府上煮的鱼要好得多呢。大爷们若肯救人救彻,来生变犬变马,都感报不尽。"说着,嗓音又硬了,眼睛又红了。

仆人听了这些话,讶然问道:"你看我们的鱼煮得不好吗?家主人小姐专喜欢吃鱼,你有那一手好功夫,先将这几尾给我们煮出来,看是怎样。"

果然费家的仆人将马渔翁带到厨房下,直到下午时候,马渔翁煮出三尾大白鱼来,众仆人仍团坐在门房里吃鱼。忽然费家播出一种嘻天哈地的声音,惊动里面费巧云,闻声赶到门房,看有个仆人,吐出许多鲜血来,问他也不能答话。

原来这仆人因白鱼味美过分,匆急间将个舌头嚼了半截。费巧云向众人问明所以,登时馋涎欲滴,便将马渔翁叫出来,说声:"妙!妙!你会煮鱼,快显些手段给我看。"

便叫家人又买了几斤鱼,由马渔翁摒挡已毕。巧云觉他煮的鱼合得上自家脾胃,便将马渔翁留在家中,伺候煮鱼。

过了三日,马渔翁看费家来来去去,虽有好些汉子,论本领也只有四五个,其余庸庸碌碌,确实不把来放在眼里。

这夜,巧云想吃鱼羹,买了两尾黑鱼,叫马渔翁去办羹汤。

马渔翁道:"哎!要吃鱼羹,至少要一百尾大黑鱼,这两尾鱼,如何能办得好吃呢?"

巧云道:"胡说,一百尾鱼,要办出多少鱼羹呢?"

马渔翁道:"这鱼羹只在黑鱼鳃间的半寸长的一条肉,方能合用,两尾鱼济得甚事?要办一碗鱼羹,至少要一百尾。"

巧云道:"要办一百尾鱼,今夜是来不及了,明天再办好了。你不妨将这两尾片成鱼肉,胡乱办出一些给我们吃。"

马渔翁遂用两尾鱼办了一碗鱼羹。

巧云吃得很可口,又多饮了几杯酒,便向马渔翁问道:"你家里还有儿女吗?"

马渔翁道:"有儿女也不可怜到这个样子了。"

巧云道:"你想长住在我家中,还想要我送你几两银子,买只小船去打鱼呢?"

马渔翁道:"小老儿有了这个好地方,不想打鱼了。只要小姐可怜小老儿,临死给我一口薄薄的棺材,叫我这样,我不敢那样,这心肝五脏都是感激的。"

巧云道:"你既愿住在我这里,我也终不能瞒你,凡我家秘密不宣的事,你都得预闻。但将我家秘密向外面人胡说乱道,就小心你的脑袋。"

马渔翁道:"小老儿这口紧得很,只需小姐吩咐过,要小老儿向人吐出一字,是绝对办不到的。饥来有饭吃,寒来有衣穿,难道这种福享够了,还要餐风吸露去打鱼吗?"

巧云道:"好,家父也喜欢吃鱼,你有这种好手段,他老人家回来时,也喜欢你的。只要你的口紧得很,你就能享平常人所不能享的福了。你虽是在独角村远近多年,这一辈子还没见过我家的场面,我带你去开开眼,好吗?"

马渔翁却回道:"小老儿已见过了,这早晚想要睡一睡。"

巧云道:"人家好意带你去开开眼,你同懒蛇一样的,不识我的抬举。"

马渔翁即改口道:"小姐要我见识什么呢?"

巧云道:"我这几天心里闷得很,带你去开开眼耍子,我心里也快乐,你不要推托,只随我去走走。"

巧云便将马渔翁带入地道,暗暗绕走一番,说:"这是逍遥宫,这两处却是监狱。"

马渔翁只装作漫不经心的样子,又从巧云走到逍遥宫外,似乎有许多汉子,逗着宫里的女子嬉笑,即听有个女子骂道:"放你娘的屁,又想来吊我的膀子。我问你,这几时怎不向小姐拿出热劲来?你也怕吴奎帽子,是你们的样子了,却同我们打嘴磕牙地胡闹一阵,又想我拔根寒毛,给你剔一剔牙?呸!我的老毛病是发作了,不要动,一动就是杀头的罪。"

又听有个男子回道:"我们这麻雀,谁不想吃着天鹅肉呢!你我当初是怎样相识的,你反拿那话搪塞我。唉!我只羡那石剑星小子,真好福气。"

说到这里,巧云已带着马渔翁走进来,不由愁眉紧皱,醉眼惺忪地喝道:"听你们越说越不像个话,太没有主子在眼里了。"

众人这才鸦雀无声。

巧云又向一个丫鬟问道:"我怕你这一枪仍旧戳不穿他的心,人家闷得把肚肠都塞满了,倒饶得你们金子石头地混说起来。"

那丫鬟听了,便袅袅婷婷地跪拜下去,说了声:"小姐恭喜,你不要过了河就拆桥,还求小姐谢我一个大媒。"

马渔翁见这情状,仍然在那里装着瞌睡。

巧云且不向丫鬟搭话,即向那一众汉子吩咐道:"你们且送老马到厨房里睡,明天还要他早起做羹汤呢!"

那一众汉子应了声诺,即将马渔翁扶了出去。

巧云即把那丫鬟拉到房中,扭头笑道:"奇怪,你果有这本领,能在石狮子粪门里吹出个屁来吗?你不要哄我,你不要哄我。"

那丫鬟笑道:"谁哄你呢?倘若是没有眼的笛子,小奴就吹不响。停会儿你们这一对儿冤家碰了面,你才相信我的本领。"那丫鬟一面说,一面笑嘻嘻地向巧云耳朵边唧唧哝哝说了一阵。

巧云听罢,只笑得前仰后合,脸上一朵一朵的桃花更红得厉害,说:"呸!你这是讲的什么?"

那丫鬟笑了笑,又同巧云窃窃私语了一番。

作书人这支笔却又要趁这时候,移转到石剑星身上。

原来剑星自从那夜金钟三人遇害以后,仍被押入黑暗地狱。吃过瘫药的人,没有解过,这身躯仍然要听从人家摆布,但费猛在先曾着姜龙头对他说,要将巧云招赘他,请他向金钟面前说好话。剑星哪里便肯依得,同姜龙头问讯之间,不觉露出他自家的心事。

姜龙头也自诩聪明识窍,只当他不肯答应这门亲,只对不起那个金玉珠,好像他们这一对儿生死鸳鸯,生则同生,死则同死,这心情是始终不肯游移的,转将他的话去向费猛说了。

巧云也曾听姜龙头对她说过,但现在石剑星知道金钟已死,心里伤痛到了极处,还撇不下一个金玉珠,直抽泣了一个对时,忽然铁门开放,便走进一个人来。剑星不由向那人叫了声:"姜龙头!"

那人道:"我是贺龙头,姓姜的龙头已被砍了。石老爷想必有些饿了,停会儿弄点儿东西给你吃。"

石剑星道:"我不吃东西,我问你,你师父几时才砍我呢?"

贺龙头道:"师父已出门去了,我奉小姐的命令,特来送你一个喜信。"

剑星听他说是送喜信,这一惊真非小可。

欲知后事如何,且俟第十八回分解。

第十八回

绮语话深宵君心似铁
莲花生妙舌郎意如春

石剑星狂笑道:"原来我的喜期到了,饭我是不吃,有酒就给我喝几盅,喝醉了好杀。"

贺龙头笑道:"你想错了,我来报个喜信,不是报的死信,你休当作这是一句黑话。今天我们小姐忽将我唤到她房里去,不瞒你说,像我这起码当龙头的,一时要想同小姐说几句话,是提拔不上的。今日对我如此,若不是托你的造化,哪有这种光荣?原来小姐将我唤进房去,着实对我客气,并说,'石老爷亏你好生看待,将来总当感谢你的。'她暗暗告诉我,石老爷要做这里的主人了,只因石老爷在先有个女朋友,就是穿山甲的女儿金玉珠,她已私将金小姐释放,并且这金小姐已感她释放之恩,要报答她的好处。她叫我们对你送个喜信,只要你慨然承认她的话,你有什么心事,不妨暗暗告诉她,她有一分能耐,要尽十分力量。她是这样吩咐我,我哪有猜不着她的心情?日后石老爷同她真成了神仙眷属,只说这贺龙头还懂得人事,就感恩不尽。"

剑星听完这话,略停了停,说道:"她要我承认什么话,她不好自己对我说吗?我有什么心事,好如何能叫我对她说出?似这样藏着骨头露着肉的,说来说去,也没有个合缝斗榫的时候。"

贺龙头听剑星说这话的口吻之间,有些软化了,不是当初对巧云那般严峻，连忙去报知巧云。巧云听罢，初因剑星的心情越是回转得快，越有些靠不住，但她又转了个计较，反而估料剑星在先不准她的要求，良心上似乎对不起一个金玉珠。如今我释放了金玉珠，这件事又是玉珠允许了我。他急欲给金玉珠老子报仇，和玉珠抱着同一思想，这亲事当然可算十拿九稳了。因这样一转念，芳心里便得了无穷安慰。又想费猛这个贼，把我连家弄得人亡家破，杀了我的老子，又强占了我母亲，他打算瞒过我，也把我当作亲生女儿看待，岂知我母亲在临逝时候，暗暗对我说出那样痛心的话，想起来我好不伤痛。可笑这贼打算招赘剑星做女婿，从此消除一个大疙瘩。岂知剑星承认了这样话，他这老命，已在我股掌之上，那时我等候金玉珠众人前来，暗暗结果这个贼，大家就此远走高飞。这老贼不肯给他徒弟报仇，难道他的徒弟还有人要替他报仇，同我们为难吗？

想到此际，不禁眉飞色舞，便吩咐贺龙头，打叠几样肴菜，送饭给剑星吃，这且按下不表。

再说剑星见贺龙头送上饭菜，只得抖擞精神，胡乱吃他几口。忽然来了两个十五六岁的童子，扎括得非常好看，向贺龙头附耳说了几句。贺龙头笑了笑，两个童子各向剑星说了声："恭喜！"你肩着臂膊，他拉着大腿，将剑星抬出来。

剑星只摸不着是什么缘故，事到如今，也只横着心头，听从他们的摆布。两个幼童真将他抬到一间密不通风的浴室里，内面有个很整齐的床铺，花团锦簇，铺设得很齐整，浴池里满贮着热腾腾的香水，两个幼童一齐上手，将剑星衣服脱了个尽，露出一身晶莹如玉的肌肉来，便给他浑身洗浴，到处抚摸，很显出垂涎三尺的样子。那个幼童见这个幼童竟有些疯疯傻傻起来，好像也发了醋意，用两个指头向这个幼童眉尖上一戳，说："这是谁的衣食饭碗？狗，你有这造化吗？我告诉她，打断你的手。"

说着,又来要呵着他的胳肢窝儿。

这个幼童便止道:"不要动,一动就要溅出许多水来。倘使我闪了手,跌坏了石老爷哪里,我去告诉她,打断你的手。"

两人都不由相视一笑,遂将剑星浑身揩拭了一阵,抬到床上,服侍他睡下,将被给他掖严了,两人都说一声:"去吧!"但两人去了几步,还转脸偷看剑星两眼,才呀地开了浴室门,一步一回头地去了。

少刻,便听巧云的声音说道:"春云、秋月两丫鬟,做事又懒又糊涂,怎的浴门没有关?老是这样敞开着,浴后冒了风,岂是当耍子的?"

这声才歇,巧云已走进来,随后关好浴门,将油灯剔亮些。

此时巧云头戴红缨镀金勒,中间嵌着一颗大如卵亮如晶的红玉,上面飘着大小几朵红绒球儿,两耳垂上,系着连珠翡翠环,涂脂敷粉,画鬓贴唇,两眼水盈盈的,越显出女孩儿所特有的姿态美。嫩葱般的纤指上,戴着闪闪灼灼的戒指,雪白胭红的手腕,套着八宝金钏。上身穿着鹦哥绿的洒花十锦袄,腰间系着凤凰戏牡丹的大红锦裙,纤纤的莲钩上,踏着一双凤嘴睡鞋,凤嘴里各衔着一颗光如镜清如水的明珠。直走到剑星床前,向着剑星憨憨一笑。

剑星看她眉目间春情洋溢,那一阵花香、粉香、胭脂香,以及女儿身上所特有的香气,都送到鼻观中来。只得极力按住了心猿意马,反将两眼紧紧闭着,眼眶中似乎挤出泪水来。巧云且慢理他,自去干正经事要紧。

一会儿,剑星不听巧云讲话,心里正自惊讶,接着便听浴池里哗啦啦不住价响,辨得出是洗浴声音,在那里洗个不住。忽然洗浴的声音停止了,接着便听得细碎脚步声响。巧云又走到他床前来了。

剑星索性睁眼一看,看床上花一团锦一簇,脱卸好些衣裳。巧云赤着上身站在他面前,似一幅杨妃出浴图,低头一笑,便向被窝儿中钻去。

剑星道:"小姐,你怎的这样不老实起来?我有些替你害羞呢!有话要先对我讲明,猴急是急不出道理来的。"

巧云咯咯地笑道:"那一次,你伏在丫鬟身上,我也有些替你害羞。你有什么话,尽管对我说,可怜我这时心急如火,你再一味地拒绝我,只索我于枯鱼肆中了。"

剑星道:"我这时浑身像棉花一样软,你要怎样,还不是听凭你怎样?只是我的心还未融化过来,你就强迫我,又有什么味儿呢?"

巧云道:"你的心是没有融化过来,我告诉你一件事,包你听了欢喜。"说着,便咬着剑星的耳朵,絮絮聒聒说了好一会儿,眼中早流下两行泪来。

剑星道:"你不要骗我。"

巧云急道:"人家把肺腑里话都掏出来告诉你,又惹得你头上的青筋急得一根根都暴起来了,你是我什么人?我若对你说半句谎,我不是个人。天开眼罚我来世变作蛆虫,尿里尿来,屎里屎去。"

剑星道:"谁叫你发这样毒誓?总算我今天知道金小姐没有死,你是连家的骨血,不是费家的女儿,只怪我当初猜不出,你说着大义灭亲那句话,其中还有这个缘故。只是我们能够报了仇,出这种陷人坑,若金小姐肯从中撮合,这是我的造化。你今天要强迫我,使我的心顺从了你,不能不能。"

巧云道:"你难道要辜负我这颗心吗?"

剑星道:"我何尝辜负你的心?并且很爱你是个孝女,如今贴肉沾身,你我总该算有一些缘分。我问你,你就想在今夜来强迫我,就完了事了,还想跟随我做个终身伴侣呢?"

巧云笑道:"自然想随你做终身伴侣。"

剑星道:"既要跟随我做终身伴侣,可没有这样草草,即令你要强迫我,今夜能如了你的心愿,但我心里感觉不快,将来不愿同你做终身伴侣,你又是何苦呢?我允许你,并且我可对天发誓,只要你依了我的话,包管你将来有如愿以偿的一日。若是这样猴急,要我做下害己害人的事,你看上有天,下有地,明有日月,幽有鬼神,我不是这样凉血。"

巧云听了,略沉吟半晌,没奈何,只得得风便转,极力按住心头欲火,要求剑星对她发出个重誓,又不禁在剑星玉臂上咬了一口。剑星便哇地叫起来。

巧云道:"你不要害怕,古人男女相爱,啮臂为盟,将来你报了仇,若再一味地摒弃我,要知道我的牙齿可是厉害,真能咬下负心人一块肉来,我们再接个吻吧!"

剑星索性让她吻了吻,说:"我也倦了,请你让我睡一会儿,不用来磨缠我。"

巧云偎着剑星睡了一夜,两人虽没有什么云情雨意,但在这一夜,并不曾安睡,直谈到来朝傍午。

巧云便向他说道:"你老远睡在这地方,很觉不方便,还是送你到那地方去,有贺龙头照料你。请你放心,等候我的消息。"

说着,便起身穿好衣履,戴了红樱镀金勒,才开了门,便有一群丫鬟向巧云道喜。

巧云道:"这石老爷睡觉,只像个石狮子,谁同他成了亲,便是个猪狗!"

众丫鬟笑了笑,连忙将巧云拥出去了。

不多会儿,那两个童子前来,仍将剑星押到黑暗地狱看管。

却暗暗吩咐贺龙头："不必把铁门锁起来，料他吃了瘫痪药，是跑不了的。茶前饭后，要你小心伺候。"

贺龙头自然连声应诺，好借此巴结巧云，同她亲近许多。但在巧云方面，见剑星已对天发誓，打量天开眼得报复大仇，也有同这如意郎款洽如帏的一日。不过看剑星被押在黑暗地狱，还饱受那凄凉气味，心里很有些割不开，每日必去探望他一次。两人正说不尽喁喁的情话，巧云也就想着剑星的心，果被她软服下来。

这夜，巧云悄悄踅到黑暗地狱，那贺龙头看她照例前来的时候，预先走开一步，好让他们谈着体己话儿。这夜看巧云姗姗而来，早就一溜烟跑过去，非等巧云出来时，不会再踅到这地方来的。

巧云走进了门，在一盏黑暗油灯之下看见剑星已睡着了，巧云不敢惊动他，等待他睡醒了，好将自己前来等候的话告诉他，叫他听了欢喜。等了一会儿，听剑星渐渐睡熟，那美睡的神情，好像多日没有睡过的样子。转又有些等得不耐烦了，正想准备抱着他的头摇醒过来，忽听剑星说道："哎呀！金世妹，原来也有相逢的一日。天开眼，我们大仇已报，怎的世妹还不明白我的心？我若有一点儿在巧云身上，你就骂我猪狗。"

巧云听他这话，不由愣了愣，却听剑星鼻间又打起呼声来了，好半会儿，又听他说道："你倒说她是个孝女，多情多义的美人儿，要我收她做妾，而在我眼睛里看来，便猪狗不如，你要强迫我，你就把我当作猪狗。"

巧云听到这里，登时背上如浇了一盆凉水，一脚立不稳，便倒在剑星身上。剑星便惊醒过来，巧云已站起身。

剑星向她说道："小姐，你来了吗？要把我心肝都想坏了，可知我哪一时忘记了你。"

巧云勉强笑了笑,说一声:"你好好地睡吧,我也不再磨缠你。"匆匆地出门去了。

剑星看巧云走了,索性在那里睡个痛快。

再说巧云从此闷在心怀,但每天还去见石剑星一次。她有个心腹丫鬟,是五月里生的,乳名唤作榴姐。这榴姐心地聪明,看巧云平时的神情能猜着她是什么心情,她因巧云终日间愁眉紧锁,曼睐慵舒,曾暗暗向巧云问是什么事,老是这样愁恹恹闷刺刺的。巧云便对她倾怀尽吐说:"我听剑星梦中吐泄真情,空劳我盼望他一场,这就完了事了。"

榴姐笑道:"他的心是肉做的,不是铁打的,小奴且去在他这石狮子屁眼里吹出一个屁来,但小姐要重重谢我一个大媒。"

巧云这时本已束手无策,落得叫她去打个花胡哨。她这手段便不灵,也断坏不了什么。

榴姐便到剑星那里,把巧云的心事向他低声说了个梗概,并说:"小姐做了你的怀抱中人,模样儿、本领,哪一件委屈了你?"

剑星低声道:"原来她听我梦中的话,早知我姓石的不是随便可欺压的。老实说,我若想娶她,那夜就成了好事。难得她识破我的隐情,请她赶快来杀了我,倒落得个爽快。"

榴姐絮语道:"古来有个妓女梁红玉,曾随韩元帅干下一番惊天动地的事业,难道你没有看过这种书,就批驳她不是完女,不肯爱她?不想你的心肠竟是这样硬。"

剑星听罢,即沉吟了半响回道:"假如我不愿做韩元帅,她就得赶快杀了我,用得着这般啰唆!"

榴姐又絮语道:"她若要杀你,何至到这时候才杀你呢?岂但不杀你,只等金玉珠众人前来,还要给金家报仇呢!"

剑星道:"我不肯如从她的心愿,她肯给金家出力报仇吗?"

榴姐道:"报仇是她的本分,她并非给金家报仇,实则借你们的援助,要给她姓连的报仇。爱你是一件事,报仇又是一件事,纵然你不爱她,报了仇,她仍要向你谢罪,才对得起那个金小姐呢!"

这几句话直送到剑星的心上,暗忖,她对我讲的话,真是句句从肺腑里掏出来的,她果然是个孝女,是个奇人。玉尚有瑕,我石剑星何能使她身败名裂?想了想,便向榴姐流泪哭道:"如果她不是完全爱我,诌出这篇话骗我,她才算是个孝女。百行孝为先,我只原谅她的孝道,我心里爱她好了,我听受她的要求好了。"说着,叫榴姐将她的小指按在口里。

忽然榴姐叫了声:"哎呀!石老爷,你这是何苦来呢?"

欲知是什么缘故,且俟第十九回分解。

第十九回

巨眼识裙钗心生坑堑
祸机沉麹蘖胸有戈矛

  榴姐看剑星咬破手指，淌出鲜血来，不由哎呀叫了一声，说："石少爷这是何苦呢？"遂将他那个指头放下，用手帕揩去嘴上的血迹，将手指裹严了。

  剑星流泪道："我当她因爱我，才想给金家报仇，她有了情人，便要下手杀他的老子。谁知她报仇是一件事，爱我又是一件事，不是给金家报仇，欲借金家的援助，替连家报仇，她果算是个孝女了。但她心里虽是这样想，玉珠又不知何日才来，就令快要来了，带着党众来了，前者我金世伯也带着两人前来，就因来的人太不济事，她虽想从中援助，也不能给连家报仇。假如玉珠带来的人没有惊人的本领，她是否能做内应，给金、连两家报仇呢？"

  榴姐道："轻一些，不要被别人听见了，闹出笑话来。她报仇的计划，所以要人援助的，不是要人助她报仇，是在报仇的时候，如有人前来暗袭，好将费家的羽党一股脑儿宰杀了。她报了仇，不致再落到费家党羽手里吃亏。不过前来暗袭的人事先须向她通知，彼此约定动手的暗号。她趁那东西冷不防，用刀伤坏那东西罩门的时候，即大家动手暗袭费家党羽的时候，里应外合，这一阵便成了功。可惜金老英雄那次前来，不曾和她联络，她眼见着把这报仇机会放过了，除在暗中辛酸流泪以外，没有旁的话说。这番金小姐若纠众前来,事先已和她有了密约,本无须金小姐出面,只要金小姐的党众来卧底,有她从中关顾,没有办不了的。"

榴姐说了这一篇话,听得剑星不住地点头说:"好个聪明的人儿,即此可见我们男子汉性灵粗鲁,不及她们女人家心思细致。"

两人又密谈一会儿,榴姐仍转到逍遥宫。适值巧云没有回来,随例看着一班同伴,逗着那些小么们嬉笑。

好大一会儿工夫,才见巧云带着马渔翁进来。榴姐先向巧云道了喜,待巧云吩咐仆人们将马渔翁带去安寝,榴姐随她到房里,同她暗暗商量了一阵。末了,巧云向榴姐道:"你这回要听我的吩咐,停会儿我到那地方等他好谈话,小心些,不可走漏一些消息。"

榴姐便连声应是,等众人都已就寝,悄悄出了地道,也顾不得小足伶仃,人不知,鬼不觉,走近一间厢房,轻轻推开窗户,向里面伸头一望,暗暗灯光之下,见马渔翁和衣睡在短榻上,鼾呼不醒,便从窗外闪进去,在他头上拍了一下,叫了声:"老马!"

马渔翁应声而醒,见是个丫鬟,倒吃了一吓,兀地跳下床。

榴姐急着说道:"老马,你好自在,快快随我去,不可露了众人的耳目。"

这句话更把马渔翁吓得噤住了。

榴姐笑起来,说:"我们小姐要请你去有话讲。"

马渔翁随着她一路走下地道,直走到一间静室里。巧云见了马渔翁,便说:"老马,我问你,有个人你可认得?"

马渔翁讶道:"是谁?"

榴姐便在旁说道:"轻声些,方才小姐对我说,看你神情之间,很有些古怪,纵然穷苦到这个样子,绝没有一些龙钟之态,说话的声音又像铜钟一样响。你虽做个打鱼的生涯,不是屈居人下的奴才,已猜定你受了金玉珠的托付,前来卧底的。你不妨向小姐说明了,大家都有个计较。"

马渔翁一听不好,这巧云眼睛好生厉害,分明我的行径已被她拆穿了,便冲口而出地回道:"不错,老夫是前来卧底的,便瞒你也无用,什么金玉珠,老夫并不知道。你有本领,打算将老夫怎样办,你的老子,尚死在老夫朋友之手,谅你这丫头,便能将老夫结果,有朝一日,叫你知道我那朋友的厉害。"

巧云听罢,愣了愣,说:"我未出娘胎,我的老子已被费猛伤死了,你说谁是我的老子?"

马渔翁道:"你不是费猛的女儿费巧云吗?怎么你说你的老子伤死在费猛手里?"

巧云且不理他,便向下问道:"费猛果然被你朋友伤死了吗?"

马渔翁道:"怎么不是?他的尸首已用石灰腌起来了,致命伤在粪门里……"

巧云不待他再说下去,便向他面前一跪,忍不住双泪齐流,说:"多谢老丈的朋友给小女子报复了父仇,小女子向老丈拜一拜,拜老丈便是拜那个朋友。"

马渔翁拔地将身一闪,说:"这丫头真精灵,没的吃你骗了,才笑掉人家的牙齿呢!"

巧云起身道:"老丈哪里知道……"说至此,便继续向马渔翁又说了一大阵。

马渔翁道:"你不要骗我,你不要骗我,你的话是否为真,须还老夫一个证据。"

巧云急道:"证据现有一个,可惜不在眼前,人家同你商量正务,倒惹得你疑心。你去安睡吧,便没有你帮我的忙,我的大仇已报，等候金小姐前来，里应外合，没有救不了一个石剑星，没有锄不了这里的狐群狗党。"

马渔翁心想，事情到了这一步，胆小是不成功，不若碰一碰造化，索性将这缘故告诉了她听吧。想一想，即换转笑容向巧云道："我不是你，如何知道你的心？但看你的神情，并非另生着一颗心。"说至此，接着又向巧云说了一大阵。

巧云笑道："小女子直打算金小姐前来，才能给我报雪冤仇，不想大仇已报，天假这缘，反得老丈们几副好身手帮我的忙，这是费猛的羽党倒运，石大哥剑星走运。"

说完了，马渔翁又同她秘密谈叙多时，才悄悄回厢房安歇。巧云也带着榴姐，趸回房中去了。

第二日，巧云出了地道，便唤上几个仆人说道："今天要吃鱼羹，马渔翁说是要一百尾大黑鱼，取那鱼鳃间一条活肉做羹汤，这羹汤才好吃。这里有十两银子，你们快去买一百尾大黑鱼来，要在午前买齐。"

仆人去了好一会儿，忽然一个个都被打得头青脸肿，似落水鸡子一样，一路哭进来了。

巧云问："是什么事，被人家打得这个样子？"

那些仆人回道："下人们去买鱼，村前只有一只渔船，凑巧那渔船上有半舱的大黑鱼，足有百余尾。下人们向那渔船上的人问这黑鱼要多少钱一斤，那渔船上的人回说要十两银子，少一分不行，多一分不要。

"下人们便叫他们将舱里的大黑鱼都籇了起来，用五个大鱼串，一尾一尾穿好了，共有一百零八尾，下人们便交给他们十两银子。

"那渔船上三个泼皮真是泼皮极了，众口一词地都说一尾鱼卖十两银子，一百零八尾鱼，要卖一千零八十两，少一分不行，多一分不要。

"下人们听到这些无理的话,实在气恼极了,却碍着老主人平时好善的名气,不敢同人家较量,只好好对他们说:'大家不用闹玩笑吧!十两银子买这一百零八尾鱼不算便宜货。'

"那三个泼皮听了,其势汹汹地硬逼下人们拿出一千零八十两。

"下人们说:'就是你们要讹诈银两,也不是这样的诈法,一尾鲗鱼也值不到十两银子。你既不卖给我,仍将鱼放下舱去吧!'

"他们说:'这些鱼都一尾一尾地用鱼串串起来,停一会儿就死了,谁拿十两银子来买我们的一尾死鱼呢?你不要鱼,就得赔偿我们一千零八十两。'

"下人们被他们逼得没法,就赔偿你们十两银子,大家解开手,好讲个交情。谁知那些东西,一个个都伸出手来说:'谁同你们有交情可讲?只怕这个没有交情可讲。干吗?你们不买鱼,要来寻老子开心?'说完了,更不容下人分辩,你一拳,我一掌,将下人们打下水。还说:'既不买鱼,滚蛋,滚蛋,滚你妈的十七八个蛋!'

"下人们上了岸,早早惊动村间老少人等,都说:'卖鱼人不讲理,这一百零八尾大黑鱼,论价只值三四两银子,竹杠敲不到手,反将人家打伤到这一步,看他们这鱼要卖多少银子?'

"那些人只说几句公道话,也奈何他们不得。下人们只得回到府中,告诉大爷们,大家都说:'犯不着为这点儿小事,同那些蛮不懂理的人讲理。老太爷回来时,倒要说我们会把式的,动不动和人吵架,干碍他的名誉。吃点儿亏,算不了什么,毕竟没有被敲去一千零八十两银子。'

"下人们只得回复小姐,请小姐示下定夺。"

巧云听了怒道:"话到你们嘴里,就是缠夹不清,你们若讲明那一百零八尾鱼是十两银子,人家能多要一钱一分吗?就是卖鱼的人,因你讲得不明白,要敲竹杠,你们再多准他十两银子,说几句好话,也就卖给你了。不是你们狗仗人势,何致被人家打伤到这一步?老马,你取二十两银子去,须将这一百多尾大黑鱼买来。你是个内行,大略比较他们好说话些。"

马渔翁便带了二十两银子,领命去了。过了好一会儿工夫,却又见马渔翁老泪纵横地哭进来了。

巧云道:"你敢是又被卖鱼的打了吗?"

马渔翁道:"他们没有打我,小老儿到那里去买鱼,认得那只渔船就是小老儿的渔船,小老儿便进舱去,低声对他们说:'二十两银子买你们一百零八尾大黑鱼,但这渔船是我的,既被朋友划去用一用,如今仍请朋友还给我。再则请赐我几两银子,我不敢败坏朋友的名气,说朋友偷划了我的船。'谁知那些东西硬说我诬栽他们是强盗。小老儿却说出船上的证据来。

"他说:'你当初是个打鱼的,我们也是个打鱼的,你有船,我们没有船吗?你有这样的船,我们就不该有这样的船吗?船上又没有写着你的名字,谁也不能说我们的渔船是你的渔船。识相些,赶快滚上岸,惹得老爷惹起火性,休怪欺负你这年老无用的人。'

"小老儿看这光景不对,哪里还敢在船上支吾,只得回见小姐,要请小姐示下定夺。"

巧云道:"你认得这渔船是你的吗?"

马渔翁道:"小老儿住在这船上有二十多年了,一落眼就认得,并且还有几种证据,怎么不是小老儿的船呢?"

费巧云故意沉吟了一会儿说道:"这哪里是打鱼的人?却是个强盗,偷去你渔船事小,想转独角村的念头事大,明知有几个有名的把式常住在我家中保护,所以敢对下人出手,借此探看我们的虚实。我们不先下手,将这些贼擒住了,不出几日,他们必有一番动作。"说完了,便点齐了家中一干会把式的,吩咐如此如此。

那些人领命而行,却不费吹灰之力,将渔船上三人绳捆索绑,解得前来。

巧云便令人对村中人说:"这些贼且不用送往官府,等待拷出实供,请大家共同议决,活埋处死。"村中人自然随声附和。

接连马渔翁又带领受伤的仆人从船上取了一百零八尾大黑鱼,说:"我船上还有十五两银子,被这些贼花用了。这一百多尾鱼,尚不足抵十五两呢!"

将船锁在树桩上,着人看管。村中人都怕费家这件事办得太鲁莽了,人家不是贼,请问如何将这个贼名洗清呢?大家都转替费家捏一把汗。

看这三个贼,一个十八九,一个十六七,一个十五六,蛮横则有之,如何似做贼的模样儿呢?

似乎费巧云也觉这些事做得有些辣手,又着人向村中人说道:"夜间若问出供来,要托众高邻帮同处置;若问不出供来,现有赃是实,就得送官惩办,请众高邻包涵一二。"

村中人都感激费家平时待人好,也只有随声附和。

岂知到了夜间三更以后,村中人都已睡了,费家已关了大门,正要将这三个贼带到下面拷问,即见马渔翁走到逍遥宫,向巧云禀道:"小姐不是要吃鱼羹吗?小老儿已做好了,请小姐吃完了再问。"

巧云便传齐家中的暴徒说道:"老马已办好鱼羹,要我一个人吃下去,太没有兴致,诸位若不嫌弃,都请分甘一脔。古人说,'有酒不可无肴。'但有肴亦不可无酒,我家藏有十来坛瓮头春,不妨开他一坛,请诸位快乐一下。"

众暴徒听了,多半做一举手,说了声:"好!"于是又命厨下配了好几样菜,抬出一坛酒来,调齐了桌椅,众暴徒都团坐下来。

原来那众暴徒,当中有四个人本领最好,那个矮小身躯、胖得像牯牛的,叫作矮脚香炉郑鸿寿;那个膘肥肉满,项下有个大肉瘤,右颧有一搭毛茸茸的青痣的,叫作肉团鲸游小乙;那个瘦脸黄须,口角反张,两眉倒竖,两眼棱棱露着凶光的,叫作火烙铁王大勇;那个白净面皮,手腕上刺着花纹的,叫作小金龙濮琏。

在吃酒时间,先上了几道菜,只没有将鱼羹送上,费巧云倏地抓着酒壶轮流敬酒。

众人都说:"不敢当,怎劳小姐动手呢?"

杯子到了小金龙濮琏面前,濮琏却不肯饮。

玉珠道:"濮大哥,彼此敢是生疏了吗?怎不饮我这杯酒呢?"

濮琏用鼻子向酒杯里嗅了嗅,料想酒里的蒙汗药是不会有的,勉强接过那杯酒,吃了小半杯。

巧云道:"大哥心里有什么不快乐?左右,快将那三个贼带上,好与大哥下酒。"

左右答应了一声,不一会儿,便将那三人带上。

濮琏因那三个人、六只眼睛,只顾向巧云瞅望,心里早瞧科十分了,便向巧云叫道:"我们不是吃了酒说醉话,费小姐,你的本领太厉害了,难得连我姓濮的也不放松一步吗?"

巧云听他这话,不由大吃一惊。

欲知后事如何,且俟第二十回分解。

第二十回

女侠快歼凶龙争虎斗
美人欣脱险鱼跃鸳飞

巧云佯笑道:"濮大哥,你我是自家人,干吗又来寻我开心?请你且吃酒,看我问问这三个贼。"

濮琏也佯笑道:"不要问,这三个打鱼人并不是贼,我们才是贼呢。哎呀!马渔翁到哪里去了?你们看见他出去了吗?"

巧云听了濮琏的话,急说道:"濮大哥,你这是怎讲?"

濮琏笑道:"费小姐,我同你打开窗户说句透亮的话,你打算榴姐是我什么人呢?她已告诉我,并劝我走开一步,不用管问这笔账。我很有些不信,果然你的心我是看见了,你既要劝我们的酒,当初就不该同我们好得如胶似漆、如糖似蜜,便是你瞧中了石剑星,把我们开国的元勋撒向凌烟阁外,我们又不是嫖不到女人的,要你这东西发泄欲火。大家马儿不给大家骑,我也不想做这痴龟。只怪你的手段太毒辣了,兄弟们,且不要吃酒,难道吃醉了,好听凭人家宰杀吗?这时还不动手,更待何时?"

这话才说完了,那阶下捆着的三个卖鱼人,正是化名马渔翁的冯绍甲的三个女儿,年纪十八九的是倩娘,年纪十六七的是立娘,年纪十四五的是窈娘,各人早暗递个哨语,四肢各一展摆,身上的绳绑都已震断了,拔地跳起来,喝一声:"打!打!"一时没有兵器,各抓着两个丫鬟当作兵器使用。

众强徒也一齐抽出防身刀子,就此各展开脚步,动起手来。

有两个没有带着刀子,就踢翻桌子,各卸下两条桌子腿,乱舞乱打。当由立娘敌住郑鸿寿,窈娘敌住游小乙,倩娘敌住一众恶伙。

巧云抽出刀子,接着王大勇、濮琏厮杀。论巧云的本领,本也不小,无如被两把刀逼藏得不肯放松一步。巧云抖擞精神,一时刀光剑影,辨不分明,竟似三条游龙在屋中游斗。

巧云忽然想起石剑星来,暗忖,此刻若有人到他那里去,万一杀了他,就完了事了。因这样一想,不由心里有些疼起来,前遮后挡,左刺右袭,刀法也渐渐不如其初了。但身手却很迅快,看王大勇、濮琏的刀法真泼得如闪似电,如花似雪,刀风着到衣襟,又似寒风刺着一般,逼住内部气功,只施展不出。忽觉有把刀在顶梁上晃了晃,巧云急挥刀使了个三花盖顶护住,不防王大勇陡然使了个铁牛耕地的身法,上搠巧云的前阴。巧云着了慌,便换了个单枪泼马鞍的刀法,转身闪过王大勇这一招,不妨濮琏又是一个叶底偷桃,一刀已刺到巧云腰眼里。

巧云忙使了个仙人卧石,一翻身,便让过濮琏那一刀。忽然觉得上面刀风已离顶梁不远,原是王大勇在这当儿,双脚一蹬,全身凌空,一刀向巧云搂头砍下,这刀法名为雷针劈木,好快。这时候巧云已用刀向上一架,当的一声响,两把刀碰个正着,觉得王大勇的刀已被她的刀风砍断了。谁知在她这一刀向上抵着的时候,濮琏闪在她背后,说时偏迟,其时却快,一个变相的奎星拱斗刀法,濮琏的刀已在她右腋间向上刺中了。这刀从右腋入,从左肩出。巧云大叫一声。跟后王大勇又飞起一脚,向她后阴踢去,可怜巧云无福消受,已断了气了。

濮琏抽回了刀,看屋里已没有一人,听那厮杀叫号的声音却在屋后。原来倩娘三姊妹各接住贼人厮杀了一阵,怕这地方施展不得手脚,各自啈了一声,步步退出门来。众恶汉却误会了,直以为她们的本领有限，呐一声喊，便向前逼近。倩娘先得手，舞起一对儿丫鬟，把近前的两个恶汉打死了，顺便手夺了一把刀，放下两个丫鬟，自然这两个丫鬟也休想有个活命。

倩娘刚得了这把刀，众恶汉已一拥而上。窈娘又敌住游小乙，立娘敌住郑鸿寿。游小乙力大，手里又舞着一把快刀，同窈娘鏖战多时，窈娘没有使惯这种家伙，有些摆布不开，虽然她的身手矫捷，没被游小乙刀子伤坏哪里，但觉手中的两个丫鬟已被游小乙的兵器戳了好些血窟窿，虚吃了一惊，早卖个破绽，闪到屋后。

立娘正同郑鸿寿接战，忽然不见窈娘，听得那一阵声浪，才知窈娘在屋后厮战，终怕窈娘占不了人家的便宜，看郑鸿寿的刀法老练，身体又胖又结实，拿两个丫鬟同他厮打便打着了，也未必便打伤他哪里，何况这两个丫鬟已死去多时了，不若摔去丫鬟，同他游斗。

想了想，便向郑鸿寿喝道："粪桶，你有两个耳朵，听明白了，你是好汉，我们各放下兵器，捉对儿厮打，不肯放下兵器，你就不是好汉子。"

郑鸿寿听她这话，把心肝都气炸了，但手中的刀是不肯放下的，看立娘已撇下两个死尸，一闪身向前便跑。郑鸿寿生得矮矮胖胖，练的是几手硬功夫，有了这把刀，便不能伤人，也足坚守门户，他不善蹿跳，两只脚有些不争气，却也极力向前赶，借着木杆上的灯光，看立娘一闪到那里，一闪到这里。待他蹿跳得有些吃力了，立娘便立住脚，向他招手。

郑鸿寿这时却不顾用刀紧守门户，拼命地向前逼拢。立娘却不闪了，见他一步一步地逼拢，便一步一步向后退，却退到一根很粗的木杆下。郑鸿寿心里很得意，暗想，看你还退到哪里去，便猛地一刀向立娘刺来。看似刺个正着，岂知立娘已闪到木杆后,闪退了数步,早见郑鸿寿这把刀似乎刺在木杆上,好快,郑鸿寿的刀才拔出,立娘人不知鬼不觉地已到他的背后,一拳向他后心打去,又送上一脚,便是个伏惟尚飨。顺手夺了刀,赶到逍遥宫背后,远远见窈娘的架势,有些敌不过游小乙的样子,一闪身,便跳上了屋。

那边窈娘正在吃惊的时候,忽然上面有人竟似飞将军从天而降,便见一把刀在她头上一闪,窈娘叫了声苦,却听游小乙哇地怪叫,叫一声便不叫了,尸首向旁一倒。一看是她姐姐立娘杀了游小乙,心里好不欢喜。

这时候,便见有几个暴徒飞转前来。原来倩娘同那干暴徒接战多时,已伤死了好几个,夺了一把刀,便似蛟龙得水。那一众暴徒如何抵挡得住,慌不择路,纷纷向后面溜跑,跑迟了些,就没有活命。有几个刚跑到屋后,便遇立娘、窈娘向前拦住去路,接着倩娘又追得前来,不上一刻时辰,已将这干暴徒宰杀了。

忽然有个人闪到这里,原来是王大勇和濮琏杀了巧云,濮琏便到黑暗地狱,准备结果了石剑星,却叫王大勇到屋后厮杀。

王大勇和濮琏分道扬镳,出门没走几步,就见东横一具尸首,西横一个人头,早知不妙。再回头看濮琏时,那濮琏行步如飞,顷刻便不见了。王大勇只得抱奋勇,跑到屋后。这倩娘三姊妹竟是三条大虫,一拥而上。王大勇的本领虽本不弱,哪里抵得住冯家三姊妹合力厮拼,搭上手还没有还手,就被倩娘一纵身,挥去他的天灵盖,便栽倒一边,僵卧在血泊中了。

忽然窈娘高叫了一声道:"那个白净面皮的贼,闪到哪里去了?剑星不知是否还在黑暗地狱?我父亲是在哪里,怕着了那东西的道儿,那就糟透了。喏喏,那地方不是有厮杀的声音吗?我们且去看是怎样。"

立娘、窈娘听远远有厮杀的声音,急忙向前跑去。

你道是谁人在那里厮杀呢？原来那化名马渔翁的冯绍甲，其时在逍遥宫听濮琏说出那派不尴不尬的话，这一幕被他拆穿了，预料巧云和倩娘三姊妹的能耐，未必制不住这干强盗，不过这条计不行，要多费一些手脚。所虑石剑星被押在黑暗地狱，如果众强徒见逍遥宫发生祸变，有人到黑暗地狱，先去结果剑星，这就糟了蛋了。好在这黑暗地狱的地址，巧云早已经向他告诉明白，便觑个空儿，出了门，沿道向那所在走去。看那所在有两所铁屋，只不知剑星押在哪一处，便一脚踏到这一所铁屋外面，趌转身向屋里斜视，见有个小伙子逗着狱里一干受苦的女子嬉笑，仿佛不觉得有人前来的样子，最可敬是那些女子，个个都算有志节，任凭这小伙子怎样调笑，她们都装作入定老僧模样儿，并且那屋里死人气味比什么都难当，想这小伙子当是贺龙头了，甘蛆粪之如饴，人世间竟有这样地狱种子。

这时，冯绍甲早预备藏了一把大刀放在身边，趁那贺龙头冷不防，一闪身，早抢到里面。

贺龙头喝问："是谁？"

"谁"字没出口，冯绍甲已手起刀落，咔嚓一声响，砍了他的脑袋，便转身出来。忽地心里陡吃一惊，这是什么缘故呢？就因这贺龙头是看管牢狱的龙头，使性将他宰了，那黑暗地狱关放的机关，对什么活口问明呢？没奈何，只得向那里走去。却有一件很快乐的事，便现到马渔翁眼前来了。

原来巧云预想在今夜起事，已令贺龙头用解药给剑星吃了。那铁板门没有关，剑星吃过解药，仓促间虽未能恢复健康，但身体能勉强行动。

冯绍甲看铁板门大开大放，里面灯光之下，见是一个含着满脸悲愤的少年在屋里一步一步挪着兜圈子，知道这少年是石剑星了。便闪进门来，对石剑星低声说了几句，将他负上肩背，且安置在一处地方躲起来。

正想到前面窥探动静,不想有个女子跟跟跄跄地跑来。冯绍甲认得她是榴姐,暗暗问她怎么样了。

榴姐说:"前面已打起来了。"

话才说到这里,忽然前面跑来两人,这两个人被倩娘一阵打退,他们就想到黑暗地狱来,结果石剑星,不防在这地方,分明看见榴姐向马渔翁低声说话。

其中有个强徒,深恨榴姐唆敌害友,早飞过来一刀,向榴姐劈来。榴姐便向旁一闪,口里连喊救命。及至冯绍甲向前解救时,可怜榴姐已被那强徒刺中了咽喉,死于非命。

冯绍甲好生大怒,挥刀向前截杀。两强徒也各舞刀敌住。不一会儿,冯绍甲已一刀刺死一个。这一个方要闪逃,也被绍甲赶上前,一刀结果了性命。

绍甲好生快乐,不防迎面飞来一人,这人正是小金龙濮琏,一路向黑暗地狱而来,不料被冯绍甲挡住去路。两把刀斗了三四十个照面,论冯绍甲的刀法,足抵挡得濮琏,无如老年人战斗力终不若少年人持久,冯绍甲觉得气力渐渐不佳,但勉强还能招架。恰遇倩娘三姊妹闻声而至,将濮琏紧紧围在中心。濮琏撑持了几个回合,已被倩娘一刀搠进左肋,立娘又赶上一刀,挥去他的脑袋。

倩娘三姊妹仍去搜杀费家的余党,冯绍甲却去保护石剑星。直闹了一整夜,那些睡生梦死的村中人忽见费家大门开放,马渔翁同三个卖鱼人夹着一少年,带了一群面黄肌瘦的女子,从门里出来。大家问明情由,谁也不相信万人称颂的费乡绅,竟秘密干下这种无法无天的事,遂从他们的要求,派人将他们带到县城,听候发落。

新任知县王迪吉,是个秀才出身,到任才十日,早听地方上的论调,误信费猛是独角村有名的好绅士。如今得了这样消息,立刻升堂,先将石剑星、冯绍甲众人一问讯,不由拍着惊堂骂道:"你们这干山野村夫,好生歹毒,本县到任十日,访问得姓费的是位公正大绅士。"

及至把众女子带上堂来,忽有一个女子向王迪吉叫了声:"哎呀!"王迪吉也对那女子叫了声:"凤儿!"

原来那女子正是王迪吉的女公子,芳名唤作鸣凤,三个月前在路间失踪不见,据鸣凤对他父亲说,是独角村费猛将她拐到那地方去,受尽许多敲剥,不是众侠士解救,便能保得住贞操,也保不住性命。王迪吉照例又问讯一干可怜的女子,多半是名门闺秀,所经历的祸变略与鸣凤相同。

王迪吉便一面飞发文书,将一干女子分别发送回籍,一面款留众侠,拜谢解全之德。因为这些事和本书没有多大关系,也不用向下写去。

冯绍甲一众侠士在官衙住了两天,连渔船也不要了,一同到关外摩天岭。适值孟铎出门去了,冯绍甲便去善化寺寻观修和尚,阔叙旧情。

这里倩娘三姊妹各自回房卸装,剑星兀自在厅上想起玉珠,尚不知漂流何所,她若知道父仇已报,应该怎样痛快?便是巧云对我那番情爱,据濮琏的论调,须不是真情爱,她的人格虽同玉珠有天渊之别,但想她死了,也很可惜。

及至玉珠同悟迷老和尚前来,这世兄妹碰了面,才得各叙衷情。这几回文章,便是石剑星向金玉珠叙述报仇出险的事情。

玉珠流泪道:"只这费巧云,一失足成千古恨,虽很可惜,但她终是连家的女儿,不是费家的女儿,并对你我有成全之德,虽然红颜薄命,不能尽如她的心愿,只是她大仇已雪,便死也含笑于九泉了。少刻孟老伯回来,请老和尚向孟老伯请示一声,我要活剥费猛的尸体,祭我父亲和朱、宋二酒侠在天之灵。"

正说到这里,孟铎匆匆地回来了,向众人问讯之下,彼此说了许多渴望仰慕的衷曲。

悟迷正要向孟铎请求,取出费猛尸骸,好使玉珠祭灵的话,忽然孟铎向悟迷蹙额说道:"老和尚,你可知道,我有个甥女,住居萍乡,已被鄱阳帮的强盗绑劫去了?"

欲知后事如何,且俟第二十一回分解。

第二十一回

警电传来绿林掠红粉
梦魂错愕玉泪洒青坟

　　悟迷听孟铎说他有个甥女，现住萍乡，不幸为鄱阳帮人绑去，心里不由暗暗一惊。接着又听孟铎说道："家姊丈姓吕，名伯阳，是萍乡地方的富户，膝下只有这个可爱的小女儿，今年才交一十三岁。在去年春间，被鄱阳帮人绑了去，铁鼎便着人暗暗告诉他，说有十万两银子送到盘蛇寨，女儿仍是吕家的女儿，没有十万两银子，就得实行撕去这个肉票。家姊丈得了这个消息，好容易筹出十万两银子送到鄱阳帮去，谁知那厮又变转了话说，'这孩子生得好，情愿收她做女儿，不在乎这十万两银子。'但那厮虽说不在乎十万两银子，已将这银子完全收下，立刻驱逐赎票的人，再来就得砍去脑袋。

　　"家姊丈没法可想，只得禀求官府，行文到江西饶州去。不想这饶州的官僚依然不能奈何鄱阳帮的强盗。家姊丈看做官的人胆气小，不敢同强盗为难，便再追求他遣兵调将，能够剿灭了鄱阳帮，未必便能救脱这个孩子。他本知道我住在摩天岭，就因彼此郎舅之间性情不甚投合，有好多年没有往来，无颜请我出马，无如姊姊终因我是她的兄弟，到了这样光景，只好请我出来，到鄱阳帮去，没有人冒得这种风险，便着人送信到关外来。

　　"方才我在山上徘徊瞻览，便遇见那送信的人问孟家住在岭上什么地方。我向那送信的人说明孟铎就是我，将他带到家中,拆开那封信一看,使我诧异不小。我虽同家姊丈性情相悖,但毕竟是至亲骨肉。我那姊姊却也算个好姊姊,甥女同亲生女儿不是一样的吗?怎的我姊丈信中说出'吾不能早用子,今急而求子,是吾之过也'一番话来?老和尚,请你在观修师父面前通知一声,我就去鄱阳帮,救出我这甥女。"

悟迷道:"孟居士安心等着好了,老僧赶紧去讨令甥女。若是居士前去,恐怕要出岔事。便侥幸能进了盘蛇寨,恐怕也不能将令甥女救脱险。实告居士,那铁鼎原是费猛的师父,他的能耐自然比费猛高强,寨中设着很神秘、很厉害的机关。老僧平时虽痛恶他,却也混俗和光,敷衍排场,同他也有一面,这点点小事,自信能托孟居士的福,将令甥女讨得回来。"

孟铎听罢,略低头想了一会儿,说道:"我很信佛菩萨不打诳语,能够在那厮面前讨回舍甥女。但我等舍甥女讨回来,将来再设法歼灭这干水寇,为万人除害。不知老和尚打算几时动身呢?"

悟迷道:"老僧立刻回寺请假,就动身前去,也毋庸向居士告别了。这位金小姐,要烦居士将费猛尸骸取出,好祭奠她父亲一场。"

孟铎连声遵命,即将悟迷送出了门,打发送信人回去,便取出费猛的尸骸,由玉珠、剑星两人供了灵牌,荐香进酒,各自哭了一场。玉珠便抽刀来剁费猛尸骸,说也奇怪,任凭玉珠使尽平生的气力,再不能伤坏分毫。

孟铎便告诉她,说:"这东西练过罩功,死了数十日,尸首没有腐坏,还是刀砍不入,就可知这东西一身罩功,若非那时以巧取胜,真不知要费多少手脚,才结果这东西的性命。只在他罩门地方,向上挑着他身上的皮肉,就不难迎刃而解。"

玉珠听了,将刀递到剑星手里,便匍匐在地,哭了声:"爹爹和朱、宋两仁叔的阴灵不远。"

剑星即用刀向费猛粪门地方向上一挑,果不费什么气力,将他周身的皮都划开了,连夜将尸首送到荒岩之间,给野兽充饥。

第二日,冯绍甲从善化寺回来,和孟铎、玉珠相见之下,说:"悟迷已动身到鄱阳帮去,凭仗他的陆地飞行术,大略不上两月,便回到摩天岭了。"

说着,便向众人告辞道:"老夫性喜闲散,不能助孟居士立一番功业,实在惭愧得很。"

孟铎只淡淡款留一番,无如倩娘三姊妹不肯放她父亲远去。冯绍甲看这三个可爱的女儿,小时候便寄在孟铎门下,十数年没有一见,倒也罢了。见了面,她们便不放离开,看她们说也有、哭也有的,这时不知怎的,天性上转然有些割不下。没奈何,只得在孟家住下。

玉珠看冯家父女慈爱之情,想起她父亲在时疼爱她的情绪,深深印上心坎,也流了不少眼泪。及至看出孟铎行径,是一位怀抱国仇思想的大剑侠,很想拉拢他们师兄妹,做出一番掀天揭地的事业,便同剑星两人都拜在孟铎门下,国耻膺胸,也只准备做个流血成仁的人物,好报答她父亲在天之灵,转不学那儿女之态,每逢深夜倍思亲了。

这日正是清明佳节,剑星偶然到山上去散步,看有许多人家扫墓,触动情怀,想回保定去,在他祖茔前祭奠一场。忽想起一句话来,便回来见了玉珠,只是满面流泪。

玉珠问是什么话伤心到这个样子。

剑星哭道:"我要回籍扫墓,蓦地想到老伯身上,几乎使我没有这张脸来见你了。"

玉珠被他一句提醒了,也不禁哭得像泪人儿一样,说:"石世兄,你回去能够祭扫二老的坟台,只可恨我父亲的尸骸,你没有寻着。你是我的知己,我陪你去扫墓,你同我去寻先父的尸骸,你可答应我吗?"

剑星哭道:"我非君家及众侠士无以再生,令尊大人又因我而死。我出险时,没想到尊大人的尸骸,直到这时才想着,我心里很惭愧。死对不起尊大人,生对不起我的世妹,只凭仗世妹这点儿孝心,叫我水里水去,火里火去。"

玉珠哭道:"那时我见你无恙回来,心里正说不尽无限欣喜与悲哀,我羡冯家父女慈爱之情,就想到我父亲疼爱我,已是不可挽回了,我只是辛酸伤痛。后来因为师父告诉我'天下兴亡,匹夫有责'的话,横塞胸中,转将父亲在时疼我的光景都忘记了。其实我父亲的尸骸尚没有着落,非师兄提醒我,却没想到这一层,我还算个什么人呢?"

两人谈说了一番,便来见孟铎,哭说如此。

孟铎向玉珠惊讶道:"你这许多日子,也想不起你父亲的尸骸,如何刚才听见剑星的话,便如此焦急?"

玉珠哭道:"真的,石世兄没说出,弟子仍是懵懵懂懂,毫无知觉,一经说到我父亲尸骸上去,比拿刀割我这心肝还痛,连我自己也有些解释不来了。我恨不得立刻飞到独角村,寻得先父的遗骸,什么也无暇顾及。"

孟铎起身道:"好,凡人的孝心多半是随感而发,在那无感可发之时,自然静如止水,一经有人提醒,如何还遏止得住?如今你的心灵已印上你父亲的骸骨,我何能阻止你,使你心上不安?世界上一念成仁,就是这种道理。好,但你此去寻着你父亲骸骨,快同剑星回来,我等候悟迷老和尚,将舍甥女讨回去,我们要筹划筹划,实行这胸中怀抱。你也该到观修师父那里告别一声,好,同剑星去吧!"

玉珠回到房中,仍然改变男装,又从兵器房里取了好些火眼金钱镖,叫剑星放在身边。别过冯家父女,便到善化寺,拜别观修和尚。

观修向玉珠道:"你师父叫你前来辞行的缘故,你还不知道,独角村的羽党尚未必全数歼除,你们万一冒冒失失到独角村去,倘有意外的变故,谁来救护你们呢?你不是在我这房里吃枸杞,看见我三个小徒吗?那是吉林陆氏三龙,你师父不忍令冯家父女遽然离开,却要我三个小徒跑一趟差。他们现已回吉林去,大略明后天转来,就保护你们前去。"

玉珠心想,在吃枸杞时所见三个美少年,模样儿就同在一娘胎里生产出来,尔时虽因心中的伤恼,没向他们请教姓名,后来听说他们姓陆,陆士龙居长,其次为陆天龙,再次为陆季龙,并且听说这弟兄三人的本领好得很,究竟好到什么程度,耳闻尚未目见。他们又不在观修师父跟前,谁耐烦等得?独角村的羽党虽未必全数歼除,但众侠破了独角村,在修武县衙住了一日,没有人去同他们为难,就显得漏网的伙党没有什么可怕的本领。

心里这一想,仍好好对观修回一句再说,便同剑星出来,各运用陆地飞行功,出关到了保定。

剑星祭扫祖墓时,她也伏在石继唐夫妇坟前,哀哀如丧考妣。

一路到了独角村,已是春尽夏来时候,谁知费家的房屋已被官兵烧成一片焦土,地道用泥沙填塞了。玉珠暗暗叫了声苦,亏得剑星有个计较,急带玉珠同到修武县衙,见了王知县。

王知县见剑星来了,整衣相迎。宾主讯问之下,倾怀尽吐。

王知县听说玉珠专为寻求父骨而来,便向剑星说道:"自从石君和众侠士动身以后,上峰发下文书,烧毁费家的住宅。本县即调动城内的防营,将费家贼党的尸骸就掩埋在地道下面。金老英雄和朱、宋两酒丐的骸骨,据小女听同难女子说过,就弃在血花池里。本县但令人将血花池里许多骸骨都拾回城外五里墩地方,葬起一座肉丘坟。因为拾来的遗骸很多,只辨不清谁是金老英雄及两酒丐的遗骨,只在那肉丘坟上,立了一块石碣,碣上写着三位侠士的名讳,防有各人的家属前来拜扫。"

玉珠得了这种消息,便对王知县告辞。王知县明知挽留他们不住,派人将他们领到郊外五里墩地,果然那地方东一座丘,西一座坟,却有一座很高大的茔台,面前竖着一块石碑,碑上的字迹同王知县所说一样,便打发王知县派来的人回去,备办些香烛冥锭。到了夜间三更向后,玉珠领着剑星,匍匐在肉丘坟下,哭祭了一场,只哭得一佛涅槃,二佛出世。

剑星便含泪向玉珠劝道:"古人有滴血验骨之说,只将你的血,若滴在老伯骸骨上,便如油入面,莫之能出。我想明天去请求王知县,得使你开坟认骨。料想他不致拒绝我们。"

玉珠流泪急道:"杀头的,你怎不早说?"

剑星道:"我这时才想起某一部书上曾说过滴血认骨的话,我在此刻说出来,老伯父的骸骨只在这肉丘坟里,便是明天开坟认骨,也不迟误。"

玉珠听了哭道:"怪我性急,得罪了世兄,要望世兄原谅。"

正说到这一句,忽地平地陡起了一阵阵阴风,寒飕飕砭人肌骨。阴风过处,登时天上如起了一层黑雾,遮住了半天星斗。两人的眼睛竟是瞎了一般,虽睁开来仔细望去,仍是毫无所见。

玉珠听剑星叫了声:"哎呀!"按着这发声所在,向前扯住他的衣袖,衣袖扯住了,依然没看见他的形影。

玉珠道:"世兄看见了什么没有?"

剑星急摸着她的手说道:"这不是世妹吗?不好了,我两眼没有光了。"

玉珠道:"我只觉这双眼看不见你,原来你也看不见我吗?"

两人四目虽看不见什么,那阵阵的阴风依然震动耳鼓,便听背后有人叫了声:"快闭好眼,好听我吩咐。"

玉珠听这声音,是她父亲的声音,如同生时的光景,仍紧紧拉着剑星,各闭起眼睛,俯伏在坟台下。谁知两人才合上眼,仿佛坐在广厦之中,看男男女女的人很多,都是血迹淋漓,模糊不清,却辨出金钟站在他们面前,指着两边两个叫花子形象的人向玉珠说道:"这是朱、宋两大侠,为父乐与好友同居一室,不愿一旦离开,你母亲已托生人间,毋庸认我的骸骨,盘回殡葬。你同石世兄的造化大得很,虽然目前晦运未终,但没有性命危险。善记吾言,不可迷失来时道路。"说完了,不由哈哈一笑。

就在这声哈哈打出来的时候,玉珠似乎从梦中惊醒过来,睁眼一看,只见剑星伏在她的身边,早站起身来,将她拉起说道:"世妹,我们不是在这里做梦吗?梦中老伯父吩咐的话你听清了吗?记清了吗?"

玉珠哭道:"怎么不是做梦呢?你看天上灿烂星光,照得坟前树荫草影,成种种奇形异状,似乎换了一个世界模样儿。不过我父亲的音容如在,我想再做这一场好梦,得同我父亲重行魂魄相依。石世兄,你是怎样?"

剑星且不答她,早在她身旁睡下。玉珠也睡下去。两人只在荒冢丛莽间,辗转反侧,越想做梦,越觉得心血不宁,如火之焚,如鱼之跃,谁也睡不着。两人不由站起身来。

星光之下,偶然前面跑来一人,手里拎着一大串纸钱。那人直跑到肉丘坟前,见了剑星、玉珠两人,便含泪问道:"你们在更深夜静,到这地方是干什么的?"

玉珠也回问道:"你在更深夜静,到这地方是干什么的?"

那人道:"我新到修武地方,寓在一个朋友家里,听说我的恩人不幸被独角村人陷害了,如今大冤已雪,我这恩人的骸骨葬在这地方,昨夜已来祭奠一次,今夜又携着这一串纸钱,聊表我的敬意。"

玉珠问道:"你这恩人是谁?"

那人道:"我这恩人便是江湖上曾享过鼎鼎大名的穿山甲金老英雄。"

剑星便向玉珠说道:"金世妹,我们走吧,不要吃这厮骗了,被人笑话。"

那人似没有听见的模样儿,就在那里焚化了纸钱,插土为香,和泪当酒,俯伏坟茔下哀哀痛哭。这声音如雁叫秋空,猿啼野岸,似很伤心的样子。

玉珠刚同剑星走不多远,听他哭得很是惨痛,又扯着剑星走回来,要向那人问个明白。岂知这一来,有分教:

　　黄垆酒熟,竟倩离女之魂。
　　匕首光寒,褫夺奸雄之胆。

毕竟后事如何,且俟第二十二回分解。

第二十二回

置腹推诚奸言甜似蜜
含沙射影诡计毒于蛇

剑星道:"看他这模样儿,哭得很是伤心,像个热血汉子,我们倒不用疑心,自然要向他问个明白。如果他肯答应我们,也可拉拢他做一番事业。"

玉珠道:"怎么不是?先父在时,凭着满腔的热血,也不知在江湖上打过多少不平,结纳多少有肝胆的人物。看他伏在先父坟前,只哭得天昏地暗,他的心胸肝胆,不言而喻,倒不可同他失之交臂。"二人一面说,一面走,直到肉丘坟下。

剑星便在那人肩背上轻轻拍一巴掌道:"朋友,你便夜哭到明,明哭到夜,就哭上三年六个月,你能将金老英雄哭回来吗?快起来,有话且对我们讲一讲。"

那人像聋了耳朵的模样儿,但不是在先那般号啕痛哭,只顾接续不绝地呜呜抽泣,只是这种无声之泣,比有声之哭还来得惨痛。

剑星见他没有回答,提高了嗓音,照着前话,向他又申说一遍。

那人仍然不肯起来,口里却呜咽道:"我哭也好,笑也好,与你什么鸟相干?"

剑星哪里耐得,猛地将他一把提起来,佯喝道:"你这厮快别要哄骗我们吧!金玉珠同石剑星现在此地,要扑灭你们独角村一干余党。"

话才说到这里,天上的星光照在他的脸上,剑星看他两眼泡上,肿得像红桃子模样儿,以下的话,也不禁截得退回喉咙。

那人很惊讶地回道:"谁是金小姐?合该受我一礼。"说着,便向剑星一揖。

剑星觉他两手拱来时候,像煞不怀好意,连忙向旁一闪,拔地跳起来,说:"逆畜!你想暗箭伤人吗?"

那人便推金山倒玉柱地跪在剑星面前说道:"江湖上人,盛称金小姐本领了得,果然名不虚传,我一拳,不有金小姐这般本领如何撤得开?看金老英雄后起有人,虽死亦当含笑。"

剑星道:"我是石剑星,这位才是我金世妹呢!你有本领,只顾去打她一手。"

那人折转身,又向玉珠拜了拜,站起身说道:"我疑惑是费家的余党等候着我,问明我的行径,好下我的手。不想是金小姐、石大哥两人驾到。石大哥,你休笑我那一手,已被你让过了。如果我认定你们是独角村的余党,我这独门拳法,只需离你身边三寸,你已受了伤,难道还让你逃了性命?实在我心里有些抉择不下,出手就让些情分。于今你们的行径,看来不错,这真叫作'大水冲了龙王庙,自家人闹到自家人头上来'了。"

玉珠听他这一口大气吹得圆溜溜地转,一想果然不错,并且实在有些本领,哪知这人并不谙什么独门拳法,本领就只在一张嘴上,便来盘问他。那人回说:"我是凤阳人氏,姓褚,名刚,喜欢喝杯烧酒,外人替我编派醉菩提的诨号。在十八岁上,没有学成这点儿把式,穷得没酒喝、没衣穿。结交两个伙计,做些挖坟掘土的勾当。

"不料有一次,我们凤阳有个大户人家的小姐死了,很有一笔装殓,那一座新坟就被我们倒斗子人看在眼里,在这夜四更时候,我同两个伙计吃饱了酒饭,带了斧锉,叫他们在高处望风,我挖开坟上的泥土,在棺材前面阴阳板上凿了个大洞,一伸手,想将棺材里死人拖出来剥皮,忽听远处有人叫着:'风高了……风高了……'我一听不好,再想缩回了手,奇怪,那只手就像被死尸死劲捏着,使尽平生的力,只缩不回来,手臂上又痛得很厉害。

"不一会儿,便来了三个行人,他们见有人剥死猪,早就神号鬼叫地乱嚷起来。一时啸聚了许多村汉,不由分说,将我捆到大户人家,先打得我像个血人模样儿,聚集了一班庄保,公议一个活埋处死,并夸赞这小姐生时心地精巧,死后还有这阴灵,一手拉定盗坟的贼。

"其时,金老英雄不知怎的,竟走到那村上去,听村中传说,夜间要活埋这个挖坟的贼,便向村中人说:'是贼应该送官府惩办,活埋处死,论情理有些讲不去。'

"村中人都批说:'金老英雄是外乡人,不应该管问我们地方的事,我们这地方向来规矩,照例拿住了贼,就议决将这贼活埋处死,没有旁的话讲。'

"金老英雄见不是路,似乎也不管问他们地方上闲事了。

"村中人嗣后告知乡保,乡保便说他老人家是我的同党,再叫他们将这贼党擒来,一并惩办。谁知寻了一会儿,只没见金老英雄到哪里去了。

"乡保转来将这话告诉我,硬要拷问我,我说出两个伙计,他们也访拿不着,又掉转了口风,说:'这挖坟的贼,未必有外乡人做他的帮手,这是道路之谈。我们仍按照地方上规矩,公事公办。'

"到了夜间,七手八脚,抬我到郊外,挖了个深坑,将我掼下坑,上面盖了土,只眨眨眼工夫,我这魂灵便脱离了躯壳,不在土底沉埋,似乎在空中往来飘荡。也不知飘荡多长时间,忽然寻着了躯壳,吐了一口痰沫,便悠悠醒转过来。睁眼见天上的月亮照在我身上,旁边站立一个五十开外的老者,向我点头笑道:'救是救过来了,你以后要向正途上走,这地方再也栖身不住,给我滚了吧!'

"我感激他老人家救命之恩,跪在地下,请问他老人家的姓名,他却不肯回答我。我说:'你老人家告诉我,将来我改过迁善,好报答你老人家的恩典。'

"金老英雄这才对我说出姓名来,并说:'报答这句话是说不着,各做各的事,各尽各的心,无所谓报答。我路过这地方,因一班武断乡曲的土棍罚浮于罪,我心上很是不安,等他们将你活埋了,我即兜转前来,掘开泥土,用手术救活你的性命。看你这模样儿,像煞有点儿道理,才肯将真姓名告诉你,你此后能改过迁善,就是你报答我的好处。若有了活命,再去为非作歹,你造下一分冤孽,我就增加一分罪恶。'

"我听他老人家这样吩咐我,心肝脾胃都是感激的,便跪下来,向他老人家叩头。岂知一起身,已不见他老人家踪迹所在。

"我逃出了凤阳,正想到太行山等候他老人家回来,恳求收我做徒弟,终身追随鞭镫,不做这买卖了。谁知在凤阳地方遇见一个异人,我在师父门下学了多年的把式。今年师父死了,我想起金老英雄救命的恩情,前来一探问,老英雄已在独角村遇害了。我哭得什么样的,恰好遇见我当初同做挖坟勾当的两个伙计也逃到修武地方,改过安分,做着农工生活,不敢再干挖坟勾当了。

"我听那两个伙计说,金老英雄的遗骸现葬在五里墩肉丘坟里,听说他有个大小姐,亡命在外,正不知漂流何所,不料在这地方遇见了金小姐。我见了小姐,想起老英雄救命之恩,越使我心里伤惨。"

说罢,声音也哑了,眼泪也流下来了。

玉珠呜咽道:"难得你如此用心,也使我死去父亲英魂安慰。我看你这惊人的本领、热血的心肝,老是东飘西荡,不能替国家做一番事业,徒辜负这七尺身躯,不是枉生在世界上吗?现在我们有个去处,不致将你这副神筋骦骨埋没风尘。你如允许我肯去,我愿替你介绍。"

那人道:"这是个什么买卖?何妨说给我听一听,我已洗了手,不愿再做强盗了。"

剑星即在旁说道:"金小姐若是做强盗,不辱没她父亲一生英名吗?我们这种事业,是专做君上的对头星,做小百姓的救命主,将来流芳千古,替我们中国人挣颜面。你若愿意肯去,我们替你介绍。"

那人道:"呀!我明白了,你们是想拉拢我做个反叛吗?想他们满人,果是我们汉人的仇人,若我们凭着这健儿身手,将这山河扭转回来,那才是英雄第一开心事呢!"

玉珠道:"照你这样说,是愿意去了?我们就带你到那地方去。"

那人道:"且慢,我那两个朋友要盼望我,丈夫来去光明,我也得向他们告别一声。"

剑星道:"你那朋友住的地方,离这里有多远?"

那人道:"没多远,眨眨眼就到了,我就去向他们告别。"说着,径自向西跑去。

剑星、玉珠便在他后面跟随,看他两脚不停地直走到一间矮屋前,便见那屋里走出两个人来,说:"褚大哥回来了吗?哎呀!这两位是谁?大家请到里面去坐一坐。"

那人回道:"这两位是世界上一等的好汉,我要随他们有事去,实在没工夫多说话,特向你们告别。"

内中有个人笑道:"阿猫晚间买了一瓶酒,等候褚大哥一起尽兴。如今大哥要有事去,这却怎么办呢?"

阿猫道:"老四,你要算好大的一只呆鸟,褚大哥有了这身本领,眼睛里还瞧得起给人家做粗工生活的朋友吗?不想和他分手十多年,竟另换了一种格局,他赏脸吃我们的酒,你勉强留他也是无用。"

那人却道:"要吃酒吗?这是我顶快活的事,但你们这派势利话,叫我姓褚的很不愿听,有酒就拿出来给我喝。"

老四道:"他哄你呢,我们做粗工生活的人,怎舍得买瓶酒款待朋友?你还是有事去吧!"

那人急将老四一把拉住说道:"我要。"

老四道:"你要怎样?"

那人道:"我只是要吃酒,休说你们不惜几个酒钱,便是我姓褚的也请得起朋友。"

阿猫不由扑哧笑道:"对呀!这才是人说的话呢。不瞒你说,老四买了一瓶酒,我买了一个猪头,已煮得十分烂熟。大家都进来拼个三杯。"

剑星、玉珠都回说不吃酒。那人问是什么话。

玉珠流泪回道:"朱、宋两酒侠,就因在甄家饭店多吃了几瓮回龙酒,遭了费家毒手。我已同这位世兄发誓不再吃酒。"

阿猫道:"既不喜欢吃酒,就吃菜,若认真拒绝我们,也不是褚大哥的朋友。"

两人只得随从进去,早由阿猫调好了桌凳,大碗酒、大块肉,一齐摆设上来。这三个酒鬼,喝得甚是快乐,五呀六呀地划起拳来。

剑星、玉珠看他们都是天真烂漫,毫无疑惑,随意吃了几块肉,只见阿猫高叫道:"锅里现煮着香米饭,两位不吃酒,就请用饭。哎呀！我们只顾猜拳饮酒,还没请教两位尊姓大名呢!"

那人即随口给剑星、玉珠两人胡诌了两个名字。

阿猫急到厨灶下盛了两碗饭放在剑星、玉珠面前,说:"乡村没有下饭的菜,不恭得很,请胡乱用些充饥吧!"

玉珠、剑星两人各吃了半碗饭,玉珠觉得头上有些发晕,正想告诉剑星,忽听剑星叫了声:"哎呀!"一个坐不稳,便从凳子上倒栽下来,两足向上一翻,把桌子都翻倒了。桌上的碗、盘、酒、肉,都倾得在地下。

玉珠待要问他是什么话,一时间只觉得头脑都涨大了,"哎呀"两字才叫出口,也就从凳子上栽了个倒栽葱。

两个人跌在地下,看已昏晕得不知人事,即听阿猫高叫道:"甄七哥快来……"

话未毕,即听有人从灶下应了声:"来也!"早命他的伴当将剑星、玉珠两个颠倒价合并捆起来。

原是甄家饭店飞毛腿甄七,打从独角村发生祸变以后,这甄七便收了饭店,着令店里的伙计到鄱阳帮去报知铁鼎,便同着两个外面踩盘子回来的朋友拢合在一处。

这日打听得金玉珠要祭扫肉丘坟,便同踩盘子的两个伴当商量,令他新收的徒弟醉太保郝胜装模作样,将玉珠两人骗得前来。这地方原是郝胜的住房,化名老四及阿猫的,却是甄七的两个伴当。他们这干强盗,有的是变相的蒙汗药,想将这蒙汗药下在酒里,有些不妥当,只掺入饭里,将玉珠、剑星两人迷翻了,才好使这金、石双侠服服帖帖,听从他们的摆布。

甄七看他这两个伴当将玉珠、剑星两人捆起来,忽听门外有脚步声响,甄七便出门一望,见有三个少年前来借宿。

甄七向前喝道:"昨夜你们要来借宿,不是已经回过了吗?我们这地方又不是开栈房的,你要住宿,不好到城里去住客栈吗?"

那三个人当中,有一个年纪略大些的,看去还没有二十岁,听了甄七这番话,早在门外怪叫起来,说:"咱们住宿给钱,怎么你三番两次拿这话来挖苦咱们?若再道个'不'字,看咱们拆毁了你这鸟屋。"

甄七见这光景不妙,早抽出一把佩刀,口里呐一声喊,便向他们杀来。接连屋内跑出两个伴当,都执着明晃晃的大刀,前来接战。醉太保郝胜是何等的灵警,想这三人定是金家的伙党,不若趁这时候,将玉珠、剑星结果了,好泄去胸中的怨毒,急忙取了一把刀,走到他们面前。只见刀光闪烁,郝胜才举刀将发,便听飕飕两声响,接着连叫"哎呀!哎呀!",郝胜已脑浆迸裂,栽倒在地。

外面甄七正同那年纪在二十以内的少年接战,看他使的那一路刀法,不知是哪一派的解数,着实招架不下。那少年一面用刀向甄七虚发一下,左手早取出一把匕首,一道白光直向甄七左臂旁飞去。甄七"哎呀"怪叫一声,要想拔步逃跑,哪里还来得及呢?

欲知甄七性命如何,且俟第二十三回分解。

第二十三回

讨人情和尚受凄惶
设局诈英雄陷罗网

甄七不知少年的匕首飞进了门内，打中郝胜的天灵盖，但觉这匕首从自家左臂旁飞过去，不由叫了声："哎呀呀！"接着少年一刀扑进来了。甄七情知不妙，想要拔步逃跑，哪里还来得及呢，早被少年一刀搠进了胸窝，甄七笑了笑，便直挺挺地倒下来了。原来刀刺心包络，心络受伤，应当有这样一笑。

少年知道他在这一笑时候，已经收场结局。再回头看甄七两个伴当，也同时被他两个兄弟搠死地下。大家走进门来，少年收了匕首，给剑星、玉珠两人松开了绑，知道他们中了蒙汗药，忙取出一包药末，用冷水调好，撬开两人的牙齿，将解药灌下去。两人不由悠悠醒转过来。

玉珠睁眼看是陆氏三龙前来救活他们的性命，便向剑星介绍了他们。深悔当初不听观修方丈的话，等待陆氏三龙同行，结果多经历这一层危险。还是陆氏三龙前来，才救得他们活命。

接着陆士龙便对她说："师父打发我们到修武县来，打听得这强人的踪迹，怕你们要落到人家的圈套，暗夜要来卧底，虽被他们拒绝，但我们仍在暗中访察。方才我们去见悟迷老和尚，多谈了几句话，就使你们饱受一番风险。若再来迟一步，也不能救脱你们的性命，这是你们造化大，不是我师父的神通算得不错。"

接着剑星将被骗的情形向他们说了。

陆天龙道:"我们只看穿贼人心怀叵测,若知今夜便下手,也不用去见悟迷老和尚了。"

陆季龙年纪最小,说话都露着一团天真烂漫的态度,他什么都不讲,只将玉珠、剑星两人颠倒价合并捆着的姿势形容说给他们听。

玉珠听他的话,登时红飞双颊。

剑星也觉这话听得难为情,使金世妹面子下不来,连忙岔开陆季龙的话柄,向陆士龙问道:"悟迷老和尚到鄱阳帮去已将我师父的甥女讨回来了吗?哥们儿在哪里会见老和尚的?"

陆士龙道:"日间我们在一处荒庙里歇脚,看悟迷老和尚像走得很疲惫的样子,到寺中挂锡。我们去问他此去如何,老和尚便暗暗对我们说:'我奔波得很疲乏,毕竟是老了不中用了。你让我到那边寮房里睡一下。说起来话很长,此刻人多碍眼,且不便多谈。你们要问我,等我睡了一觉,到夜间来问我,有什么不明白。'

"我们听得悟老这话,只好让他养一养神。晚间暗暗到这里侦察,觉得屋内的贼人买了一个猪头,烧着开水烫猪头,并没谈到你们身上去。一时疏忽了,都转到那荒庙所在,蹿进了寮房,同悟老整谈了一个更次。

"他到鄱阳帮去见花花太岁铁鼎,要在那厮面前讨回吕家的姑娘吕珉玉。你道铁鼎是怎样回答呢?这厮说,'看老和尚的佛面,本当将吕家小姑娘给老和尚带去。我又不是没有儿女,硬要爱上人家女儿的。'"

剑星听到这里,拍手叫道:"还好,照老和尚这样讲,吕珉玉已被老和尚送到萍乡去了?"

陆士龙道:"石大哥且慢欢喜,那厮如何肯放吕珉玉?他又对老和尚说：'无如我这盘蛇寨的名头太大，树大容易招风，名大容易招尤，官里虽然睁一只眼闭一只眼，只要我们不闹到衙门去，也不敢兴师动众，来同我们懊恼。但日久下来，须保不了没有失脚的时候。近来我想炼几把阴阳子午刀，这刀是纯用缅铁放在炉里烘炼，阴刀在午时炼，阳刀在子时炼，要拣选十几个聪明貌美，没有破过身体的童贞男女，蘸血祭炼，一年六个月，若将这阴阳子午刀炼成了功，在百步以外，飞斩人头，便能随心所欲，功力大得不可思议。不想孩子们在外面掳来的童贞男女，大半是顽石无灵，就有几个聪明些的，面相也生得太不中用，怎能祭炼得阴阳子午刀呢？好容易在萍乡掳来这个小娃子，心地倒很玲珑，容貌也漂亮到极处，若再掳得一个合用的童男，便开始先炼一对儿阴阳子午刀。老和尚看这孩子，要算我们盘蛇寨人命攸关，一百件都依得，这一件不能让老和尚讨人情，危害我们盘蛇寨全伙的性命。'

"你想老和尚是怎样回答他？老和尚说：'凭老兄的威望，盘蛇寨种种秘密的机关，水有水路的关防，陆有陆路的眼线，看官里的防营，便来得再多些，而在老兄眼中看来，也只当是一群蝼蚁。祭炼阴阳子午刀，即令不是无稽之谈，能将这刀炼成了功，已坑害许多童男女的性命。老兄心地光明，谅不有此一举。恳求看贫僧的薄面，恕吕珉玉年幼无状，放她一条生路。'

"那厮听了老和尚的话，登时沉下面孔，指着老和尚喝道：'且住！你想我一生做的，尽是不光明事，不用你当面抬举我，官兵虽未必能奈何我们，但我在江湖上很结下不少的怨毒，难免有人前来转我的念头。既有人来转我的念头，你想盘蛇寨全伙的性命要靠什么东西保障？江湖上有本领的人很多，我这阴阳子午刀不炼成了功，休说全伙的性命不能保全，连我也保不住没有失脚的一日。你是我的老友，一百件都依得，这一件不能让你

讨人情,危害我们全体的性命。我劳心费神,才将这吕珉玉捞到手,你若决然要讨回她,我就……'

"老和尚问他:'你就怎样?'

"那厮接续对老和尚说:'我就不认得你是我朋友。'

"那厮说完这样话,右手将宝剑举到耳边,做出要送客的样子,向老和尚说了声:'再会!'便大踏步进去了。

"那厮刚进去,可恨盘蛇寨党伙对老和尚就没有半点儿交情可讲,立刻驱逐老和尚出来。老和尚碰了这个钉子,方才同我们谈叙起来,深悔此行有辱令师的使命,很对不起他,准备赶回摩天岭,到令师那里请罪。"

剑星听罢,气得光翻着眼珠,半声不响。

玉珠却向他们问道:"悟老现挂锡哪座庙宇?不妨请带我们去见一见。"

陆士龙道:"老和尚同我们讲完了话,竟出了那座荒庙,星夜施展他的陆地飞行术,要赶回摩天岭去。你要会他,请随我们回去。"

玉珠点点头,即同剑星及陆氏三龙连夜到修武城里,去见王知县,禀说夜间被骗情形。幸得陆氏三龙杀贼歼渠,救了他们性命。王知县却想个妥善的计较,飞文禀详上峰,只说歼灭独角村党伙三名,却将他们禀告的情形瞒起。这一层公案,也算糊涂了结。众侠便向王知县告别。

出了修武县衙,玉珠领带众人回太行山去,将家中的要紧东西揣放在身边,所有的什物都赠分山中极穷苦的人家,说:"先父在时,没有钱救济诸位缓急,即此遗物赠分诸位,亦足留为永远的纪念。"

那些穷苦的人家都喜欢无限。

赠分已毕,玉珠同众侠下山,在月夜时间,看山岩里林木参差,阴崖陡仄,便听得山嘴那边有人叫着救命。

大家不由一怔,一齐走到那边一看,月光下,见有好些男子簇拥着,似乎有个男子,俯伏在地,压着个女子强奸。那女子仍是没口子喊着救命,但这声音低微无力,有些上气不接下气的样子。

玉珠不禁啐了一口,面上羞得通红,便向他们说道:"这些混账东西,太混账得不成个模样儿了。我且在这里等候着,请大家前去,给他们点儿厉害看,省得害却人家年轻的女子。"

剑星和陆氏三龙都说一声好,便让玉珠在山崖间蹲伏着,大家飞步前来。

陆士龙便吆喝道:"你们这干鸟人,在这里干的什么鸟事?"

即见那许多男子转过身来,盘辫子的盘辫子,捋衣袖的捋衣袖,其势汹汹,做出要动武的样子。说也奇怪,及至剑星及陆氏兄弟要迫到他们跟前来了,他们仿佛也看出这四人来头很大,又东一闪,西一掠,顷刻间都跑得精光。

剑星及陆氏兄弟看地下睡着的人却是个男子,在先原是俯伏在地,裤子似被那压在身上的男子褪下,已将他的雪白尊臀露出了,此刻仿佛看剑星及陆氏兄弟前来解救,众强徒一个个都走得毫无踪影,才一骨碌从地下爬起来,指东话西,诉说被人鸡奸的情状。大家因为事端不大,也省得追查那些强人的踪迹。

忽地陆季龙扑哧一声,向那男子笑道:"看你说来说去,把裤带都忘记系好了,这是什么模样儿,不要笑断咱们的肠子?"

那男子仿佛被他提醒了,急忙将裤带拽好,羞答答地回道:"匆忙间惊魂未定,忘记拽好裤带,真是见笑众好汉。"

陆天龙道:"不要多讲,你只说是否本地方的人氏,可被那贼子玷污了没有?"

那男子只是羞答答不肯吐露真情,只回说:"这干贼既吃他逃跑，便告到官府，也奈何他们不得。独角村的靠山虽然坍毁了，他们背后还有鄱阳帮中那一把泰山椅子。"

剑星及陆氏弟兄听说这干贼也是独角村的余党，料想他们已逃躲得一个也没有，现时不能便擒住他们，替本地方除去大害，只得准备从这男子口中盘查众强徒的巢穴。忽然间，见玉珠走得前来，看他只向这男子仔细望了望，说："你不是甄义兴饭店里的堂倌吗？"

那男子虽认不出金玉珠，但他在事先已有了一个路数，便向玉珠回道："岂但我是甄家的堂倌？这干强徒，他们也是那甄七手下的伙党。不瞒好汉说，这甄七自从独角村发生祸变，便叫我们这干做伙计的到鄱阳帮去报告，他要在修武境界混些时光，他有他的用意。

"我们到鄱阳帮去，见过铁寨主，铁寨主说：'照你们报告的情形看来，尚不知哪个山头哪一只虎帮助金玉珠，暗害我这心爱的徒弟，扑杀了独角村的全伙，这个我要托人查查。报仇的事，此刻尚谈不到，不过你们既已无所归依，不妨就在我帮里入伙。现在我有一件事，你们回去时候，告知甄七，叫他随地随时觅择那没有破过身体的童贞男女，好祭炼阴阳子午刀，但不要性急，不是随便觅择几个鸟男女便可敷衍其事。若选合用祭炼神刀的男女，哪怕年纪就到三十岁，要试验得的确，果是没有破过身体，仅没有破过身体的童贞男女，不可以炼刀，还要这童贞男女品貌姣好、心地玲珑，才能祭炼神刀。若品貌粗蠢而不姣好，心地顽钝而不灵敏，即令炼得一年六个月，炼出刀来，亦必粗蠢不灵敏，仍无异一块顽铁，所以要觅择合用祭刀的童贞男女，不能性急。这里的孩子们，也曾觅择许多童贞男女，除去十三岁女孩儿吕珉玉之外，没有全备这三种合用的资格。女的就赏给了孩子们，男的若有人赎取，放他回去。没人赎取，就撕去这张票，也算白费了孤家一番心血。你们略在这里住些时光,要明白我这局面,比独角村还大得骇人。甄七若能寻觅得合用的童贞男女,这种盖世的奇功,孤家当赏他在鄱阳帮中做一把虎皮交椅。不过这祭炼阴阳子午刀及这地方秘而不宣的事,你们要处处留心,保守帮中的秘密。'

"我当时随同大家附和一阵,但总觉这件事丧尽天良,心里有些过不去。

"又在帮中住了几日,才回到修武地方,探得甄七已被人家暗算了。我同这干伴当好好地商量说:'甄七若在,凭他这本领,还好劫着合用祭刀的童男女,现在甄七已死,我们固然不能做这丧尽天良的事,恐怕合用祭刀童男女没寻着,我们的头早被人家砍掉了。依我的愚见,做强盗终没有个好收场,凭我们费太师及甄七爷的本领,尚免不了落在人家手里处死,我们又没有三头六臂,不若就此洗了手,凭我们这条汉子,不拘做什么事,都能混到饭吃,何必再做这丧尽天良的强盗呢?'我是这样好好地对他们说,反惹得他们惯起火来,说我也吃绿林中饭,怎不懂绿林的规矩?响嘴老鸦一样,触犯了他们忌讳,一个个都骂我放屁,下流的东西。正容我不得,将我拖出去砍,我自信同他们没有冤仇,即令我一时发现天良,触犯了他们的忌讳,同是自家人,何致拉出去砍?这其中却也有个难言之隐。就因天生我这个半男不女的现世报,他们久有用心,拈云撩雨,常来戏弄我,都被我索性拒绝了,他们便同我有了芥蒂,我倒懵无知觉。直到他们将我拖出来砍,说:'就这样砍了他,倒还他一身清白,弟兄们平时得不到他的好处,此刻且轮流借他泄火。大家耍过了,再将这东西的四肢分开,剜去他的心肝,看他还能触犯我们忌讳?'"

陆士龙听了摇手道:"不用向下说了,你只说这干贼的巢穴现在哪里。"

那男子道:"就在那前面山坳间,此刻怕是寻不着。但我要领路带你们前去,非将这干贼都结果了,才泄去我这股毒气。"

岂知众侠士不听信他的话便罢,若听信他的话,这一来,有分教:

> 才吞钩饵,已伤壮士心肝。
> 误陷机关,饱受神坛风味。

毕竟后事如何,且俟第二十四回分解。

第二十四回

巨猾诌胡言安排坑堑
金龙盘虎寨密布机关

那男子当将石剑星男女众侠带到一处山坳,果然那山坳间有三间土屋,里面没有一人。在那土屋周近,搜寻了一遍,哪里还有众强徒的踪影呢?土屋里点着灯光,一切板木家伙都应有尽有。

那男子又将男女众侠带到土屋里,现出很懊丧很失意的样子,说道:"看这些东西,不在这地方,是逃向哪里去了?"

剑星道:"且慢!你不是在盘蛇寨里住过几日吗?听说那地方设备着许多机关,你不妨讲给我们听一听,料想这干贼迟早不能逃脱我们掌握,只将我问你的话从实告诉我。你既不愿做强盗,有得我们给你雪恨的时候。"

那男子只是迟疑不答。

陆士龙又照着剑星的话向他申说了一遍。

那男子仍现出为难的神气,说:"这个小人不敢。"

玉珠忙从身边抽出七星宝刀来,向他面前晃了晃,说:"你有几个不敢?"

那男子似舌头都吓大了,右手抱着头,直向玉珠面前一跪,说:"求好汉爷息怒,听小人有下情容禀。"

玉珠用左脚向他右肩上一搁道:"你说!"

那男子抖着回道:"非是小人胆小,不敢说出,看小人这样不济事,没有锄杀那干贼,只是心惊胆战,还怕冤家路窄,再落到他们手里开刀。说到鄱阳铁寨主,本领自然比他们高强,声势也自然比他们浩大。据说他有个军师,诨号唤作赛管辂岑明,能将三个指头虚掐一下,便知道同帮的人是否泄露帮中的秘密,哪怕这人远隔千里以外,也不能逃脱他的指掌。只要你不泄露帮中的秘密,任你踏遍天涯,他也犯不着为些许小事,拿你到帮中去惩办。这帮中的设备,凡入帮的都知道,便是至亲骨肉,谁也畏惧岑军师的神算,不敢向帮外泄露半句。现在铁寨主能在鄱阳帮称孤道寡,自大为王,一半也仗着入帮的人都不敢泄露帮中设备的秘密。小人若对众好汉轻说一字,哪有几个头够杀?"

玉珠哈哈笑道:"什么是神算?虚捏着三个指头,能将千里以外的事算得了如指掌,这些无稽之谈,只可哄骗你们一干粗蠢汉子。凭我观修师叔那样的道力,也只凭着这只眼睛,论人品高下,分决吉凶祸福,就不知这三个指头有什么用处。如果鄱阳帮有这样大本领的人,就早已算准独角村费猛是被谁扑杀了,那姓铁的何必对你们说出托人访查的话呢?可笑这赛管辂招摇惑众,如何能入高人之耳?你若从实告诉我,这个头是杀不了的。若要保守帮中秘密,呔!你看这是什么东西?"说着,又将宝剑向他闪了闪,竟像要刺下去的样子。

那男子抖道:"我说……我说……说……"接着便诌出一篇话来。

玉珠摇头道:"我也能做一回赛管辂,并不用虚掐三个指头,就知道你说的话还是保守帮中的秘密,不说是不行,若再说错一言半句,看我这白刀子进去,红刀子出来。"说完了,便见电光一闪,那把刀已抻到男子胸膛上了。

那男子抖道:"这个不敢不说了,我若扯半句谎,还叫我来世做兔崽子,把我棺材里老娘唤来,陪同好汉爷睡一觉。"

玉珠不禁气红了脸,喝道:"你扯谎我也知道,实说我也知道,发誓是没有用的。你放心,有我们保护你,绝不使你落在鄱阳帮人手里开刀。"

那男子道:"请好汉松开手,我只得实说了。我在盘蛇寨住了几日,那里的机关共有五道,是我未到盘蛇寨时,已知道一些,但耳闻尚不如目见。这五道机关,在日间及没有敌人到寨中时候,一些也用不着,若是在夜间,或日间有敌人到寨中去,一百个也难逃脱了一个。

"本帮的伴当,若不知道这五道机关,到了夜间,就没有敌人前来,帮中人有了预备,谁不知道这机关的奥妙,谁也不能在那里行止坐卧。唯有第五道机关是铁寨主和赛管辂军师秘密谈话的地方,祭刀的神坛也设在下面,非经他们两人呼唤,谁也不许走进一步。便是这两人不在那里,也没人敢进去,据说那姓吕的女子被押在那第五道机关地道下面,并不用什么大本领人看守,料想也没有敌人能走进那地道一步。

"寨中的房屋有三四十间,共是五大进,每进都用很巧妙的机关。第一进地道下面,设了许多寨棚,为帮中众喽啰住歇之所,大门大开大放,门前也没有守卫,守卫的啰卒却躲在门内墙角落里,你只看不出,如果你冒冒失失走进去,不问门内守卫的人,喝出当日的口令来,那守卫不按住动机,触动第一进油线机关,登时天旋地转,像有千百把飞刀狂风暴雨的样子,对着你乱攒乱搠。你是个血肉之躯,如何挡得无情的白刃?守卫的若按住了动机,但你不知道将外面的动机按住,里面的动机仍是封锁不住。外面是什么机关呢?

"原来大门左边,蹲着一只铁虎,表面上看是镇压寨中的风水,实则是第一进最巧妙的机关。那铁虎两前脚向前伸着,尾巴和屁股都陷在铁板墙内,两只铜铃样的眼睛睁大着,两耳直竖起来,张大着一张嘴,露出巉巉的獠牙,像是要吃人的模样儿。你把胆子放壮些,和老虎嘴对嘴地度了一口气,那虎腹间便立刻响动起来,等待那虎腹间响动了,即用你的小拇指给老虎掏耳朵,掏着老虎左边的耳朵,右边一只眼,便紧闭起来,掏着老虎右边的耳朵,左边一只眼,又紧闭起来,老虎的两只眼睛都闭了,外面的动机已锁,就等待守卫的回过你的口令,尽管大摇大摆走进去,丝毫没有危险。走过第一进,前面便是第二进。

"第二进地道下面,设着各位头目的卧房,大门大开大放,门前也没有守卫,守卫的却躲在门内天花板上,更使你看不出。如果你大摇大摆地走进去,不向门内守卫的人喝出当日的口令来,那守卫的没按住动机,触动第二进油线机关,登时风声起处,便有千百支毒弩穿梭样地向你乱投乱射。这毒弩锋利无比,一穿就是个大漏洞。守卫的若按里面的动机,但你不知道将外面动机按住,里面的动机仍是封锁不住。外面是什么机关呢?

"原来门两边墙壁底下,有两个猫洞,左边猫洞里,站着一只铁猫,右边猫洞里,也站着一只。据说这铁猫一牡一牝,左边是只牡猫,右边是只牝猫,这两只猫的脚都陷在铁板里,左边牡猫的两眼似乎向右边牝猫两眼瞟着,右边牝猫的两眼似乎向左边牡猫的两眼眯着。你若会凑个趣儿,先蹲在右边猫洞前面,用指甲在铁猫腹下第一个乳头上,扪按一下,那铁猫像煞从嘴里发出喵喵的叫声,四只猫腿即从铁板下跳到铁板上,两前腿向前一伸,两后腿向上一挺,两个尾巴都直竖起来,似乎望着左边的猫,要扑进来的光景。你转身再蹲在左边猫洞前,用手在铁猫尾巴上摆动了一下,那铁猫也从嘴里叫出一种声浪来,四只猫腿即从铁板下跳到铁板上,也是两前腿向前一伸,两后腿向上一挺,装腔作势,似乎望着右边的猫,要扑进来的模样儿。这一来,外面的动机已锁,等待守卫的回过你的口令,尽管一步一步走进去,走过第二进，前面便是第三进。

"这第三进是一座飞虎厅，中间铺设着虎帐，两边分排着十来把交椅，虎帐背后便是一座铁屏门，屏门左右两边，有两个小耳门，可通出入。你若冒昧从左边小耳门闯进去，或从右边小耳门闯进去，不向里面守卫的人喝出当日的口令来，那守卫的高坐在屏门里面铁搁板上，没按着动机，触动屏门后面油线机关，上应屋上的油线，不好了，登时便从屋顶上飞下千百成群的木雀来。那千百成群的木雀口里便喷出毒水，这毒水喷射在你身上，使你周身溃烂，不上顷刻工夫，你的皮肉筋骨都化成血，点点滴滴，染红了一地。守卫的若按着里面的动机，你不将外面的动机按住，里面的动机仍是封锁不住。外面是什么机关呢？

"原来屏门左边小耳门上，嵌着一块铁板，上有'出将'两字，那个'出'字中间一竖，并不是连带直下的，像是叠写两个山字，紧凑成一个出字，是用缅铁嵌成字的模样儿。你若援上去，用手将出字上边个山字向上一送，再将出字下边个山字向下一按，顿时便分成两个山字，不像个出字了，你即从上面轻轻跳下。再看屏门右边小耳门上，也嵌着一块铁板，上有'入相'两字，那个入字左边一撇，右边一捺，这右边一捺，并不紧紧靠上左边一撇，这个入字，看去似乎是个八字了，这也是用缅铁嵌成字的模样儿。你若援上去，用手先将左边的一撇向右边一抵，再将右边的一捺向左边一凑，顿时便凑成个入字，不像个八字。你从上面轻轻跳下，外面的动机便锁住了，等待守卫的回过你的口令，你不可向出将门内闯进去，而要向入相门内闯进去，包你没有危险。走过第三进，前面便是第四进。

"第四进地道下面，是铁寨主妻妾婢女幽居之所，便从外面架来的肉票，也藏在那下面一间地牢里。大门大开大放，门前也没有守卫，守卫的啰卒，却坐门内左壁间守卫箱里，如果你匆匆忙忙走进去,不向门内的人喝出当日的口令来,那守卫的没按住动机,触动了第四进的油线机关,上应屋上的油线,登时哗啦啦一声响,从屋上打下千百颗大铁弹。这铁弹重有二十多斤,向你身上打来,将你打得骨断筋折。守卫的若按住里面的动机,但你不知道将外面的动机按住,里面的动机仍是封锁不住。外面是什么动机呢?

"原来外面两边墙壁上,左边嵌着金龙,右边嵌着彩凤,那龙的姿势,飞腾盘舞,凤的神态,美好端庄,嵌在两边墙壁上,玲珑剔透,羽毛鳞甲,雕琢得同真的一样。你先在左墙壁间,用手批着颈间的龙鳞,那龙似乎从口中嘘出气来。再到右边墙壁间用手捋着右边的凤尾,那凤便昂着头,张开口,似乎发出凤鸣声音光景。这一来,外面的动机便锁住了。等待守卫的回过你的口令你尽管大着胆向前走,包管你没有危险。走过第四进,前面便是第五进。

"这第五进我是没有到过,但内中的机关,也略知一二。那里大门是虚掩着,门前也没有守卫,守卫的啰卒在东壁铁门里面,如果你不提高嗓音,高呼出当日的口令来,那守卫的没按着动机,你只用手在门上推了推,便触动里面油线机关,乒乓两声响,那两扇门就不因不由地大开大放,倏地牵动里面的药线,便是山崩地裂的数声巨响,火焰突起,即从里面轰出十来个大炮弹,任你就学得一身的罩功,也难当得这无情的火药,怕不被炮弹炸成一道烟焰,连尸骨也乌有。守卫的若按住里面的动机,但你不将外面的动机按住,里面的动机仍是封锁不住。外面是什么动机呢?

"原来外面有一块三寸宽八寸长的铁板嵌在墙壁上,板上凸出'闲人止步'四个金字。你先用手将那'闲'字一按,那闲字便不见了,再将止字一按,止字也不见了,不用按着人、步两字,这两字也就凹得不见,看去竟似没字的一块铁板。这外面的动机锁住了,等待守卫的回过你的口令,你便可放心推开门,须说明是受谁人命令,进来有什么事。若不仔细说明,那守卫的仍是不客气,倏地将动机一拨,那里的机关又触动了。你将受谁人命令,进来有什么事的话说明了,等待守卫的应了声是,你仍不可造前次进。那里面也有灯光,地上铺着青、黄、蓝、白、黑五色方砖,你要一步一步,认定向蓝色方砖上走着,一脚若踹着青、黄、白、黑四色方砖,也许踹中里面的机关,那还了得吗?"

众侠听男子说完了,仍由玉珠向他问道:"没有知道这五道机关不能从门内走进去,难道不会在空中高去高来吗?"

男子回道:"这五进房屋,空中都蒙着很紧密的铁丝网,网上都布满了大小长短很锋利的尖钉,不从门内走进去,如何能进盘蛇寨一步呢?"

陆士龙道:"关锁的机关,你已说了个大概,那发动的机关,你可知道?"

那男子回道:"小人不是那里司机的人,如何能知道?"

剑星道:"我们要到每进地道下去耍一会儿,你知道从屋里走下地道,每进又按着什么机关呢?"

那男子道:"每进东壁间都有个铁门,能容两个人出入,那铁门可以随意开关。进了铁门,便平安无事地走下地道了。"

玉珠向众侠笑道:"大家都听准了吗?记清了吗?我们只知道这五道机关,混进了盘蛇寨,何愁不能将吕珉玉救脱出险呢?这人是吕家小姑娘的救命主,不可吓坏他,倒要保全他的生命。"

众侠都叫一声好,岂知已上了人家的圈套了。

欲知后事如何,且俟第二十五回分解。

第二十五回

南阳城刘贵脱身
饶州府印空卖艺

玉珠听众侠应了声是,便缩回左脚,将那男子提起来问道:"你姓什么,叫什么?听你的口音,像煞本地人氏。"

那男子回说:"小人姓刘,名贵,确是本地人氏。但因这干贼未能歼灭,小人料想在本地方栖身不住,求众好汉成全小人一条狗命,将小人带到湖北去,便感恩不尽。"

玉珠道:"要我们带你到湖北什么地方呢?"

刘贵道:"小人有个姑丈,住在湖北黄梅县,只将小人带到黄梅,便感恩不尽。"

玉珠道:"是了,我们本当在这地方多住几日,将那干贼捉住,但我们要救吕珉玉心急,就不能长时间在这地方停留。我们就在今夜动身,到江西去,你一路随从我们到黄梅县,也许没有风险。"

刘贵道:"好汉爷同是一副侠义的肝胆,救已经失陷的童女出险及未经失陷的男女除害,应该没有分别。若放着这干贼在修武地方捕风捉影,不知还要害却多少没有破过身的童贞男女。不知众好汉的意思,以为怎样?"

玉珠便向剑星及陆氏兄弟笑道:"你们倒看这东西不出,明明要我们给他雪恨,却能言之成理,使我们无从批驳。也好,我们救已经失陷的吕珉玉出险及未经失陷的无数吕珉玉除害,同是一副心肝,本无所谓厚薄,要在亲疏方面分成厚薄,我们就算不得是个侠义汉子了。"

大家都赞成她的话,便由刘贵带路,在修武地县境,密访多日,哪里访到甄七的党伙呢?甄七的党伙已回到鄱阳帮盘蛇寨报命去了。

众侠访不着这干贼党,便带着刘贵动身,向南进发。

这日路过南阳一处村镇上,刘贵便向众侠说道:"小人到了南阳,可以放心到黄梅去了,承众好汉的情主,带小人一路到此,唯有来世变犬变马,报答众好汉恩德。"

玉珠道:"你既放心回去,我们又何必多弯一程路,送你到黄梅去呢?去吧!"

刘贵又对众侠叩了几个头,兀自去了。

这时众侠因为腹中有点儿饥饿,便在那地方寻了火铺打尖,大家吃过了饭,算还了账,忽听门外吵嚷起来。玉珠问是什么事,便有人告诉她说:"那边廊檐下有个拆字的老铁口,被一个穷叫花把老先生的招牌除下。你道是什么事呢?

"就因那两个穷叫花在字摊上拈了一个'木'字,老铁口说:'问的什么事?'

"他们都回说:'是问的来人,这人可有没有死呢?'

"老铁口把木字两腋间写上两个小人,老气横秋地问道:'你们两个穷叫花,分站两边,在我意思看来,要算两个小人了。木字腋间夹了两个小小的人字,不是个来字吗?人已来了,哪里会死了呢?'

"两个穷叫花听完这话,手舞足蹈,正说不出他们心里的快乐。正要从人丛中挤出去,老铁口遂从座位上走出来,将两叫花一把拉住,说:'招牌上写着拆一个字,要二十文钱,拆了字不给钱,难道没有长着眼睛吗?'

"即有个叫花向老铁口回道:'你才是没有眼睛呢,我问你,你说我们两个穷叫花是两个小人吗?原来你这瞎了眼的老混账只认衣服不认人,看我惯起火来,打坏了这劳什子。'说着,即摔脱了老铁口,一把除下了招牌,向桌下一搁。

"这两个穷叫花可算厉害,拆字不给钱,除下人家招牌,还在那里要打人呢。我们本地方人看他们气势汹汹,也没有个人肯出头,参一句公道。"

众侠听完了,走出门来,果见那边墙檐下围了一大群的人,有两个穷叫花,把拆字先生的桌子都掀翻了,招牌除在一边,还在那里指手画脚,要同拆字先生讲个道理。

玉珠向这个叫花面上仔细一望,倏地流下泪来,忙挤进人丛,将他一把拉住哭道:"不是宋大哥吗?"

这叫花只顾睖起两眼,向玉珠面上望了又望,只是认不出这是什么缘故,一则玉珠借着化装的神秘,在当初同叫花相见时候,分明另换了一副面容,再则这叫花当初见金玉珠,匆忙间也没窥破她的庐山面目,这叫花既认不出是金玉珠,登时也换了一副笑容,扭头说道:"奇怪,尊驾是在哪里会见过的,怎知道我是姓宋,叫我宋大哥呢?"

玉珠掩泪道:"我姓金,贱名叫玉珠,那时在你们地面上曾见尊驾向朱老伯闹过一次酒疯,难道你是不认识我了?"

这叫花喜得跳起来,指着那叫花说道:"这是我的伴当,因为姓朱的同舍弟两人,随你老子到独角村去,差不多已有一年了,我只是放心不下,带着这伴当出来,想到独角村去,探问你们的消息,不想你是来了。舍弟同姓朱的在哪里?也许同你一齐来了。"

宋钰正说到这句话,便见那个拆字的老先生朗朗地说道:"我拆的字是不错嘛,木字腋间夹着两个小人,可是个来字?你们这两个叫花,可是两个小人,不有两个小人,如何凑成个来字?你除下我的招牌,踢翻我的桌子,地方上人都劝我退让,用不着同你们两个小人一般见识,你还要同我讲理。如今你们的人是来了,就请你们来的人评这个理。说一句放肆的话,我吴铁口断字如神,有人说我是吴半仙,这招牌是不好打破的。"

宋钰听他数落一阵,又不由扭着颈项拱着手说道:"很对不起老先生,真算料事如神,我的兄弟是来了,我还有要事去做,老先生真不用同我们一般见识。"

宋钰的话和缓些,老先生的神态转然严厉了,看宋钰的伴当忙着扶起桌子,挂着招牌,忽地虚喝了一声说:"没有这般容易!"

宋钰又要向他拱手道谢,玉珠急止道:"且慢,大哥不是问令弟和我同来的话吗?可叹他们永没有来的时候了。"

宋钰道:"你这话怎讲?"

玉珠道:"大哥哪里知道,他们三个人都被独角村强盗杀害了。如今大仇虽然报雪,我见了宋大哥,不由使我心里悲痛,觉得没有面子,很对不住宋大哥。"

宋钰猛听了这句话,两眼翻了翻,身子动也不动,像个死人一般。

那同来的伴当一面扶着宋钰,一面向吴铁口点头道:"果然老先生断事如神,不愧为吴半仙,这招牌便赏他个全尸,也算被我们打破了,看你还能在这地方招摇惑众、哄骗人家的钱财?"

老先生面上羞得同红蓼相似,半声也不回答。旁边瞧热闹的人都拍着手掌大笑起来。

玉珠忙向宋钰说道:"我们有本事干我们的事,也不用欺负人家年老贫苦的人。宋大哥,请你同我们去吧!"

宋钰流泪道:"我兄弟死了,我走向哪里去?"口里虽这样说,脚上却已不由自主地同他的伴当走出人丛。

外面剑星同陆氏三龙眼见他们这种态度,当下也不便谈说什么,紧随着他们出了这座村镇。路间,玉珠便对宋钰把两打独角村的情形通前彻后向他说了个梗概,又向他介绍了剑星及陆氏三龙。

宋钰呜咽道:"我这兄弟死了,要比拿刀剜我的心还痛,可怜我小时候没有爷娘,只剩我们兄弟两个,如今他在独角村遇害了,这事我也不能怪你,我兄弟平时的性格,早知他有这样一个结果收场。但我要去祭扫肉丘坟,就此便要动身前去。"

玉珠听说他要到修武县去祭扫肉丘坟,却想起一句话来,便向他说道:"宋大哥要去祭扫,那地方的强盗未能全数歼除,所怕露了那厮们的耳目。大哥不若到关外摩天岭,问善化寺观老和尚,请他设法保护你,顺便请你给个信儿,托他告知孟老英雄,说我同陆氏三龙要往鄱阳帮设法救出吕珉玉,已经洞悉贼寨的机关,此去确有几分把握。"

宋钰点点头,暗想,我到关外摩天岭,荒废时日,干他什么鸟事?但去修武县,祭扫肉丘坟,便死在贼党之手,死后依然见到我这兄弟,我却不怕死,不怕贼党转我的念头,也就不用人保护。心里虽这样想,表面上却慨然应承玉珠的话。

众侠将他带到一处人家,借了笔砚,写了一封信,信中并写明贼党刘贵,说出盘蛇寨中五道机关的经过情形,要到鄱阳帮见机行事,好设法救出吕珉玉。

宋钰收了信,自去不提。

且说众侠一路到了饶州,看城外有一座很大的土坪,围着不少的人,好像瞧着什么热闹似的。大家挤进去一看,见有一个三十来岁的和尚,生得大耳尖腮,两只三角棱的眼睛,光芒四射,看上去不是善良之辈,在那里舞着一条铁禅杖。那禅杖的重量,约有七八十斤,和尚使在手中,如使一根极轻的木棍,不觉有半点儿吃力模样儿。

众侠见了,心里已有些惊异。那和尚使了好几路杖法,倏地纵身向上一跳,有三丈多高,身躯才落地,双手向背后一反,铁禅杖就靠定脊梁向地面插下。只听咔的一响,那禅杖插入土中,有二三尺深。和尚又折身一跃,右手无名指早抻在铁禅杖巅上,左手贴着耳朵,直竖起来,两脚合并向上,做那朝天一炷香的架势。身体晃也不晃,倏地翻了个悬空筋斗,左手无名指又抻到铁禅杖巅上,右手贴着耳际直竖起来,两脚一合并,又是一个朝天一炷香的架势,身体笔直似的,没有展动分毫。倏地在铁禅杖上打着个盘旋,两手指尖和两足足尖都凑合在铁禅杖巅上,竟像搭成一座天桥。

这时候,场中便起了一阵彩声。玉珠、剑星及陆氏三龙见了,也不由脱口而出地叫一声好。

众人叫好,和尚像没有听见的样子,唯有金玉珠这声好叫出口,和尚就好像猜着她的来历不错,连忙跳下地来,向众人打了个合掌,然后便向玉珠合掌道:"贫僧这点儿把式,实在献丑得很,但贫僧一不诵《法华经》,二不拜梁王忏,古佛门空,又没有酒肉吃,潦倒半生,借此求些钱钞,修补这五脏庙里横梁直柱,也是出于无奈。"

玉珠也向和尚还了礼,说:"佩服佩服,像和尚这种本领,俨然是梁山泊上一个鲁智深,和尚既要钱用,这是很容易的事,看和尚要多少,我们明天便奉送多少。"

和尚看她衣服并不豪阔,今天没有钱舍,若过了一夜,要多少便能奉送多少,这类话听到和尚的耳朵里,就好像占着金玉珠和他同行,口里边称不敢,并说:"看施主的眼力很不错,我这疯和尚潦倒半生,今天才遇到个识货的。现在身边尚有几两银子,施主可否随贫僧吃杯酒去?"

玉珠笑道:"应该同和尚去,但不知和尚挂锡何处?"

和尚也笑道:"我不是做了秃驴骂和尚,那些鸟寺院,如何肯容我这酒肉和尚?但我有个老婆,住在乡下,离此地数十里,一刻就到了。"说时,便抽了铁禅杖,拔步出来。

众人白看了一场把戏,没有施舍分文给和尚养老婆,又听和尚这类笑话,都不由哄然一笑。有几个好事的,都说:"和尚也有娶老婆的。"

和尚听罢,便折转身回道:"我这老婆,原是个有卵子的。"

众人听他这类疯话,更不由大笑起来。

和尚出了人丛,向玉珠问道:"施主们是共来五人吗?"

玉珠道:"只我一个。"

和尚笑道:"你不要对我说谎话,打算欺我没有长着眼睛,是好汉,快随贫僧去,看看贫僧那个老婆是新式不同的。"

剑星及陆氏三龙在旁听了,都不由笑道:"大和尚果是生就一双慧眼,我们应得同去看看你的老婆。"

和尚领了众侠,向乡间走去。

瞧热闹的人见没有把戏瞧,都纷纷如鸟兽散。

和尚及众侠士跑了七八十里,已是初更时分,才到一只船上,入舱坐定,众人看这船上,只有两个水手,没有女人在内,因问大和尚的老婆在哪里。

和尚笑道:"这船便是贫僧的老婆,船腰有桅,所以说我这老婆是个有卵子的。"

说完了,众侠都不由哈哈大笑。

和尚道:"笑话要说得近情就好,说多了反觉毫无趣味。我这船上,比不得家中,并没好酒款待,只请吃一餐,请教请教姓名,略表敬慕之意。"

玉珠随口说道:"我们都不吃酒,彼此相逢,是很不容易的,断不能同和尚失之交臂。"

两下请示一番,那和尚法号印空。玉珠回说是亲兄弟五人,姓郁名义,指着剑星说:"这是我哥子郁仁。"指着陆氏三龙说:"这是我兄弟郁礼、郁智、郁信。"

须臾,酒饭摆好,大家倾谈之下,夹着讲了绿林中许多黑话。众侠看穿印空的路数,早有成竹在胸,当由剑星向他说道:"我们五兄弟做这种买卖,背后没有靠山,担过多少风险,这番新到饶州,还没踩着一个盘子呢!"

印空笑道:"我倒有一处地方,大可以请你们在那里坐一把交椅。不瞒你说,我就是那里一个首领,瞧你们这样的人才,东飘西荡,不是个长策。若有心到这个去处,我愿意带你们前去。"

玉珠笑道:"是个什么去处呢?何妨说给我们听一听。"

印空冷笑道:"要我说出不妨,但你须告诉我一句实话。"

众侠听了,都不由暗暗惊讶。

欲知后事如何,且俟第二十六回再写。

第二十六回

水底运神功浪花溅雨
宵深逢怪杰险语惊人

玉珠道:"大和尚要我们说出什么实话呢?"

印空道:"你究竟叫什么名字?"

玉珠从容回道:"和尚忘记了吗?我的名字就叫郁义。"

印空道:"你叫郁义,我问你,我叫你一声老弟,还是叫你一声贤妹呢?"

玉珠知道他的眼睛厉害,只好扮作笑脸回道:"你就叫我一声妹子也好,我的行径如何瞒得大和尚的法眼?但这名字是排着我哥哥起的,实在叫作郁义,还在佛菩萨面前打着什么诳语?"

印空大笑道:"我也是个直肠子人,但不遇知音,不愿坦诚相见,彼此既是同道,我看出你的肝胆,你识得我这把式,断非偶然的事。大家不若结为手足,我好拉拢你们去入伙。"

众侠都随口答应他。

印空大笑道:"我今天已有四个兄弟,一个妹子了,用不着焚香礼拜,做那迷信神教的事。我们一言既出,万代同盟,你们的母亲便是我的娘,我的父亲算是你们的老子,我想拉拢你们到那地方入伙。我不对你们说明,总该知道鄱阳帮中有个盘蛇寨了,我们那位铁寨主的行为,虽然险狠恶毒,但势力十分雄厚,我们只借他的势力,不学他的为人,做强盗,怕什么?在铁寨主部下做强盗,怕什么?各干各的事,各尽各的心。他知道我是清帮出身,不做浑案,也不强迫我帮他,做那阴险狠毒的事。我日间只在外面借着卖艺为名,踩着盘子,每年干他两三次买卖。不过我这种做强盗的,固然和铁寨主性格不同,江湖上还加我一个侠盗的名目。我有五不盗:盗过不盗,凶不盗,贫不盗,读书行善人家不盗,正当良善人民不盗。并且没做过一次采花折柳红刀子的案件。你们将来入了鄱阳帮的伙,最好同我一个鼻孔出气,才是我的好朋友呢!"

众侠听他这话,便由剑星起身说道:"怎么老大哥的话,就同打在我们心坎上一样?今天拜识这位老大哥,使我们心坎上有说不来的快乐,我们久有此心,想投鄱阳帮。所怕那位铁寨主性格怪得很,又苦没有阶进,因循下旬,没有投到那里去入伙。难得天假之缘,碰到这个知音,我们这身手便交给老大哥,叫我们水里水去,火里火去。"

印空拍手笑道:"对呀!这算是好朋友讲的话,但我们铁寨主遇事怀着鬼胎,那位赛管辂岑军师,又常在铁寨主面前吹他妈的大气。我要带你们去,不忙,先带你们两个人前去,日久下来,再将你们完全拉拢入伙。若将你们五人都带进去,怕铁寨主听信岑军师的话,疑心你们人多势众,到盘蛇寨去卧底,便将你们绑出去砍了。那岑军师还在铁寨主面前表明他妈的阴阳神算,同亲眼看见的样子。其实你们何尝是卧底的?"

玉珠道:"非老大哥提携警悟,我们也断不料有这种忌讳,难得老大哥一颗心是血热的,我们已经明如镜鉴,一切均听老大哥的调度。"

印空听罢,不由眉飞色舞,连忙从舱中取出一把弓、一支箭,走出舱外,嗖的一声,向那黑暗地方射去。又从容转入舱内,放下弓箭。

玉珠便向他问道:"老大哥为何放箭?"

印空道:"这是盘蛇寨的信箭,这箭射到那里去,便知道有真本领投到帮中入伙,自有人前来相见。我想此次入伙,最好贤妹和你哥子先去。"

玉珠道:"好!你们盘蛇寨离此地有多远?我此去不用改换装束吗?"

印空道:"用不着改换装束,我们绿林中人,出外踩盘子,多有化装的。你看舱外一座黑压压的房子,不就是我们盘蛇寨吗?若从这地方到盘蛇寨去,弯弯曲曲,足有二十里。若对直从空中放箭射去,也只有三四里路,眨眨眼就射到了。"

众侠又同印空谈论多时,觉得印空果是个直肠子人,肚子里藏不了三句话,无不显现流露出来,将在先对他防范的心思竟抛撇九霄云外。

忽听两个水手齐声报道:"寨中有人来了!"

大家向舱前一望,并不见有什么船只前来,却在距离这地方半里多路,听得浪花澎湃,如同浪里有一条极大的鱼,从上游蹿得前来。

印空和尚讶道:"这是浪里鳅干铃来了,他是岑军师跟前第一个红人,也是我们盘蛇寨水面上第一条好汉,这人喜欢被恭维,少刻只须对他讲几句好话,就不用防备岑军师了。"

众侠都点头答应。

印空忙吩咐陆氏三龙,到后舱回避,即同剑星、玉珠出舱迎接。

那一阵浪声作响,已响到船头了,颠得这只船都有战栗不安的样子。剑星、玉珠遂向两边分开站着,略使出一些气功。说也奇怪,那船竟稳若泰山,一些也不摇荡了。

船前打起四五尺浪花,直打到船头上,便从船头下跳上一人,水淋淋的,直走到印空面前,口里大嚷着道:"谁是我姓干的好朋友?我的好朋友在哪里呢?"

印空便向剑星、玉珠两人打了一声口哨,说:"这便是浪里鳅干二哥,贤弟和妹子快过来相见。"

彼此都行了礼,通过姓名,玉珠向他说了许多倾慕的衷曲,并指着印空说:"我这结义的老大哥,提起哥的大名,我们又看二哥这样本领,恨不得对二哥叩三个头,真个闻名不如见面,见面胜似闻名。"

剑星却竖起个大拇指说道:"在绿林中有乘风破浪本领的,干二哥要算这个。今日何日,得见二哥这样一个英雄人物,真叫做兄弟的快活死也。愚兄妹此次前来,要仰仗二哥的鼎力。"

干铃听罢,不由喜得根根毛孔都钻出个快活来,仰着脸打了个哈哈道:"这才是印空的好朋友,你们的本领真够。说话又爽直,合得上我的脾胃。等你们入了伙,我也好同你们拜个把子,叩头拜师的话,不敢当,是好朋友,毋庸多讲客气。兄弟就此告辞,回复岑军师,禀告了寨主。不是我拍着胸脯,明天就请你们在盘蛇寨中坐一把虎皮交椅。"

话才说完了,即听得扑通一声响,干铃已跳下水,逆流直驶而下。激湍溅泼的声音,俨然如万马千军赴前敌的样子,没一会儿工夫,早已游过一个水湾,便不见了。

印空即将剑星、玉珠拉入舱中,陆氏兄弟也从舱后出来。

印空因一时下部便急跳到岸上去出恭,陆士龙便暗暗向剑星、玉珠两人说道:"你们此次要小心些,万一有了掣肘,愚兄弟改装混到盘蛇寨,也要闯他一下。此刻只在左近地方暗暗探询你们的消息。"

剑星也低声回道:"我看和尚的行径未必便上人家的圈套,不入虎穴,焉得虎子?我们救人如救火,想到哪里,就干到哪里,若是三思四思五六思,天下就没有可干的事了。"

玉珠点点头,接着印空上船,便向陆氏三龙说道:"请你们仍在饶州城外等候我,我还要到那里去卖艺,好同你们互通消息,此番不可同到盘蛇寨去,第一要紧,第一要紧。"

陆氏兄弟不好推托,一齐向印空告别,跳上了岸,连夜向饶州而去。直至五更时候,方才赶到北门城外,觅了一所客寓,在那里住下。逗留了两日,不见印空到城外卖艺,这才焦急起来。晚间在客寓内窃窃私语,转虑印空怀着鬼胎,害了剑星、玉珠两人了。

陆季龙道:"也怪大家太鲁莽,像印空和尚那样行径,大家总当他是个热肠子人,安知他不是包藏祸心?在表面上装得神气活现,像煞热心可靠。如今金、石两侠的消息杳然,这个秃驴,何尝前来卖艺,和我们互通消息呢?大家都吃他骗了,好不令人烦恼。"

陆天龙道:"和尚看来是个天真烂漫的和尚,胸中没有半个疙瘩,神情逼真,如何假得来?是假也瞒不过我们几副真眼。"

陆士龙道:"这话倒难断定呢,常听孟师叔说,他在江湖上闯荡半生,什么人的行径、什么人的胸怀也见过不少,一望就知是个包藏祸心的,固然很多。终究不给人看出他半点儿破绽的,又何尝没有?总之,和尚的为人,我们有九分信他是真,只有一分说他是假,就讲不起,悉听和尚的调度,先让他们两人去碰这个险。现在和尚没有如约而来,很使我们担惊受怕,真的怕中了和尚的奸计。"

众人互相谈论,忽听外面有人直嚷道:"怎么?你不肯留佛爷住店,说里面的房间已占满了,叫佛爷到庵寺里住歇,佛爷没带着度牒,又受不惯庵寺里的拘束。你们开客店的,要的是钱,佛爷有的是钱,照你店里规矩开发你。你想拿这话搪塞我,看佛爷这一禅杖打扁了你的脑袋。"

陆氏兄弟在房间里听得这派声浪,各自找齐了,赶到客堂内,向那和尚望了望,不禁都叫了声:"幸会!这不是咱们老大哥吗?"

印空听见有人向他搭话,也就凝神望去,说:"原来你们在这里呢!"

那店主见他们认识这个莽和尚,想他住了店,是有人给钱的,也就不加拦阻,便上前赔笑道:"大神不记小愤,下人们无礼,一切均望师父海涵。"

印空不禁向他瞪了眼,说:"是人,才会讲几句好话,若像那个逆畜,看你这鸟店,须不是铁打的。"

陆士龙笑道:"老大哥也怪不得他,他说的原也不错,这店里房间,实在被人住满了,我们好弟兄在这里相逢,老大哥如不见弃,何妨同榻讲讲话?"

印空点点头,便道:"依你依你。"

随了陆氏弟兄,即进了他们住的那所房间。陆士龙便问他,如何这两天不见到饶州城外卖艺。

印空听他问到这一句,不由陡现出烦恼的神气,说:"你讲的好太平话,你们五兄弟想到寨中卧底,救出吕家的姑娘,是好兄弟该同我商量,不应瞒着我,大胆在盘蛇寨里放肆。若非浪里鳅将我放走了,我这大西瓜就跌到西瓜皮上,一跌是一个碎。可怜那一对儿好兄妹,已落到姓铁的手里祭刀。想念我们同盟之谊,比妻孥骨肉还要真切,自恨没这能耐,得出我胸中这口鸟气。"说到这里,紧勒着铁禅杖,头上根根的红筋都暴了起来。

陆氏兄弟同时行所无事地说道:"老大哥请低声些,我们并非想到盘蛇寨卧底,救出什么姓吕的姑娘,是朋友,总该剖心相见,毋庸拿这话来骗我。"

印空听罢,抢了铁禅杖,抽身便走。恰被陆士龙一把拉住道:"老大哥到哪里去?怎的这样见绝?"

印空道:"这还是自家好兄弟讲的话吗?你们既疑心我这个驴子太混账,不是个人,我也不承认你们是个好兄弟。"

陆天龙道:"请老大哥低声些,坐下来好讲话。"

印空被他们厮缠不过,只得坐了,口里还说:"人家听得自己哥哥姊姊的危难,应该怎样焦急。看你们的神气,绝不像同郁仁、郁义两个是一个老子娘生下来的,世界上哪有这样的凉血?"

陆氏兄弟看印空神气之间,像煞有诸内而形诸外,纵然他包藏祸心,使人无从捉摸,若含糊其词,不对他承认下来,如何知道金、石二人的消息?便事属虚浮诈伪,好在他已看破是卧底的,不承认,反觉胆怯,只好对他说了。仍将他们真姓名、真来历紧紧瞒起。

印空听了问道:"你们和吕家小姑娘有什么关系吗?"

陆士龙道:"哪有什么关系?我们向来欺硬怕软,吃苦辞甘,难道要和那人有关系,就冒险往救那人的性命吗?"

印空道:"是了,你们心怀肝胆,都够得上做个大剑侠,不叫我这老大哥惭愧死也。我不是吃了三十六年饭,简直是吃了三十六年屎。"说罢,便勒起拳头,狠命在天灵盖上一凿,凿起老大一个疙瘩来。

陆天龙止道:"老大哥不用性急,我的兄长和我们二姐,现在究竟是怎么样了?"

印空才忆及正经,一五一十地告诉他们。大家谈论一阵,接着印空便想了个法子,大家思量他的法子便不灵,也没什么干碍,只照那法子向前做去。

作书的趁在此时,要回写到鄱阳帮上去,这支笔再兜到剑星、玉珠两人身上。

且说这一日,铁鼎正同赛管辂岑明坐在飞虎厅上议事,两边排列了不少的头目,一个个面上都显出绿林虬髯的色彩,忽听喽啰报告,说浪里鳅干老爷同莽和尚带着两人,要见寨主。铁鼎一声请进,干铃、印空便领着郁仁、郁义上来,说:"这是郁家兄妹,很有些本领,要投到大王爷麾下入伙。"

铁鼎未及回答,那赛管辂岑明早向剑星、玉珠两人面上望了望,便喝令:"孩子们,将这两个斩首报来。"

喽啰答应一声,如同天空响了一阵焦雷。

剑星听了,面不改色,看玉珠向他笑道:"我们从山东到鄱阳,得遇这位干大哥,介绍我们到帮中入伙,原来梁山泊上有王伦,鄱阳帮也有个赛管辂,我们已落在这种嫉贤妒能的秀才手里,大哥也不用烦恼,好,一同去吧!"

干铃急止道:"你们既是我的朋友,何用在军师爷面前放肆?"说着,又向赛管辂岑明问道:"上复军师爷,二人身犯何罪?"

岑明转踟蹰起来。

铁鼎看岑明迟疑不答,便在桌上拍了一下子,向剑星、玉珠二人喝道:"你们是谁?敢到鄱阳帮中卧底?就讥笑我这岑军师,毫没有半点儿神算了。"说完了,又吆喝一声说:"快将这两个上绑,砍首报来。"

欲知后事如何,且俟第二十七回分解。

第二十七回

摆喜筵枭雄设局诈
中熏香情侠陷机关

　　剑星、玉珠听了,仍是神色不动,束手待缚,忽地岑明低声向铁鼎说了几句话,铁鼎听了,即向两边摆手道:"也罢,岑军师算得他们两人是孤家的两条大膀臂,万一是前来卧底的,将来被孤家看出马脚来,随时随地都可以砍去两个脑袋。"

　　剑星、玉珠听铁鼎说出这番话,没奈何,只得向前谢恩。铁鼎命他们在卯簿上画了押,位在印空之下,一面令寨中大摆庆贺筵席。

　　摆酒时间,铁鼎曾向众人说道:"我这阴阳子午刀,至今没有开坛祭炼,就因有了合用的童女,尚没有找到合用的童男。众首领用捉飞天麻雀的手段,在外面找来的童男女虽多,总算是土牛木马,没有个用得着,能够开坛祭炼神刀,非得孤家和岑军师亲自出马,不能找得合用祭刀的童男、贞女,阴阳子午刀炼不成功,如何能长久保持阖寨的性命?我们要有事去,改日再同大家吃个痛快。"说着,便和岑明大踏步入内去了。

　　一会儿,便有个喽啰到厅上说道:"大王爷已和岑军师动身出寨,致意众首领,多多奉劝两位新首领几杯子酒。"

　　众首领都连连应诺。玉珠心想,我已同剑星兄戒了酒,纵然酒里没有毒药,犯不着开我们的酒戒。想了想,趁众首领冷不防,向剑星飞递一个眼色。剑星也就明白了。

谁知印空知道两人是不吃酒的,早给他们向寨中众首领声明。众首领也不勉强,即令喽啰斟上两杯茶。他们仍是开怀畅饮,大碗酒、大块肉吃得好不快乐。

直至傍晚时分,众首领都有了几分酒意,才散了筵席,另有喽啰兵传布值日的口令,分寻常、必要两种,寻常的口令,是"庆贺"两字,必要的口令,是"天助成功"四字。又在寨外拨了一间卧房,给剑星、玉珠两人宿歇。

原来盘蛇寨的规矩,凡新入伙的首领,不得在寨里宿歇。印空将他们送入卧房,因天色已晚,要到防务上应差,合掌向他们说了声:"再会。"去了。

剑星看这卧房里的陈设,也很别致,两边有两张卧床,四壁满挂着戈矛弓箭种种花样的武器,案上高烧着一支手臂粗细的大蜡,照得满室光明,同白昼无异。一时闲着无事,便同玉珠对舞了几样兵器。

直到二更后,听寨中鸡犬不惊,刁斗无声,似乎里面的头目人等久已酣睡了,也就熄灭了灯烛,装作已经宿歇的样子。剑星在这边床上翻来覆去,只有些睡不着。听得那边床上有轻微咳嗽的声音,知道玉珠也未睡着。暗暗起身踅到那边,觉得玉珠已坐在床沿上了,正要向她诉说什么,玉珠轻声道:"你且到那边去坐一坐,停一些,我们还须好好地商量。"

剑星只得仍悄悄踅到自家的床边坐定,接着听着哗啦啦的一阵声响,剑星方才明白。待得玉珠方便已毕,又要悄悄踅到那边去,不想玉珠已悄无声息地踅得来了。

两人同坐在床沿上,玉珠咬着他的耳朵说道:"我那边靠着窗壁,防有人在暗中窃听,不及你这边离窗壁较远,好谈着我们心里的话。我想铁鼎、岑明两个瘟撺,猜疑善妒,不是两只呆鸟,日久下来,难免不露出我们的马脚。趁这两个瘟撺不在寨中,不若就在今夜下手,软进轻出,好救出个吕珉玉,相机逃出盘蛇寨。你以为怎样?"

剑星只顾摇着头,欲向玉珠说什么,檀唇不觉碰在玉珠的腮骨上,也低声回道:"你说日久下来,难免没有祸变,难道今夜下手,寨中就没有防备吗?我看铁鼎、岑明两人的行径,只令我心惊胆战。"

玉珠道:"我何尝没想到这一步?但我们既冒险前来,若说今夜寨里有了防备,难道日久下来,我们就能千稳万稳,救出吕珉玉吗?事情已肘掣到这个样子,干得好,也要在今夜去干,干得不好,也要在今夜去干,就碰一碰大家的造化,祸福又何暇远顾?这时候若顾忌祸福,你还是我知心朋友吗?"

剑星听了,略踟蹰一会儿,回了声好。玉珠即执着他的手,抖了几抖道:"是呀!你才算我第一知心人呢。"

两人又叽叽哝哝,密语了一大阵,悄悄推开了门,四望无人,唯有天空的皓月照着湖中的清水,像庆贺他们成功不远。各纵身上了屋,四面望了望,但见寨中的房屋,虽然是五进,蜿蜒如盘着一条长蛇。每进天井间,上面果蒙着层密网,因想刘贵曾说寨中每进空间,都有层层铁丝网蒙着,这些话果然不错。

两人又探身下了平地,走到寨前一望,大门虽开放着,仍不见人在那里,都不由相视一笑。寨门口果蹲着一只铁虎,两前脚向前伸着,两耳都直竖起来,目眈眈,齿巉巉,显然露出要吃人的样子。

玉珠便向里面喝了一声:"庆!"

仍不听里面有人答应,便向剑星低低说道:"刘贵的话,你听清了吗,记清了吗?这虎看是一只雌虎,你就过去对它响个嘴,不妨事,我恕你无罪。"说到这里,把脸飞红了。

剑星要趁势调侃她两三句,怕她难为情,也就将话退回喉咙,蹲着身躯,向铁虎嘴对嘴地吹了一口大气,果然那虎腹间响动起来,遂用手指掏着两只虎耳。不错,先掏着铁虎左边的耳朵,便闭起一只右眼,掏着铁虎右边的耳朵,又闭起一只左眼。铁虎的两只眼睛看是闭得紧紧的,这时候即听里面有人喝一声:"贺!"

两人的胆量愈加大了,行所无事地走过第一进。那第二进更是不见一人,两扇大门开着,门前高挂着一盏油灯,两人都不由暗暗一笑。两边门壁下,果有两个猫洞,左边猫洞里,铁板上有一只铁猫,右边猫洞里,也是一只铁猫,左边的猫眼向右边的猫斜视着,右边的猫眼垂下来,那垂下来的神情似乎还睨着左边的猫眼,眯眯一笑,像煞有点儿意思。

剑星即向门里高喝着一声:"庆!"

不待门内天花板上有人答应,剑星急拉了玉珠的衣袖,絮语道:"刘贵曾说这畜生也通人性,一点儿不错,你不用害羞,你收拾右边一只牝猫,我来收拾左边一只牡猫。它们这两个没有知觉的畜生,也会演出一出好把戏你瞧。"

玉珠脸红红的,甩开了衣袖,回眸向剑星低声笑道:"别说吧,看你要说出一本天书来了。小心些,大家在这里干它一下。"说完了,便蹲在猫洞前面,只顾扣着猫腹下一个乳头,便听那猫似发出喵喵的笑声来。玉珠忽抽回了手,好快,那四只猫腿已从铁板下跳到铁板上了,像对左边的猫要扑过来的姿势。

那边剑星也在猫尾上摆动了一会儿,那猫也似乎叫出一种不可形容的声浪。剑星抽回了手,只一刹那,四只猫腿已从铁板下跳到铁板上了,也像向右边的猫要扑进来的光景。大有一拍即合之势。

这时候,即听里面天花板上有人喝一声:"贺!"

两人好不高兴,安然无恙,走过第二进。前面第三进,便是飞虎厅了,厅中虽不见一人,但华烛明灯,照得十分明亮。虎帐背后,是座铁屏风,屏风左右两边有两个小耳门,可通出入,日间已被他们瞧在眼里。那时看左边耳门上面,果嵌着一块铁板,写着"出将"两字,右边一块铁板,是嵌着"入相"两字,不过在那时看来,出字已搬成两个山字,入相的入字,一捺紧紧靠在一撇上,这番看是不然了,两个山字已凑起来,人字看又像个八字。

他们仍依照当日刘贵的话,由玉珠喝着口令,喝一声:"庆!"

也不待里面铁搁板上守卫的回过他们的口令,两人先在左边援上去,将两个山字搬开,又在右边援上去,将八字紧成一个入字。不一会儿,便听里面有人回了口令,喝一声:"贺!"

两人很自由地走过第三进。看第四进两扇大门也是大开大放,门前有两盏明灯,分挂在两边门槛上。剑星向门里喝声:"庆!"

再看门外两边墙壁上,果然左边画着一条金龙,右边画着一只彩凤。剑星谨记刘贵的千方百计,用手抵着那龙颈间的龙鳞,似乎见龙口里吹出一口气。

玉珠已在那边墙壁上捋着凤尾,那凤开了口,似乎吐出一种凤鸣的声音来。这时候,即听守卫厢内有人喝声:"贺!"

两人很是从容自若地走过第四进了。只这第五进,门前虽有灯光,两扇大门还是虚闭,还是虚掩,也望不出个所以然来。但门前看不见人在那里,门外墙壁上果有着一块铁板,一半显在外面,一半陷入里面,铁板上嵌着"闲人止步"四个金字,毫不舛错。

玉珠咋破喉咙,向里面高喝一声:"庆!"

遂听里面有人应一声:"贺!"

接着又听里面喝了声:"天助!"

剑星也提高声调,应了声:"成功!"

即依着当初刘贵的话,将铁板上的闲字只一按,那闲字果然没有了,再将止字一按,眨眨眼时间,止字也不见了。止字不见,连人、步两字也不见了。剑星又向里面喝了声:"天助!"

好半会儿,才听里面应了声:"成功!"

即推开门来,两人并肩而入,说:"我们日间奉寨主的密令,准在此时到来,看守神坛。"

果然这话说完了,有人应了声:"是!"接着东壁间铁门一响,即从里面趸出一个人来,指着那铁门说声:"请!"

剑星、玉珠谨记刘贵的吩咐,看地面上果铺着青、黄、蓝、白、黑五色方砖,两人只照着蓝色方砖向前走。谁知单认定青、黄、白、黑的方砖走去,哪有什么危险,一踹上蓝字的方砖,触动里面的机关,便中了刘贵的毒计了。

原来刘贵在修武县,打探剑星、玉珠这干人等的行径,认定他们心胸正大,又在年轻的时候,估料这干人多没有破过身体,合得上祭炼神刀的资格,用硬功夫是不能生擒他们到盘蛇寨去,只得招呼羽党,设成那样一个局诈,将他们骗到鄱阳帮来。

剑星、玉珠进鄱阳帮的时候,刘贵已在前一日到了盘蛇寨,见过铁鼎、岑明,将这话禀明了。岑明即令刘贵一干人等看守吕珉玉,幸得日间金、石二侠没和陆氏兄弟同来,铁鼎、岑明看他们来的是两个人,不是五个,尚未疑惑这便是剑星、玉珠两个化名郁仁、郁义的,但他们对于新入伙的朋友,照例要设计防线,判别其中的真伪。只恨金、石二侠容容易易,反中了人家的暗算。

两人当时踹着了蓝色的方砖,倏地从屋梁上飞下个铁人来,那铁人左手握着一个瓷瓶,右手拔开瓶塞。剑星闻得屋里有闷香气味,暗叫了一声苦,一转身,便倒在玉珠身上。两人同时跌在地下,竟像死去的光景。

守卫的在触动机关的时候，早知不是自家路数，即捏着鼻子，等待两人迷翻了，才按住了动机，将两人解下了隧道，用野蚕丝做成碗口粗细的绳子，将两人合并捆起来。

剑星、玉珠从蒙蒙眬眬之中，似乎被人喷醒过来，睁眼一看，脸对脸已捆了个结实。这地方像座上房，很排列不少的人，有两个人分坐在一张炕沿上，不是那铁鼎、岑明是谁呢？才知上了人家的当。

即听铁鼎向岑明说道："原来先生的神算，也有不灵验的时候了，先生曾说，这两个东西将来是孤家的两条大膀臂，现在他们这面西洋镜已拆穿了。孤家没有密令叫他们前来，胆敢用这话哄骗守卫的，就可推想这两个东西心怀叵测。先生的神算，也有不灵验的时候。"

岑明听了，强词夺理地回道："我只算得这一对儿鸟男女是寨主两条好膀臂，若处处算得细，我真是一个活神仙了。寨主在昨日晚间，不是听刘贵说过嘛，看这一对儿鸟男女，未必不是五人中的两人，合得上寨主祭炼神刀的妙用。寨主的神刀，得因此炼成了功，这不算是寨主两条好膀臂吗？我听他们踹中机关的行径，很和刘贵所讲的话不错。寨主若不相信，只需唤出刘贵来，一问便知分晓。"

铁鼎听了，便从床上直拗起来，一面令人去唤刘贵，一面走到剑星、玉珠跟前。才留心瞧看，见他们眉间丝丝入扣，很有十分的精彩，两眼光芒充足，虽然借着化装的神力，遮掩了庐山面目，但仔细瞧来，神情间仍显出不少光彩，更断定是一对儿性灵充足、年轻貌美、没有破过身体的童贞男女，便喜得像个笑佛模样儿，转向坐到炕沿上，竖起个大拇指，向岑明笑道："先生的神算，要算这个。孤家撑持着盘蛇寨的局面，使官兵不敢前来找麻烦，一半也倚仗着先生的神算。"

说到这一句,刘贵来了,向铁鼎、岑明参拜已毕。铁鼎即指着剑星、玉珠说道:"你认得这两个吗?"

刘贵走到他们面前,便说:"二位久违了,若二位早看出我姓刘的是你们的魔星,又何致有今日?"

说完了,又转到炕前说:"男的是石剑星小子,女的便是金钟的女儿金玉珠。我师父两个仇人,不想今日亲自押到太老师麾下祭刀,真是狗的造化。"

剑星、玉珠到这时候,哭也无益,说也无益,心里虽有无限的伤感,没奈何,也只听从摆布。

忽地岑明起身,在案上拈着一支朱笔,鬼画符似的,不知画了些什么,交在一个喽啰手里,扬着手说道:"将他带了来,听寨主示下发落。"

欲知后事如何,且俟第二十八回分解。

第二十八回

拼着头颅舍身活故友
剩余心血长跪奉亲娘

喽啰去不一会儿,便拥来好些凶神恶煞的汉子,将浪里鳅干铃上了五花大绑,抬得前来。

干铃大叫道:"军师爷是我的朋友,什么事得罪你,要来绑我?你就不认平日的交情,也要交给我一个罪律,须知姓干的不是容易好说话的。"

岑明听了,抿着嘴一笑,指着剑星、玉珠问道:"你认得他们吗?"

干铃回说:"这是郁家兄妹,我们一见如故,怎么不认识?哎呀呀!他们身犯何罪,也绑起来开刀?"

岑明道:"你既认得他们,又是由你介绍前来的,你就犯了滔天大罪。公事公办,哪里还顾得私情?"说着,又将他们的来历及夜间的事情向干铃说了一遍道:"你还想抵赖吗?你不和他们呼同一气,唆敌卖友,怎会介绍他们到寨中卧底呢?"

干铃嚷道:"这个么,干我屁事!我昨夜才认识他们,是由莽和尚介绍,我不过从中给他们说几句好话。若和他们通同作弊,他们早就知道第五进的机关,怎么会踹中蓝色方砖呢?我只给他们说几句好话,不是由我介绍前来,便将我绑了来,问我一个砍头的罪,不能不能。"

岑明听了,又向剑星、玉珠问道:"你们是几时和他相识的?"

剑星瞑目不答。

却听玉珠高声回道:"省事些,不要讨我一顿臭骂,依我意思,便说你们盘蛇寨的全伙,个个都和我通同作弊,连你也逃不了,使你们寨中大小头目,自相残杀,才如我的心愿。"

玉珠才说到这里,干铃又直嚷起来,说:"可是的世界上也有人说句公直话的,军师爷若硬赖我通同作弊,我也将你这清水捺到浑水里去,哎呀呀!你是我的朋友,不能不能。"

岑明听他说话时都显出平日天真的态度,活像梁山泊上一个黑旋风,此番将他绑了来,原不过因他有介绍的嫌疑。想他分剖几句,将这嫌疑推到印空和尚身上,果然如愿以偿。但表面上还不好将他松了绑宣告无罪。

接着铁鼎便对岑明说:"姓干的是个朋友,是个直性汉子,先生不用疑心斩了盘蛇寨这根擎天玉柱。但他就因生性粗率,喜欢人对他说几句恭维话,此案不无涉及嫌疑。且将他松了绑,着他到水路上去,将印空的人头取来,将功折罪,饶恕他这一次。"

岑明听完这话,方才转换笑容,立刻将他松了绑,吩咐他到水路上,将印空首级割来验视。

干铃得令去了。铁鼎令下,将剑星、玉珠两人押到看守所里和吕珉玉同号看守,一面和岑明检查日历,恰好十二天后是甲子日,便准拟在那日开坛祭炼神刀。

商量已毕,大家就此回到密室,各拥着心爱的情人,消受他们的风流好梦。

次日一早,铁鼎起身,坐上飞虎大帐。岑明也坐在旁边太师椅上。众头目都一例挨次坐下,听得铁鼎宣告夜间的事情,都齐声附和,说:"这是寨主爷威福,军师爷神算,总寨这两个畜生倒运,我们盘蛇寨人走运。这介绍的罪过,不能冤赖浪里鳅,杀了莽和尚就得了。"

大家正在厅上豪谈阔论,有人报浪里鳅干老爷来了。干铃显出很难过的样子,慢腾腾走到厅上,向案前一跪,不由号啕痛哭起来,说:"我犯了砍头的罪,请寨主爷和军师爷示下,杀了我,要养我一个老娘。"

铁鼎讶道:"你犯了什么砍头的罪?敢是被印空和尚打败了吗?打败仗有什么要紧,孤家这点儿本领,就是打败仗后练出来的。你就打了个败仗,吃莽和尚逃跑了,按律也不能办你一个砍头的罪。"

干铃哭道:"我是打了个胜仗,没将莽和尚人头割来,总觉我已犯了砍头的罪。我死没要紧,只撇不下我六十多岁的老娘。"

铁鼎道:"印空和尚就跑了,他也不知道寨中第五进的机关,不怕他向外面去胡说乱道,又有什么要紧?你只疏忽些,被他抽空逃跑,虽然无功,也不犯帮规、不犯条律,用不着这样神号鬼叫,快起来好讲话。"

干铃哪肯起身,又哭道:"不是和尚逃走的,是我放走的。寨主爷和军师爷赏我的三十两银子,一股脑儿都送给和尚去了。我在昨夜碰到了他,被我杀他几招。当时他并没向我说半句丢人的话,不过我是他的朋友,背着他,就恨不得立刻摘他的大西瓜。见了他英勇不屈的样子,转将我的心肠哄软了,只好高高手放他逃命。什么罪过,我都愿意忍受,只求寨主爷和军师爷成全我的老娘。"

岑明便在旁问道:"你将和尚放走了,可向和尚说些什么?"

干铃哭道:"我已将昨夜情形告诉了他,他想我放他一条生路,很愿去找几个合用的童贞男女,再送给寨主祭炼飞刀,将功赎罪。我虽怕他的话是靠不住,但我已有心放他,这些话也不把来放在心上。"

岑明道:"照你这样说,他是没有通敌的嫌疑了?他也是在前天认得这样一对儿鸟男女的吗?"

干铃道:"不错,是在前天才认识的,他如有通敌的嫌疑,我也决不认他是我的朋友,担着这干系放了他,为什么呢?我死以后,总求天开恩养我一个老娘。"

铁鼎听罢,只向岑明望着。

岑明知道干铃的性格,不会违叛鄱阳帮的,有心开脱他,这时故意虚捏着三个指头,轮算了一会儿,似已经心领神会的样子,向铁鼎点头说道:"好,这人像煞有点儿来历,真算我们鄱阳帮中一条好汉,要乞寨主命下发落。"

铁鼎即向干铃笑道:"孤家恕你无罪,快起来,早听说你有个老娘,何不带到寨中孝养?"

干铃谢了恩,说:"好险好险,我这颗头不是好好安在颈项上吗?我不负朋友,天有眼睛,也绝不负我的。我那老娘喜欢住在乡下,几番想将她带到寨中供养,只不肯前来,但我每月必去看望她一次。"

铁鼎道:"她没有享过寨中的幸福,故土难离,所以不肯前来。你是孝子,就去将她带了来,她在这里住得舒服,也不想回乡下去了。"

干铃心想,我的娘不肯到寨中的缘故,在先也只有我知道。我放了莽和尚,料想到寨中来要砍头的,怕没人来敬我的娘,已托莽和尚暗暗照料,难得我已有了性命,寨主叫我去将娘接来,我便不能将娘接来,也好去探望一次。想一想,便趁势请了一天假,出了盘蛇寨,一口气向前奔去。

原来干铃的娘住在饶州城北三十里一所土房子里,生活很是孤寂。干铃水底的功夫虽然了得,但在旱路奔走,却同寻常练把式人无异。干铃赶了一日,奔至家门,时已夜静,见左邻右舍俱已睡熟,干铃也不敲门而入,一踮脚步,立即上屋,驰入中庭,悄悄走近他母亲卧房外,看窗门半关半掩,房里点着一盏暗暗的油灯,他母亲睡在床上,不住地唉声叹气。干铃一阵心酸,即推开窗户,闪进了房。

干母喝问:"是谁?"

干铃回说:"是儿子回来叫你老人家快乐。"

干母流泪道:"哎呀!你回来了吗?我这几天听旁人传说,盘蛇寨里的强盗都是大浑蛋,什么奸淫拐骗、杀人放火的案件,都由盘蛇寨里人干出来的。你这逆畜,真是杀了老子卖了娘,不在清帮中混一碗饭吃,要赶到盘蛇寨去入伙。在娘面前说得天花乱坠,好像盘蛇寨中都是清帮侠盗,一个个都有豪侠的光彩,亏你还有这张脸来见娘呢!"

干铃听她老人家这话不错,但心想,我在绿林中混,不借盘蛇寨一道护身符,早就滑了脚,脚骬骨可翻出来打鼓了。我虽在盘蛇寨入伙,没有到外面干过一次案件,岑军师和铁寨主虽然狠毒,而待我独好,我心里很知道他们是个识货的,我不感激他们,更感激谁呢?我不去入伙,哪有金钱来孝养我的娘呢?听娘这番话,还是不愿意到盘蛇寨去,果然辜负铁寨主的一番好意了。

心里虽是这么想,口里却仍回护其词地向娘说道:"娘今天责备儿子,本不敢多说,但儿子从此洗了手,娘就没饭吃、没衣穿,是强盗不入鄱阳帮,这强盗就保不住不失脚。外人的话,娘休听着,如果鄱阳帮人到外面去,做出这些不正当的案件,早就天诛地灭,那座盘蛇寨,难道是铁打的吗?"

干母听罢,叹道:"这话我倒难断定,若是盘蛇寨人果做出那些奸淫拐骗、杀人放火的事,你这逆畜,就该天诛。但我身边的银子已用尽了,既然你来了,交我二三十两。你事事要存好心,做强盗不用违反绿林中的条戒。"

干铃连声遵命,回说:"银子是有三十两的。"遂用手向衣袋里探去,那只手只伸不出来。原来身边三十两银子,已送给印空和尚了,只对娘说道:"孩儿一个月只余三十两银子,就从这点看来,娘该知道孩儿是个清水强盗了。这银子却好存在一个朋友那里,娘且安心等着,孩儿去了就来。"

说着,甩身闪出窗外,离开家乡,想在今夜时间,须盗取三十两银子,交娘使用。无如他向来没有在周近五里地方乱动人家一草一木,一口气跑出五里外,前面二里多路,是一座乡村,看那村中的气派,没有能下手偷取得三十两的富户。

忽然从斜里跑来二人,却听这人一面走,一面向那人说道:"你有这三十二两银子,将就些够用了,这银子真是你的救命主。"

那人回道:"承你老人家情义,给我借银子,我还说不够用吗?我家没有托己的人,一切要望你老人家照看。"

干铃听说有三十二两银子,分明正中心怀。等待两人走上前来,冷不防从中间拉着两人的衣袖,趁势将其摔倒在地,两人手中的银包便抖落在一边。干铃抢了银包在手,很有点儿沉重,约莫有三十两。正想抽身跑去,两个人就地跑了一人,这人却拉住干铃衣袖,哭起来了,说:"小的有个妻子,日间亡故了,没有钱的人家,死人倒下头来,衣衾棺木,哪一样不费踌躇?幸得有祖遗田八亩,拿了一张契,托那位王先生,好容易押了三十二两银子。如今被好汉爷取去,要如何是好?"

干铃道:"真的吗?可惜我身边没有银子送你,就将你的银子还你吧!"说着,竟掼下银包,抽身便向那边斜刺里去了。

回头看这人已去得远了,再转身向他的来路跑去。约莫又跑了二三里,遥见前面一闪一闪的灯光,走近一看,原来是一间小小的茅屋,屋内传出吵嚷的声音,似有许多人呼卢喝雉,在那里赌钱。

干铃推门直嚷进来,说:"兄弟们真好快乐,想携带携带我老干,是不妨的。"

那些赌钱的朋友也有认得干铃的,知道他的脾气惹不得,便推出一人,向他拱拱手,说:"干老爷,是甚样好风把你吹到敝地来?可惜这里台面小,不敢请动干老爷这尊大佛。"

干铃看那台面上有四五十两银子,不由笑得哈天扑地,说:"这玩钱的事,不在乎台面大小,朋友,怕我姓干的没钱,不容我入局?看我光起一把火,打碎这花骨头。"

那人没奈何,只得回道:"何愁龙王身边没宝贝?这是干老爷太客气了。"

干铃也不和他再讲,竟至入局坐定,抓着三只骰子,向众赌客喝声:"押!"

众赌客不敢违拗,各押了几钱银子。

干铃大怒道:"叫老子赌鸟吗?这点点注目,也不够挑个五分头。要每人押六两银子,五人共押三十两,少一分不行,多一分不赌。"

众赌客都知他赌钱最直,就押他六两银子,他掷个么,是愿意赔出的,何必惹他发脾气?每人就押了六两。

干铃哈哈大笑,却暗暗胡乱祝道:"天之精,地之灵,因娘要三十两银子使用,要掷一个六,吾奉太上老君律令,急急如律令。"

祝完了,顺手将三只骰子向盘中一掷,两只骰子坐了一个五、一个六,那一只似要滚出一个红四来。

干铃大嚷道:"滚出来就好了!"可是口里的一阵风将那个

在碗中滚着的骰子向那五上一碰,碰了个幺,那骰子也坐了个六,合成两六抬幺的幺彩,照例要赔出三十两的。干铃气得像死人一样,索性两手向桌上将三十两银子抢入腰包,大踏步出门去了。

众人嚷道:"干老爷玩钱最爽直,这番倒狡赖起来。"

干铃也恶声回道:"老子平时玩钱很爽直,今日且不爽直一番,谁敢来,老子便同谁拼命。"

众赌客只得各认晦气,由他去了。

干铃得了三十两银子,向家中便跑,只跑没二里路,忽听得一阵号哭的声音,竟似妇女号丧一样,听得干铃心里有些酸刺刺的。跑近那哭声所在,那里是一座小桥,有两个人在桥上痛哭,星光之下,看是一个蓬首妇人、一个青衣的女子。

干铃走到她们身边,问:"什么人,在这地方号哭?干老爷向来喜欢管闲事,不妨告诉我,替你想想法子。"

那妇人听了,便抬起头来,拭了拭眼泪,向干铃仔细一望,便一把将女子拉起,不禁流下泪来说:"我们这件事,只是有钱的才可设法,没有钱,白问也是无益。"

干铃听了喝道:"胡说!怎样?你说老子没有钱,白问人家闲事,你敢惹老子动火,这一拳便结果了你。"

那妇人见势不对,便将她女儿拉住,要向桥下跳去。这一来,有分教:

哀音婉转,摧残美女情怀。
老泪纵横,换得英雄热血。

毕竟后文如何,且俟第二十九回分解。

第二十九回

黑面虎险语逼孤孀
莽头陀片言激怪侠

干铃一看不好,两手早将她们母女拉起,说:"银子我有几十两,你好好对我说,哭也无用,死也无用。"

那妇人听他的口气,是个挥金如土的侠客,转向那女子扯了扯,说:"我儿不用害羞,且见一见这位爷,好让娘告诉爷的苦恼。"

那女子听了,果向干铃福了福,哽哽咽咽,低着头站在那里。

干铃看那女子,生得倒还娇嫩,便听那妇人说道:"我姓卜,这孩子的父亲死得早,我们寡妇孤儿,靠着十个指头做针线生活,省吃俭用,数年来也余剩了一二十两银子。但是这地方有个穷光蛋,唤作黑面虎仇福,把偌大祖遗家产用尽输光,却会在地方上欺人生势。

"十日前,带着一个赌友到我家中来,说我先夫在日,输他银子五十两,有这赌友做证,硬要我偿还他五十两银子。

"我说:'先夫不会赌钱,即使欠你五十两,先夫弃世已十年了,怎么直到此时才讨钱呢?'

"那东西回说:'就因你丈夫不会赌钱,一赌就输我五十两银子。当初我看你偿还不起,没向你追讨。现在你们手里有了钱,难道就赖债不还吗?你偿我五十两银子便罢,不偿我五十两银子,我有本领,对浪里鳅干老爷胡说几句,将你这女儿带到盘蛇寨里,祭炼阴阳子午刀。'"

　　这句话不打紧,只把干铃气得毛发怒张,半晌间只是开口不得。

　　那妇人又接着说道:"那东西又说:'干老爷是我朋友,若将你女儿带去祭刀,每日用刀取你女儿身上的鲜血,滴在刀上祭炼,祭炼一年六个月,阴阳子午刀炼成功,她这魂灵就附在神刀上,你才认得黑面虎的手段。'

　　"我听他这样骇人的话,悄悄同这孩子商量,家里共有二十两银子,与其到祭刀时候,使我一块肉受凌迟的痛苦,不若就将这银子给了他吧!

　　"那厮得了我二十两,还接二连三地向我索取三十两,不能过期交还,过期即将干老爷带来,仍要问我这孩子一个凌迟的罪。今日又来催迫,我约他明天早上来取银子。

　　"爷呀!我们穷人家,哪里再搜罗得三十两银子呢?没有三十两银子,眼前又舍不得我这一块肉,可怜先夫死了,我将这块肉捧宝贝地捧到这样大,眼睁睁竟叫我们母女拆开来。要是将她立刻凌迟处死,这种罪已非人所受,还要受一年六个月的凌迟,我的儿就投到畜生胎里,听人烹杀,也没有这样大罪。人心是肉做的,我不知我们母女前世造下多少冤孽,应该今世横受这样的毒报。我们越想越伤心,把肝肠都哭断了,只得准备悄悄投河寻个自尽,了却前生的冤孽。"

　　干铃听完了,只有些心惊肉跳,翻着两个眼珠,盯在她们母女身上,又不禁流下泪来,说:"黑面虎这人我也晓得,但闻名没有会面,他妈的,是我什么朋友!你且放心,干铃就是我,不会带这姑娘到寨里祭刀。哎呀!我是个直肠子人,平日只听寨主找寻合用的童贞男女祭炼神刀,尚没有留心,想到人家一年六个月的苦恼。如今眼见你母女如此伤心,说出这种筋酸肉痛的话,提醒了我,不知怎的,我的心没了。看铁寨主如此惨无人道,我想铁寨主原不是个好人,他的本领纵然大得骇人,能将这阴阳子午刀造成了功,只怕天理也就容他不得。我这会儿要去见我的娘,实在没工夫找那黑面虎了账。你在明早若不还他银子,他纵然不能将你女儿祭炼神刀,还怕他别生枝节。你们是没脚蟹,怎生对付这东西得了?这里是三十两,明天便给他,向他说几句好话,一般也没有事了。"说完了,即将白花花三十两银子放在桥上,令她们母女收去。

母女俩千恩万谢,径收了三十两银子去了。

干铃一口气奔到家门,才想起一句话来,拍着大腿,自言自语地说道:"笑话,我哪还有银子供养我的老娘呢?"

耳听金鸡已叫,不能再向别处去盗取钱财,遂蹿得上屋,见他娘卧房里,窗门已关,似乎有两人在房里低声说话。干铃好生惊讶,推开窗门向里一望,见有三个少年,同一个和尚,对面谈心。床上卧着他的老娘,还没有安睡。

干铃认得那和尚是印空和尚,便问:"你来干什么的?"

印空未及回答,干母已从床上拗起,指着干铃骂道:"你这逆畜,今夜不外死外葬,又赶来见我何来?我养了你这种儿子,应该天打雷劈。你既是个直肚肠人,说话怎会欺骗老娘?今夜这三位先生同和尚前来告诉我,才得知你们盘蛇寨人在外边干的好事。我要招呼你一句话,你若有我这个没有用的老娘,就得依凭和尚的话,不许你违拗,再敢欺负老娘没有用,我要这条命活千岁吗?"说着,不由浑身直抖起来。

吓得干铃向床前一跪,不住地磕头,要把头皮都磕破了。

便听印空说道:"干二哥,你我的心肝没有半点儿弯曲,一个是穿青,一个是黑汉,但你的本领比我高,又在鄱阳帮中得铁寨主、岑军师的信用。昨夜你放我逃生,要算我的天地父母,可是我这没有脑子的人,没有人点铁成金,点醒了我,早吃了屎,还不知自己牙齿秽臭。如今又转来点醒你了,屠子放刀,立地成佛,我要你做天地间一等好男子。你听我的话,我们同陆家好兄弟还要从长计较。"

干铃道:"你叫我听信你的话,我若违拗一声,就该砍了我这脑袋,求你放心,不用惹起我娘的烦恼。"

印空道:"这陆家好兄弟,他们都是推翻清朝的豪杰,要我们改邪归正,同干下一番惊天动地的事,你可依得?"

干铃道:"我知道现在北京做皇帝的不是我们家里人,这个大清国,非叫他连做一个小清国都不可,但怕这件事不是我们做强盗的干出来的。既是和尚要我干,有朝一日,我们杀到北京,才是好耍子呢!"

印空道:"干二哥的本领肯出来建功立业,将来拜将封王,你的造化真大得怕人呢!"

干铃笑道:"真的吗?那就快乐死也。"

印空道:"你既愿意,还有一件事要仰仗你的力,这件事有了你,任谁也不配上了功劳簿。"

干铃笑道:"什么事呢?和尚如此恭维我,比请我吃海参、燕窝还快活。"

印空即将孟铎谋复清廷的大志和陆氏三龙及石剑星、玉珠的来意,要求干铃弃暗投明,去破盘蛇寨,救脱剑星、玉珠、吕珉玉出险。

干铃听罢,忽地咕哝着嘴说道:"你这话真讲得太恭维了,我有多大的能耐,能逃出铁寨主、岑军师的掌握吗?你说这样话,就不是我的朋友。"

干母怒道:"你怎讲?"

干铃转口道:"就是我的朋友好吗?"

印空道："不用你下手,不过你在鄱阳帮日子较我多,又得铁鼎、岑明的信用,我只苦没完全知道寨中秘密机关。那铁鼎是练得罩功的,我也不知他罩门在哪里,你可从实告诉我。"

干铃摇摇头。

干母又怒道："你几个不知道?"

干铃急道："通通都知道的,孩儿不能说。"

印空道："既知道了,如何不能说呢?"

干铃流泪道："铁寨主、岑军师这两个人虽然凶恶到了极处,我只知道感激他,宁可他死在别人手里,不能死在我姓干的手里。和尚,你不知道,想我干铃奔走半生,只没遇到一个知己。铁寨主和岑军师很佩服我,把我当作一条好汉,什么事都成全我,哪一番喜筵,也少不了我。你要我做这背义忘本的事,不能不能。"

干母大怒道："你这畜生,还知道背义忘本的话吗?你同鄱阳帮一干穷凶极恶,狼狈为奸,你就是不义。不听娘教训,你就是忘本。我同你把这条命拼了吧,省得留下你这畜生,丢尽祖宗十七八代的颜面。"旋说旋一头向干铃碰去。

干铃手快,早将娘扶住了,看她那样气吁声竭的样子,不由急得号啕痛哭起来,说："娘且息怒,就算孩儿一切已知罪了。"

陆天龙即从旁劝道："干二哥,非是老太太揞勒你,你看鄱阳帮人惨无人道,那姓铁的还要掳劫童贞男女,祭炼阴阳子午刀,使被害者受那一年六个月的凌迟罪。任他对你怎样好,这不过是江湖上结纳有本领人的一种手段,你没有本领,他能那样待你吗?你若上他的哄骗,助纣为虐,须惹得子子孙孙在江湖上都说不起话。"

这时,干铃已将娘按在床上坐定,听了陆天龙这番话,不由拍着手说："我这个人很粗直,哪里想到祭炼神刀的童贞男女要受凌迟的罪,还要凌迟一年六个月?不瞒你说,我在赌钱场上,诈了三十两银子,回家养我的老娘。"

干母即插言说道:"银子有三十两在此,是和尚送给我的,你只说正事,休再谈到银子上去。"

干铃扭头道:"奇呀!我送和尚三十两,却转送我的娘了,这真巧极了。没有这三十两,我的娘明天就没有使用了。我告诉你们,我将诈来的三十两银子已送给姓卜的婆子了。不过是这件事,很与陆大哥所说的话有关。"

旋说旋将路过卜家母女赠银的事,前后申说了一遍道:"我听那卜家母女说那祭炼神刀的苦痛,看她们那可惨的情形,不由得不令我心惊肉战。不过和尚向我所说的话,还须从长计议。"

陆天龙道:"干大哥这样热心侠骨,真算天地间第一等好汉,你看卜家母女可惨的情形,听那祭炼神刀的话,你就伤心得了不得,还送人家三十两,免使人家身受惨痛。你能救卜家姑娘,怎么不能救已经落险的童贞男女,怎么不能救未经落险的童贞男女?你是好汉,难道对卜家姑娘就做出这种行侠仗义之举,而对别人家的惨痛,漠不相关,竟是另换了一副肝胆?"

干铃听了,仍有些踟蹰。

陆季龙道:"不要说吧,看现在阴险刻毒的皇帝多是牢笼中国的汉奸奴才,正想这干汉奸奴才为虎择肉,好鱼肉汉人,借汉人好鱼肉汉人,这是清朝皇帝险毒的手段,结纳好人,好残杀好人,这是铁鼎、岑明险毒的手段,什么知己不知己的话,只算是哄骗三岁小孩子,难道真有爱才的观念吗?像干二哥这种心直意直的人多,勿怪惨无人道的公私强盗,得行他那种阴险刻毒的手段。"

干铃听罢,只是皱着眉头,半声不响。

干母大喝道:"理他呢!"说着,又一头向墙壁碰去。

干铃慌忙双手将娘抱住,那眼泪点点滴滴,洒在娘的面庞上,说:"娘呀!就算孩儿一切都承认了。"

印空道:"干大哥这话谅不反悔。"

干铃道:"大丈夫一言既出,有何反悔?"

大家谈了一阵。

干铃道:"盘蛇寨的伙党虽多,只要先除了铁鼎,那里的机关我知道,不难一鼓灭尽,帮中只有铁鼎是练过罩功的,他的罩门就在龟眼里,周身的地方比金子、石头还坚硬百倍,唯有那龟眼里面,只用一根针戳进去,就立刻伤掉他的性命。但他的脾气,不大喜欢嫖女人,专喜欢戳那漂亮小伙子的屁股。寨中的大小婆娘,数起来也有十多个,总是理也不大一理,要破他的罩门,非得找个漂亮年轻的兔崽子,没有找着兔崽子,任你本领再厉害些,也奈何不得一个铁鼎。不先杀了铁鼎,呀!我这回要细想,要细细地想,就想到这盘蛇寨不能打破,便告诉你们第五道机关的秘密,恐怕你们性急轻进,还有意外的危险。只是哪里寻得个兔崽子呢?看天光已亮,诸位在这里有许多不便,且分头寻寻看,夜间还到寒舍再会。"

印空及陆氏兄弟听他这番话大有道理,总觉这个兔崽子不易寻着,非是世间没有兔崽子,但没有这种舍命救人的兔崽子,白说是无益,也只得暂向干家母子告别。

到了夜间,印空及陆氏兄弟又转到干家来,听干母说他儿子干铃午前已动身出去,直到此刻还未回来。

陆士龙向印空道:"干二哥那时讲的话算数吗?"

印空未及回答,干母道:"这孩子的性格我知道,他不答应你们的话便罢,既答应你们的话,就杀了他,也不会中途变卦。"

印空道:"贫僧也知干二哥的脾气,一句是单,两句是双,中途变卦的话,是谈不到。我们今天白谈了一日,大概干二哥在外面寻访,停会儿也该来了。"

他们虽然这样说,却等到三更以后,还不见干铃回家。众侠这才怕起来。

陆季龙向印空道:"我们且走一步,万一干二哥将我们约到这里,他去将铁鼎请来,凭我们几个人,同姓铁的交手,成败虽未可知,但没法伤他的罩门,任如何也害不了他的性命,不如走一步再作计较。"

正说时,忽听对面屋上作响。大家推窗一望,见有一条黑影从屋上纵下来,便听干铃的声音呼道:"兄弟们却到这里吗?"说着,已推门而入。

印空道:"干二哥怎的此刻才来?"

干铃笑道:"你曾说这件事非仰仗我的大力,谁也不配写上功劳簿,其实这功劳我已让给人家了,想不到铁鼎一个翻江倒海的恶盗,任有万马千军,也奈何他不了,结果却死在一个弱不禁风的小子手里。和尚,我告诉你一句话,包你听了欢喜。"

众人都拥近他的身边,问道:"是什么话?干二哥,可从哪里找来一个兔崽子呢?"

干铃摇摇头,便不慌不忙说出那番话来。

欲知后事如何,且俟第三十回分解。

第三十回

暗度金针得锄奸秘钥
幸逢铁臂作引路明灯

干铃道："你们哪里晓得？铁寨主已在昨夜被人戳伤了罩门,躺死在床上了。这人却是铁寨主最喜欢的一个兔崽子。"

印空道："是直汉就不用再说骗人的话,这件事是奇到哪里去了？"

干铃急道："我若骗你,你就骂我混账,我告诉你,包管你们相信。

"前日我在铁鼎面前请了一天假,昨天午后时间,访不到什么兔崽子,便转到寨中去销假。看帮中大小头目及一干小喽啰,一个个都身穿重孝,我心里很诧异,仔细向大家一问,才知是这样一回事。

"就因十日前有个兔崽子,自称刘曼声,他年纪不过二十岁,男人装束得同女人一样,那种动人的丑态,谁也画不出。到我们鄱阳帮,说铁寨主是他的好朋友,要见铁寨主有话说。帮中对于往来的行人检查得非常严密,但对于这种兔崽子,却非常恭敬。防线上人看这小子生得太漂亮了,又说是铁寨主的朋友,到帮中来拜见铁寨主的,即将他请到厅上来。

"铁鼎同他相见之下,也像在哪里看见过的,但因他说是江南人,铁鼎在外面游行,江南地方,各处码头都到过,嫖过的兔崽子极多,一时也记不清,也就毫无疑虑,将这小子带到密室,香花供养,泄他妈的欲火。

"在昨夜时间,铁鼎被这兔崽子多劝了几杯酒,便同他到床上睡了。直到三更时分,房外值日的护卫忽听铁寨主怪叫了一声,这声叫出来,便不叫了。

"大家这一惊,非同小可,连忙挥刀劈开房门,看那兔崽子早穿好小衣,拿起铁寨主的佩剑,向颈间一搁。众人再吆喝时,尸首已倒下来了。

"众人高叫着,'大王爷!'只没听他答应,忙拥进床边,掀开罗帐,看铁寨主面色如生,推他却是不动,摇他又不醒,再揭去锦被看时,铁寨主周身脱得寸丝不挂,一根绣花针只有半截,斜插在他的龟眼里,浑身直僵僵冷冰冰的,虽已是咽气多时,而周身骨节,初听只有些吱吱作响,转又便咔嚓咔嚓地响。

"众人忙报知岑军师。岑明带了帮中几个头目前来验看,那骨节间的响声比以前更加厉害。及至我昨天赶去奔丧,看他面上盖了一层绢布,死相甚是可怕,即周身骨节间的响声,就同放鞭炸爆竹一样。

"又听岑军师说:'这个兔崽子,当时猜不出同我们寨主有什么过不去,下这样的毒手。寨主生时见了他,就说好像在哪里看见过的,是冤家,是对头,才会这样鬼使神差,落了他的骗局。后来在这兔崽子身上,搜出一封血书来,才知他并不姓刘,他的父亲还是寨主的师兄呢。他姓江,名柱,他父亲唤作江一鸣,罩功在寨主之上。他们师兄弟久成水火,寨主忽将江一鸣接到寨中修好,意思想除去这根眼中钉,知道江一鸣的罩门也在龟眼里,暗令一个美女陪着江一鸣睡歇,趁江一鸣睡熟了的时候,也是一根金针害了江一鸣的性命。寨主既已除去江一鸣,曾听说江一鸣有个十岁的儿子,喜欢读书写字,不肯练习武力,但也没有见过。即派人去杀灭江家的全家,而江家母子像是预先知道了消息,躲得毫无踪迹了。寨主因这小子没出息,不能学成本领,报他父亲的仇,也不再去遣兵调将,密探他们母子的踪迹。日久下来,就将这件事抛向九霄云外了。我也不把来放在心上。如今这小子杀了寨主,血书上分明写得仔细,他是江一鸣的儿子江柱,母死身寒,成了一个不男不女的废物,学武没有根器,读书又未成名,欲雪他老子十年前的大仇,却知道仇人的罩门所在,就非得舍身入险,一报还一报,只知道报仇是他的要事,死生名誉,都在所不计。'

"我听岑明这话,面子上虽然咬牙切齿,似衔恨江柱入骨,心里却快活到了极处。盘蛇寨死去这个蛇头,众人都忙着挂孝发丧,岑明却派我把守水路上的防线,我就此脱身出来,哪里守他妈的什么防线。铁鼎若在,我心里有些怕他;铁鼎死了,我还怕谁人呢?就想抽身回家,将这话告诉你们,叫你们心里快活,趁早下手去攻打盘蛇寨,不可失了这个机会。谁知走到半路之间,又想起一件事来,却绊住我的脚步,这是什么事呢?

"我在昨夜,不是对你们说出卜家母女被黑面虎欺负的话吗?如今却想去找这个浑蛋,为万人除害。只不知道那厮的住所,心里没有个好计较,准备且到昨夜经过的小桥,寻访卜家母女住所,不愁在她母女口中问不出黑面虎的所在。谁知还离那小桥半里的路,有三间矮屋,从门里透出灯光来。

"我走进矮屋,那柴门半开半掩,却看里面有个三十来岁的恶汉,向一个婆子嚷骂起来。灯光下看那婆子,恰似卜家的寡妇。听恶汉正向婆子骂道:'什么?难道还我五十两本钱,便勾去这笔账吗?十年前的利息,须拢共算给我,不算就请干老爷前来,连你这婆子也带去祭刀。'

"我听到这些话,即抢入门中,估量这厮便是黑面虎,劈手即将他的衣领抓住,喝问道:'你认得干老爷吗?叫你今天知道

干老爷的厉害！'

"那卜家寡妇见我来了，口里只是念佛，又说：'干老爷来得正好，昨夜你老人家周济我三十两银子，已送给他了，我也提起干老爷的大名，他只是不相信，又来胡闹一阵。可怜我的女儿已被他吓得躲在房里不敢出来。'

"那黑面虎仇福虽没有同我会过面，但我这胖大的脸，头上有个刀伤的瘢痕，外面知道的人很多。那厮向我望了望，登时就矮下半截，喊我几声'干二爷'，求我饶他这条狗命，下次再不敢借我的名气在外面招摇撞骗。我哪里有这工夫同他多讲废话，顺手将他拖出门外，正待拔出佩刀，砍去他的脑袋，忽地从屋上闪下一个少年人来，将我向旁边一推，我不知怎的，被他推出三尺开外，两手自然松开了。

"那少年向我笑了笑，说：'吾乃上界值夜功曹是也，并非庇护这种东西，要你让我处置他。'那少年说着，即将黑面虎抛燕子般地抛在地下，怒道：'你这东西，欺凌人家的孤儿寡母，吾神知道很明白，但上天有好生之德，且饶你这条狗命，你若从此改邪归正，是你的造化，若再如此招摇不法，吾神旦夕必来取你的性命，滚了吧！'

"这厮直将少年当作值夜功曹，叩了几个头，口里连说：'弟子下次是不敢了。'

"那少年趁他跪下来的时候，早已一闪身，转到屋后去了。我见了暗暗替他好笑。

"黑面虎叩了数十个头起身，不见少年，更加现出疑神疑鬼的模样儿，抱头鼠窜地逃得去了。

"那卜家母女只不住在神前烧香念佛，我也怕她们出来麻烦趱到一边。看黑面虎已去得远了，正要到屋后寻找少年，不想他已闪得前来，向我问道：'你可有被推伤哪里？'

"我说：'不曾不曾。'

"那少年说：'你若在此杀了这害民贼，须连累人家孤儿寡母，兄弟特假借神道，欺瞒这东西的耳目。我谅他将来必然改过，鼠辈何足污染我们的刀刃？不过我看你是个侠义人物，很想带你见我的师父，拉拢你做一番事业，你愿意去吗？'

"我说：'理当愿意去的，不过我有几个朋友，约我在舍间相会，请问老哥尊姓大名，贵家师是哪座名山的哪尊大佛？'

"少年说：'你今夜既不能随我去，要盘问我干什么呢？只是你几个朋友是些什么人，可同你是一样的肝胆？'

"我说：'我的朋友，是一个印空和尚同陆氏三龙，都称得起是热血的朋友。'

"少年问我：'你说这陆氏三龙，是什么来历？'

"我说：'是吉林人，亲兄弟三个，他们的师父远在关外，就是摩天岭善化寺的和尚。'

"少年说一声：'这事巧极了，我告诉你，这陆氏三龙，我们也认识的，我却愿意随你回去，请你在前引路。'

"我领着少年，走近家门时，回头却不见少年的踪迹，大家且想一想，这件事更是奇到哪里去了？"

正说间，便听得有打门的声音，不待干铃出来，便听呀的一响，门开了，即从门外走进四个人来。这里陆氏兄弟及印空和尚都走了出来。

陆季龙第一眼快，看来的四人都是一例男装，有个四十来岁的壮士，弹着一条左臂膊，不由笑起来说："原来孟仁叔和冯家三位姊姊已到了这里！"

大家相见之下，各吐姓名。

原来弹着一条左臂的，就是独臂猿孟铎，干铃所见化装的少年，是冯绍甲的大女儿冯倩娘，其次为冯立娘，再次为冯窈娘。

直喜得干铃忙得像热锅上的蚂蚁,早从他母亲房里端出一盏油灯,在客堂内挨次坐下。

陆士龙即将干铃、印空的来历向孟铎介绍了,并说:"剑星、玉珠已陷盘蛇寨,那铁鼎却死在一个兔崽子手里。"

孟铎问道:"这个孩子,可是唤作江柱吗?"

干铃笑问道:"你老人家认得他吗?"

孟铎却向陆士龙道:"观兄听悟师回山报告,你们仍在修武地方,没有碰到金、石两个小徒,观修师父便招呼我,要我领带冯家姊妹去救舍甥女,顺道至修武一行,探问你们的消息。不想我到修武县一打听,在肉丘坟前,遇见一个叫花,匍匐坟下,声声哭着他的兄弟。我问明那个叫花,才知他是宋卓的哥子宋钰。

"大家讯问之下,宋钰即取出你们的书信给我看,并说,他若到关外先送信,再转来这里祭扫,要荒废时日,不若先祭扫,后送信,就没有人保护他,他已将生死置之度外,也不怕着了强盗的道儿。

"我听他这番话,看了你们的信,所怕你们又中了奸人的阴谋,轻身躁进,再惹出意外祸变。直将宋钰带到南阳,便打发他回去,连忙同冯家姊妹赶到这饶州境界。在半月前已赶到了,只探得我两个小徒失陷的消息。

"这一夜,我们在郊野之间,看迎面有个男子走得前来,我见那男子装束得同女人相似,他见了我,便问我盘蛇寨现在哪里。我在月光下,向那男子仔细一望,说:'你这面庞,好像江南大侠江一鸣,我听说一鸣兄有个儿子,就是你吗?'

"那男子摇着手,回说:'我不姓江,我叫作刘曼声。'说罢,抽身便走。

"我即将他一把拉住,说:'你不用怕,我是你父亲的朋友,你曾听你父亲说,江湖上有个独臂猿孟铎吗?'

"那男子仿佛被我提醒了,看我袒着这条铁臂膊,便流下泪来,叫我一声:'孟仁叔!我父亲的大仇,你老人家也该知道,我只苦没有本领,却知道仇人的罩门所在。我有个计较,照着这计较行去,谅我父亲在天之灵,必能保佑我报仇雪恨。'说着,很惭愧地向我说出他这种计较来。

"我说:'你的确知道他的罩门在那地方吗?'

"他说:'是自然知道得很的确。'

"我说:'舍身报仇,天必感应你这种孝心,成全你的孝道。但你说见了他,便在第一夜相机行事,这就太鲁莽了。你那仇人本领之高强,自不待说,且心地精灵,远出众人以上,你不想报仇便罢,要想报仇,就要在十日以后,才能下手。'

"果然这孩子听我的忠告,杀了铁鼎。我们所以这十日时间,只在饶州乡下干些劝善惩凶的事,没有到鄱阳帮去侦探过,就等候铁鼎生死的消息,才有下手的步骤。于今我们到此相见,已知干兄同印师弃邪归正,干兄又知道贼寨秘密的机关,眼见铁鼎被江柱刺死的形状,倒省却许多的麻烦。天赐我这两条好臂助,总算盘蛇寨的厄运告终,舍甥女同两个小徒应该出险,就请干兄宣布贼寨秘密的机关,今夜虽来不及下手,我们便在明天晚上,打进盘蛇寨去。"

干铃道:"寨中秘密的机关,刘贵所说前四道,一点儿不错。第五道只避着蓝石方砖上走去,上面便没有危险。"说着,又将第五进道下面秘密的机关,以及前四道种种机关,向孟铎宣告一遍。

孟铎听罢,心里好不快乐,忽地想起干铃还有一个老娘,便问:"令堂在哪里,我到此多时,还没向令堂问安呢!"

干铃连称不敢。这干母已扶着拐杖从房里走出来相见,说:"不愧孟老英雄是中国第一人杰,英风满面,果然名下无虚,恕老妇龙钟老迈,不能叩头钦敬。"

孟铎急将那铁臂膊向右臂一合,连连向干母拱手谦逊。干母也在主位坐定,吩咐干铃杀鸡煮饭,款待嘉宾。

当夜聚餐谈心,孟铎便定了一个计策,方才散去。到了第二夜,那盘蛇寨一场流血,要染得湖水皆红,这一来,有分教:

　　空花烛难为两度新郎,又惹许多烦恼。
　　恶冤家逃脱一条生命,平添无限风波。

欲知后事如何,且俟第三十一回分解。

第三十一回

愧汝知机抽身离火窟
授人以柄蓦地遇官兵

再说赛管辂岑明,自从铁鼎被刺以后,将刺客的尸骸埋葬了,一面令寨中挂孝三日,到外面去掳些和尚、道士,在寨门外搭起一座法台,斋醮铁鼎。便有外帮的好朋好友前来叩祭,岑明都派人好生招待,偶遇面生吊唁的人,必仔细盘查。

那铁鼎本有一妻二妾,妻年已老,没有生过孩子,所有两妾,一名花凝香、一名周娟红。

这花凝香此刻已有二十九龄,是个红姑娘出身,在十七八岁时候,就和岑明有了首尾。岑明把她弄到盘蛇寨,因铁鼎爱这孩子生得貌美如花,很羡慕岑军师的艳福。岑明窥中铁鼎的意思,借花凝香这个已经被他玷染了的身躯,讨铁鼎的欢心,就送给铁鼎做如夫人。有时趁铁鼎不在寨中,便跑到花凝香房里,和她重温旧好。

花凝香看铁鼎虽然算个嫖虫淫棍,但一度春风以后,就有些退兴了,仍旧去明修栈道,把她搁在那里,竟似冷庙里的判官,热气也没去哈她一口。幸得岑明还知情识趣,那锦衾角枕之间,也就有了几分春意,眼前却瞒得铁鼎夫妇及盘蛇寨全伙儿的耳目。

说到周娟红的身世,这就可怜极了,本是一个当守备的女儿,她父亲因有通逆的嫌疑,砍去了脑袋,还要抄灭她的全家,妻孥都发配三千里外。她母亲听得她父亲警告传来,早已自尽死了,周娟红就落到押解的差役手里。

那押解的两个差役看这位女军犯年纪太轻,生得太美丽了,两人同心,一路就想吊她的膀子,夜间把她带到一座树林下准备轮流强奸,正在撑拒不得喊救无灵的时候,也该周娟红的贞操不该破坏在这两个恶役手里,适逢铁鼎到外边作案,路过这地方,杀了两个解差,问明周娟红的身世,表面上像煞很替她扼腕的样子,便将她带到盘蛇寨隧道下面,收作第二房的姜小。这时周娟红已无家可归,又感激这儿的寨主救她脱险,没奈何,只将她爷娘清白的遗体给这位色界天中混世魔王糟蹋个饱,也是一度春风以后,铁鼎终嫌她的身躯不中用,没有兔子肉合得上自家的脾胃,也就不把她常常记挂心上。她知道铁鼎性格很厉害,大夫人只吃碗现成饭,不敢在寨主面前多讲一句话,眼前就是她的榜样,何况周娟红是饱经苦难的人,身躯又很孱弱,对于天造地设男女之间的情事,只有无穷的痛苦,并不觉得快乐。看铁鼎种种穷凶极恶的行径,才想到自家下了活地狱,从此长斋绣佛,终日关着房门,倒觉得无挂碍,除去心中的孽障。

论理,铁鼎被人刺杀,他这一妻两妾总该伤心惨痛,谁知大夫人也不过略洒了几点眼泪;二太太眼泪是没有,在那哭得声嘶力竭的时候,把眼睛揉得又红又肿,从樱口里弄些唾沫,抹在两眼泡上,看来像煞哭得同泪人儿一样;三奶奶周娟红哭得最是厉害,但她别有深心,哭的不是铁鼎,是悲叹自己的身世。

在铁鼎死去的第二天,岑明揣知寨中众头目心理,深恨铁鼎刻薄寡恩,却佩服自家赏罚公正。铁鼎死了,那些人总该听他为所欲为,不敢出来反对。果然帮中的头目,在这夜时间,有提议公推岑明做盘蛇寨主的,岑明也含糊答应。但向众人声明,要等铁寨主大殓以后,才能受众首领参拜,坐这第一把虎皮交椅。

当夜,岑明等一班和尚、道士下了法台,便也转回寝室。刚跨进房门,觉有人将他后衣一扯,轻轻在他耳朵上揪了一下,岑明心里很明白了,便回过头来,低低叫了声:"二太太,这是多早晚的时候了,可怜二太太哭得那样光景,也该回房睡歇睡歇。"

二太太花凝香听罢,便恨了恨,也低声回道:"哦!你这称呼,非所敢当,谁愿再做什么二太太?"

岑明笑道:"是了,我看你这身躯很娇嫩,点点辛苦吃不消,还是回房去睡歇睡歇,你将来总是我的人,忙什么?哎呀!我的二太太。"

岑明才说完,便觉自家嘴巴上被人打了一下,即听凝香做着手势,叽叽喳喳地回道:"你到底要我做你的二太太吗?放屁!你这话配对我说吗?你将我带到这种害人坑,如今还要我做你的第二号呢!你的老婆死了,你想将哪个扶上台盘,吃这第一道菜呢?"

岑明轻声道:"该死该死,我说错了。那么你现在要我叫你什么?"

花凝香笑道:"也罢,你仍叫我一声好妹妹。"说罢,将衣袖放在岑明鼻子上,让他闻了闻,岑明不觉心里大动,即将凝香挽至房中。这凝香已有二十八九,而徐娘半老,风韵犹存,很有几分撩人的情绪,如今在灯光之下,穿着一身孝衣,映着那个银红脸,一双勾人魂魄的眼睛只顾在岑明脸上瞄来闪去,转觉美不可状。岑明向她亲热了一阵,说:"好妹妹,我想起一句话,这里的许多小伙子,怎么没看见他们到法台下号丧呢?"

花凝香抿着嘴一笑,握着岑明的手腕道:"不瞒你说,我是最恨这等人的,只靠他妈的一副嘴脸,也会害得姓铁的人亡家破,骨肉分离,留他有何用着?早已送上几个盘川钱,打发他们滚蛋去了。"

岑明拍着胸脯回道:"你放心,姓铁的人亡家破,还有我呢!

你是我什么人？便是铁寨主在时，你看我睡在这孤零零的房里，我这魂梦，哪一夜忘记了你？"

以下的话，作书的也不用替他们画蛇添足。花凝香在枕边向岑明耳语道："我是个二太太出身，居然又做你的大太太，你是最得寨中将士的欢心，谅他们也没有话说。但你要名正言顺地要我做大太太，就不得不弄个二太太，才显出我是个大太太呢！我看周家的妹子很可怜，对人又很和气，我愿做锡糖，不做酸醋。明夜使她陪你来这一手，就算是你的二太太了，只是你不可忘记我的好处。"

岑明猜着她的意思，是怕她将来年老色衰，这恩情不能美满，不若抱着放任主意，转荐出这个二太太来，好巴结自家的欢心，这话分明正打中岑明的心坎，便进一步向她说道："铁寨主要娶三个太太，我若不弄三个太太，人家还怕将你唤作二太太，将二太太唤作三太太呢！现在我有个三太太在那里，你知道是谁？就是那金……老实告诉你，那金玉珠被押以后，因为铁寨主要用她祭炼神刀，已还她庐山真面目。我几日前曾偷看她一次，像她那种愁眉深锁慢睐慵舒的样子，越发显出她的愁态美。这孩子生得美极了，我白在人间鬼混了数十年，这两个无福的乌珠实在没有瞧见过一次。我那时只看她两眼，我这魂灵简直被她勾着去了。我有了这三个太太，给我享受半世，休说在盘蛇寨做强盗，就是神仙，我也不想做了。你可许我不许我呢？"

花凝香道："笑话，承你的情，同我名正言顺做一对儿好夫妻，你要怎样，还不是依你怎样？你想上天做神仙，我也替你搬着梯子。不过那姓金的孩子，要她祭炼阴阳子午刀，这祭刀的诀窍，是你传给铁鼎的。如今他死了，你不祭炼几把阴阳子午刀，如何能撑持盘蛇寨的局面呢？"

岑明耳语道："我再告诉你，我们这盘蛇寨党羽虽多，除铁鼎和我而外,只算是养着一班饭桶,便是我的爱将干铃,他也担不了多大的风险。如今铁鼎死了,我虽有点点神通,把式也只练得七八百斤的蛮力,这声名传扬出去,日久便有官兵前来,烧毁盘蛇寨,阴阳子午刀没炼成功,我们的性命,早悬在官兵手里了。现在我有一个很安乐的地方,等待明天将铁寨主大殓后,便好相机带着我心爱的三个太太,到那个安乐地方去,强如在寨中日久下来,要担着很大的风险。"

凝香道:"照你这样说,是不用祭炼阴阳子午刀了?你有什么好地方,何妨说给我听一听?"

岑明便向她絮语一阵道:"你看这地方,好不好吗?除去我三个太太,还带着那一对儿鸟男女,好祭炼我的阴阳子午刀,你究竟依我不依我呢?"

凝香笑了笑,两人又窃窃计议一个脱身的办法。

到了第二天,等铁鼎大殓以后,众人便要拥护岑明做盘蛇寨主。岑明推说道:"你们可明白盘蛇寨的局面,靠谁保护?"

众人都说:"铁寨主不幸弃世,只唯岑寨主的马首是瞻,有如不服从岑寨主命令,唯有同他拼个死活。"

岑明道:"我的武艺很有限,阴阳子午刀没炼成,如何能使兄弟们没有意外危险?现在我已觅得一个好地方祭炼神刀,这寨中的大事,要托付给薛首领代理。"

原来盘蛇寨有个薛霸,位在岑明之下,听得岑明要他摄理,只喜得连屁眼都笑开了,却起身向岑明回道:"薛霸何能,敢代理帮中事务?寨主要祭炼神刀,从先铁寨主不是准备甲子日,在寨中开坛祭炼吗?怎的说出另觅地方的话来?"

岑明笑道:"诸位有所不知,这祭炼阴阳子午刀,有三不祭,丧地不祭,秽地不祭,热闹人多的所在不祭。寨中铺设的神坛,倒也幽静,但在先寨主新丧之下,如何能祭炼阴阳子午刀呢?现今我想到嵩山去祭刀,用不着去人保护,我此去断没危险。阴阳子午刀祭成了,我自然会回来,也用不着派人来迎接,也没有危险。不过在元旦日,先寨主烧天地表时,曾祝今年决定祭炼神刀,要求鬼神从中呵护。如今神刀虽由我祭炼,不可将先寨主这道表抹杀了,抹杀了即令炼成神刀,也怕没有灵验,非得先寨主的亲人骨肉在神刀开炼时候,代诉天地不为功。只是铁寨主没有儿子,谁同我去祭炼神刀呢?"

众人都相信岑明向不说谎,又没有轻易弃去鄱阳帮这份局面,祭炼神刀是帮中第一要务。好在寨中机关密布,人多粮足,便有意外风波,也不致便危及寨中大局。并且岑寨主阴阳有准,妙算如神,若在祭刀时期,寨中有了大乱子,他未必肯舍弃兄弟们,离开盘蛇寨一步。他平日心肠很热,原不是那样凉血,只得依他的话,好使他祭炼阴阳子午刀。不过这种代诉人最难断定,铁鼎大夫人要替铁鼎守着牌位,是不能去的,于是就请二太太花凝香去。

花凝香道:"我同岑寨主前去,像个什么话?最好同我的三妹妹前去,大家也落个方便。"

众人都说声好。

当日,岑明便将盘蛇寨的全权交给薛霸摄理,连夜捆了剑星、玉珠、吕珉玉,用迷香熏翻了,分别放在两个大布袋里。岑明装作卸任的官僚模样儿,就在寨中挑了一只大船,带同凝香、娟红去了。

薛霸自岑明去后,自然由他摄理帮中事务,点起盘蛇寨的一众头目,各在卯簿画了个"到"字,直到日落时候,不见干铃到来,心里甚是惊讶。

便有人禀道:"干首领在铁主大殓时候,还抚棺痛哭了一场,他说一干念经祝忏的和尚、道士太没有诚心,将那些和尚、道士驱散了,由他到外面去寻几个清修的和尚、道士,要在夜间祭奠寨主之灵。"

薛霸听罢,倒也不放在心上,趾高气扬地向众人说道:"先寨主不幸被奸人暗害,我承岑寨主的托付,摄理盘蛇寨的全务,凡事要提起精神,使帮中的事业日益发达。此时众位兄弟年纪也有比我大的,本领也有比我高的,总当公事公办,同心协力,撑持帮中的局势。我们做这绿林的买卖,先寨主在时,自然有他担当风火,吓得官兵不敢到寨中来。如今那些官兵若知先寨主已死,日久下来,少不得要向我们懊恼。凭我们帮中的势派,本来不怕官兵的,但事先不可不有个设备。我们众弟兄义气为重,一个个都要学《水浒传》上李大哥李逵、武二郎武松,同生共死,这义气是始终不能游移。等待岑寨主阴阳子午刀炼成了,将来在鄱阳湖揭竿发难,推翻大清国,要想我们做强盗的,谁不是个王侯将相的根苗……"

薛霸正说得兴高采烈,便听厅上暴雷似的应了声好,忽地听得轰天震地的一声巨响,薛霸大惊道:"什么什么?方才不是大炮吗……"

话犹未毕,第二通大炮似乎就在头顶上响过去了。众头目都将手中的家伙竖起来,说:"敢是官兵来犯盘蛇寨了,我们要准备个'兵来将挡,水来土掩。'"

这几句话才完,那第三通大炮一响,似乎从天空飞过一阵火焰,登时便听得寨外一声呐喊,这光景就像有千军万马杀来的样子。

薛霸提了朴刀,和众首领刚跑出厅外,便见众喽啰前来报道:"不好了,不好了!官军的水队已从四面杀来,水路上的防线已攻破,就要杀到寨中来了。"

薛霸问官兵共有多少人。

喽啰回说:"也不知来有多少人,看光景有一千多只兵船,那船中像似人山人海。"

薛霸听说来有一千多只兵船,不由暗吃一惊,便一声令下,吩咐众头目,带着一干兄弟,到地道下躲避。这道命令才发下,听得寨前、寨后喊声大震,真似排山倒海、闪电轰雷,便有无数的火球向寨中乱投乱射,有一支箭恰好射在薛霸的天灵盖上。薛霸哇呀呀怪叫一声,登时倒毙地下。

毕竟后事如何,且俟第三十二回分解。

第三十二回

火焰飞空千军争破寨
鼓声报捷一将喜成功

原来新任饶州知府邱雪帆，下车才两日，就听本城绅士谈说鄱阳帮的强盗跋扈得不成模样儿。邱雪帆听得这类的语调，不由蹙然讶道："怎么这鄱阳湖便是另一个世界，难道前任官是睡着了吗？"

急忙暗调饶州各地的军防，约有五六百人，带了大炮三门，一切火球、火箭战利品，在水路上封了一百只船，由新统制胡大通带领，将校兵士都穿便衣，装作商船模样儿，暗暗到盘蛇寨，好剿灭这干的跳梁小丑。

恰好孟铎及陆氏兄弟，同干铃订下了计划，他们这计划，本来都装作道士，由干铃带他们到盘蛇寨去，名为超度铁鼎的阴灵，实则相机下手，好救出金、石二侠及吕伯阳的女儿吕珉玉，不巧碰到胡统制的军船，从事盘查。孟铎看胡统制的势派是仗着饶州的大兵，剿灭盘蛇寨的跳梁小丑，有官兵趁此前往围剿，他们就好依人成事，救脱三个童男女了。便将他们的心事，以及盘蛇寨的种种机关，添枝加叶向胡统制说了，并要求胡统制救出三个童男女。

胡统制听到盘蛇寨中这几种秘密机关，沉吟了一会儿，便点了点头，遂将他们放走了，一声令下，将兵船四面分开，只听得信炮为号，众将士都脱卸便衣，施放火球、火箭，非再有军令下来，不许一兵一卒,擅自跑到盘蛇寨去。你看军令如山,这声势好不厉害。

尔时帮中水路的巡防见无数的商船逼拢前来,他们各船各号的小头目都到寨中应卯去了,有许多关防上喽啰看商船来头太大,不敢下手剽劫,但也从事盘查。谁知那些商船上的人知道隐瞒不住了,转向众喽啰下恫吓的手段,说:"我们是朝廷派来的天兵,就来毁去你们这个鸟寨。"

前后共有一千只军船,人数在一万以上,喽啰们能有多大见识?早被吓得鸦飞雀乱,一声口哨,便将划船退进了岸。在那三通大炮震响的时候,所有寨中喽啰以讹传讹,说出有一千多只兵船的话来。

这胡统制却也能称得起一员战将,但天性贪酷,只要将盘蛇寨烧得鸡犬不留,便算立了大功,哪里将孟铎的请求放在心上,要救出三个童男女呢?三通炮后,众官军都已拽去便衣,取出火球,按在火箭上,一时箭如飞蝗,向盘蛇寨四面乱射。

这时,孟铎等一众英雄远远看见寨中火焰冲天,把星月的光辉遮定了,湖中的水也映红了,登时西风大作,火得风而益烈,风助火以延烧,要将偌大的盘蛇寨烧成一片焦土了。

陆士龙不由焦急道:"是孟老叔一时托大,误将胡统制当作爱民的军官。"

看寨中的火光,烧得一塌糊涂,金、石两侠及吕家小姑娘都要葬身火窟中了,士龙、天龙忙止道:"你说这话真是孩子的见识,他们被押在第五进隧道下面,大火烧毁上面的房屋,若在地道下,哪怕再有人放火,也烧不起来了。"

孟铎默然不答,干铃欲跳下水,泅到盘蛇寨去,看风下棹。

孟铎急止道:"你是去不得,在这玉石不分的时候,官军若同你有了误会,这乱子闹得更大了,你去无益于事,徒有害于人。

看来还是不去的好。"

干铃方才罢了。不一会儿,看火光渐低微,孟铎登高一望,盘蛇寨中五间房屋,烧得一间也不剩,那兵船上有无数矮小的黑影,都跳到岸上,霎时间从上风传来阵阵喊杀呼号的声音。喊杀呼号了一阵,火光低落得只见点点星火,像似爆着残砖碎料,喊杀呼号的声音也渐渐听不见了。忽地见寨中的人影,各撩拨着残灰剩烬,似在那里寻拨焚化了金银似的,眼里虽看得明白,耳里却是鸦雀无声。

一会儿,又隐隐看见那些人影齐跑到寨后,入地便没有了。

又过了好些时间,才见那些人影从地下蹿出来,如同泉下的游魂,从坟墓下闪出来的样子,看光景有四五百人,接着便听得打了得胜鼓。那些人影纷纷分四面上船,那些船都扯着帆篷,渐渐合拢在一处,川字分开,齐向下游行来。远远传来阵阵凯旋的歌声,好不威武。

孟铎听到这里,翻身从桅杆上下来,打算官兵已将盘蛇寨的强盗歼杀无遗,自然将吕珉玉及金、石二侠救出来了,便向干铃及陆氏兄弟说了。

约有两刻时辰,那些兵船纷纷开得前来,见了这船上有许多道士模样儿的人,待又要向前盘查。孟铎便将对胡统制一番话添枝加叶地向他们说了,要求带他们去见胡统制。

众官兵即将孟铎带到胡统制的船上,孟铎向胡统制慰劳一阵,询问他攻袭贼寨的情形,胡统制笑道:"外面都称盘蛇寨的强盗厉害,碰到我姓胡的手里,真无异群羊见了猛虎。我们有的是火球、火箭、烧毁他的机关,寨中的强盗,一半已由我姓胡的押到火星菩萨面前去,一半像是耗子躲入穴道似的,不敢出来。我们从寨后下了地道,看他们只是些软弱不中用的东西,不拘哪一进地道下面,是男是女,见了大军前来,都只有叩头求饶的份儿,哪里还敢抵抗,被我杀得动火,连鸡犬也不留。我这一场辛苦,不敢言功,总算为地方上除去大害。"

孟铎听这位胡统制说来说去,竟不说到金、石双侠及吕珉玉身上,这才暗吃一惊,只得忍气问道:"恭喜统制大人,建此奇功,真是小百姓的救命主。地道下三个童男女,谅也得邀大人如天之恩,被天兵救脱出险。"

胡统制讶道:"什么?你是怎讲?"

孟铎又照着前话,申说了一遍。

胡统制拍着大腿嚷道:"坏了坏了,只怪我心急如焚,匆忙间忘记了,没救脱这三个人,大略一股脑儿都开了刀了。"

孟铎心想,这种浑蛋,依我使起性子,就叫他立刻认得我的手段,无如他有剿灭盗匪的大功,也怪我两眼不识人,竟将这事托他办理,看来这三个孩子凶多吉少,叫我这良心上如何对得起他们呢?

孟铎想了想,又向胡统制问道:"大人没救得这三个童男女,总该老总们也有将他们救出来,请大人传令查问一声,便感恩不尽。"

胡统制摇手道:"没有的事,我不曾对他们发下这道命令,大家下了地道,逢人便杀,便从隧道里出来,一个个在我面前点过数目,只伤了三四人,就没见有人救得什么童男女出来,这是没有的事,我姓胡的在仓促间,只没想到这里,竟断送这三个人性命。说起来很对不住你,望你原谅。"说着,便做出要送客的样子。

孟铎只得告辞,回到自家船上。

那些兵船竟像一群飞燕似的,穿过千铃的船,顷刻间便靠了岸,耀武扬威,回到饶州报功去了。

这里孟铎将胡统制的话向众英雄说了,大家都流下了许多眼泪。

忽听舱外扑通一声响,干铃已下了水,竟似一条水底的游龙,早泅到盘蛇寨。看残灰剩烬之中,东横几具尸骸,西堆许多骨头,都烧得乌焦巴弓,使干铃见了他们惨死的情形,也有些辛酸流泪。

从寨后一个大石鼓旁边,下了隧道,黑暗暗不见什么,从身边取出火种一亮,地道下尸积如山,他们的死相都很凄惨。一路扑近那关押童男女的所在,却隐隐透出灯光来。走进去,几乎绊了一跤,一看是刘贵的尸首胸间溅了一个盆口大的血花,躺在那里,动也不动,干铃不由吃了一惊。在那屋里找了个遍,没见金、石两侠及吕珉玉在那里,心内又转不由一喜,到前面各处机关都寻遍了,也没认到他们三人的尸骸。

出了地道,走到苇岸,东张西望,看他的船要拢到寨中来了,忽地看芦苇中有些响动,干铃便喝问是谁。那人似懂得干铃的声音,早从芦苇中出来,向干铃面前一跪,求他带出盘蛇寨。

干铃认得他是自家手下的啰卒马得胜,也不打算他果是在地道下逃出来的,劈口向他问道:"你可知道,地道里三个童男女也死了吗?"

马得胜回说:"没有死。"

干铃听说是没有死,连声啧啧,心想,这就奇怪极了,来不及亲自向马得胜盘问,看他那只船已拢近了岸,干铃便挟了马得胜,跳到船上。

船上陆季龙见了,拍手叫道:"干二哥已将人救到船上来了。"

干铃放下马得胜,众人向前一望,转又在那里发怔。陆季龙更显出很扫兴、很失意的样子。

干铃便向孟铎说道:"我来送个喜信,告诉你老人家一声,我听这喽兵说,他们三个都没有死。"

孟铎问道:"在哪里?"

干铃道:"连我也不知在哪里,你老人家可向喽兵问个明白。"

那马得胜在日间时候,本没亲听岑明说着那一番话,但从众人口中听来,其中不免有些失落,当向孟铎说道:"自从铁寨主大殓以后,众兄弟们传说,帮中的头目公推岑军师为盘蛇寨寨主,岑军师曾向众头目宣言:'我既承兄弟们的盛情,使我不能推卸,但我没有先寨主那样的武艺,阴阳子午刀未经炼成,我有何能,坐得这把泰山椅子?本来先寨主祭炼神刀的法术,就是我说出来的,但有三不祭的禁忌,第一便是丧地不祭,若在先首领丧地之下,何能开坛祭炼神刀?如今我要到个地方去祭刀,这寨中的大权,要请薛首领代理,用不着派人保护我,保护我反容易露了江湖的耳目。阴阳子午刀炼成了,我自然会回来,也不用派人迎接。'岑军师是这样说,众头目都觉他的话像煞有点儿道理,就听从他的命令。岑军师带了三个童男女,还将先寨主两个姨太太一同带去,带去干什么却不知道。"

孟铎问道:"究竟岑明到什么地方祭刀呢?"

马得胜道:"如果小人所知道的,早就说出来了。岑军师做事很机密,谁知他到什么地方去了呢?"

孟铎听他说这话的神气,像似从心坎里挖出来的,不过就事实上想来,未免以讹传讹,令人无从捉摸,满心在芦苇里搜寻一番,想再搜寻出一个喽啰,好凭他的活口,说出岑明的去路。无如芦苇间许多划船之上,躺着累累的尸骸,没有人侥幸得生。侥幸得生的,仅有一个马得胜,又在鄱阳帮附近地寻访岑明的下落,恰又访不出个所以然来,便放马得胜一条自新之路。

回到干铃家中,印空和尚已在那里守候多时了,大家说明经过情形,印空道:"这岑明最会变几套戏法,画几道马甲符。干二哥谅也知道呀!我们能从什么地方觅到这条线索呢?不过他说有个好所在,这所在当然很秘密,在大家看来,是不容易找着的。但我曾听他对铁寨主说,他有个朋友,现在嵩山,曾劝铁寨主归附他的朋友,也算一个泰山之靠,无如铁鼎不愿屈居人下,他也没说出那朋友是谁。此番贫僧不能决定这东西到嵩山去了,又无从询问他,那朋友究竟是谁人,我们便到嵩山,未必便能寻到他的线索。"

孟铎听了,不由笑道:"印空说他会画几道马甲符、幻身符,这几种类似白莲教的邪术,却瞒不过我们观修师父的正眼法藏。嵩山的地方,有几个浑蛋,我知道很详细,我不是当着和尚骂秃驴,像飞龙寺的住持法铨,简直算是我们眼中的大敌,印空只说出他有个朋友在嵩山,我估着他这朋友十有八九就是法铨孽障,讲不起,我此番要请观修师父出山,碰一碰这三个孩子的造化。"

说着,遂又将法铨的来历向他说了一阵子,又说:"我同三个徒侄回到摩天岭,比较你们走得容易,你们都有心恢复汉族的山河,请随后到摩天岭去听候我的消息。"

印空、干铃听了,只得让他们先行回去,直将他们送出门外,回来见干母已在堂中自缢。干铃好生痛哭,只不知老娘如何会上吊寻死呢?

亏得印空还有见识,想到干母的心胸,同古来姚母是一样的见识,要她儿子将来建功立业,眼前须得除去这个障碍,便将这话向干铃说了。

干铃反大笑了一声,将他母亲殓葬入土,说:"孩儿遵从娘的志愿,就去投入孟老英雄的部下,请老娘安心入土。"便随印空一齐出关。

到了摩天岭,访得孟家的住址。此刻孟铎已将吕珉玉救回,送往萍乡,金、石两侠也无恙回来,一时孟家的人好像在那里忙着喜事呢。

　　毕竟这三人如何脱险,作书人自然有个交代。

　　且说孟铎一路回转摩天岭,也来不及回家告诉冯家姊妹,先同陆氏弟兄到善化寺来,恰遇观修同悟迷对面谈话,看见孟铎带着陆氏兄弟回来了,都起身迎接。陆氏兄弟参拜过师父,便在一旁站定。

　　观修第一句却向孟铎说道:"你此去虽没将吕珉玉救回,但总该有了根基,贫僧也知你两个徒弟已落到那贼秃手里了,这消息千真万确,是贫僧游方关内偶然得来的,并救度许多男女的性命,又给你收了一个徒弟,专等你回来解决。"

　　毕竟后事如何,且俟第三十三回再写。

第三十三回

变戏法混充活神仙
造谣言巧劫童男女

孟铎忙问道:"观修师父怎知我两个小徒已落到法铨手里?难道观修师父游方关内,是到嵩山得来的消息吗?又如何给我另收一个徒弟,救脱许多童男女呢?"

观修道:"贫僧没有到嵩山去,你要问这番话,说来很长。此刻贫僧已到入定的时候,恕我不能立即奉告,明天再议吧!"

观修说完这话,登时趺坐在禅床上,双眉低垂,做出眼观鼻,鼻观心的样子。

孟铎不便再问下去,却听悟迷从旁说道:"贫僧看孟居士衣装依旧,像似此番回到摩天岭,没有先回家换过衣装,就到善化寺的模样儿。居士要问我们方丈老和尚,不好回家去问你的徒弟吗?"

孟铎道:"观修师父曾将这话,已告诉过冯家姊妹吗?"

悟迷道:"不是要居士问冯家姊妹,是烦居士问问老和尚给你新收的那个徒弟,老和尚在你没有回到摩天岭的时候,已将他送到府上去了。"

孟铎只得辞了悟迷,回到家中。冯绍甲带领倩娘、立娘、窈娘,各向孟铎行了礼。

倩娘禀道:"善化寺老和尚大前天送来一个姓秦的姐姐,唤作秦爱画,还是我们金师姐的同乡呢。这秦家姐姐,虽然弱不胜衣,老和尚却说她的根器不错,送到师父门下,要求师父传她本领。"

孟铎说声好,问:"爱画可在你们房里吗?"

窈娘答道:"她现在徒儿房里,姊妹们听说师父回来,要她出来拜见。家父说是要等师父令下,才好带她出来。"

孟铎道:"既是老和尚荐来的人,我很愿意收留。我有话要问她,就叫她出来拜见。"

窈娘领命去不一会儿,带了一个白衣女子上来,向孟铎拜了拜,低首站立一旁,很现出局蹐不安的光景。

孟铎向她望了望,虽穿着孝服,但貌若芙蕖,眉目间很有惊人的神采,便脱口赞道:"有根器的,不同凡响。观修师父的眼力,毕竟不错。"

遂又向她说道:"我此刻尚没工夫传授你本领,你也没有到拜师的时候,但你既踏进我的门墙,总算是我得意的徒儿了。我年已四十开外,膝下一个女儿、一个儿子都没有,徒儿就是女儿。我们以后只如家人父女一般地敬爱,我有句话要问你,你不能害羞不肯说出,你就当我是你的父母,也要将老和尚如何带你前来的机缘,向我说个明白。"

爱画听罢,略停了一会儿,很从容地回道:"徒儿的父亲早经弃养了,母亲新丧未久,今天得见师父,便是徒儿的重生父母。徒儿没有什么害羞的话不可告人,便可以告我父母。"说罢,即将观修带她前来的机缘,向孟铎说了。

孟铎听她的话又与金、石两人的情事有关,观修师父只略露锋芒,难得他说得这般详细,不由猛地大吃一惊。你道是怎么一回事?请看官们少安毋躁,让在下交代排场,却要借着秦爱画这条线索写起。

原来在第一卷书中,秦爱画被金、石二侠从虎口里救出来,将她送出二百里外,她以后便投到邻府亲戚家里。但她这个亲戚人家,上上下下人等都很规矩,唯有爱画的姨兄很有些拈风漂草,想要吊她的膀子。爱画一想不好,同她母亲商量,因爱画有个叔父,远在湖南陈州经商,欲投到她叔父那里,省得被人家欺负了。

秦夫人听信爱画的话,及至到了陈州,仔细一访问,爱画的叔父遭了一场天火,叔父、叔母、堂兄弟都葬身火窟,经商挣来的家私尽数付之一炬,再想回转家乡,无如没有这种胆量,并且盘缠不足,如何能回去呢?就住在乡间一所尼庵里,再作计较。

忽然爱画的母亲生起病来,请医服药,毫没有一点儿效验,就脱离这个烦恼世界,一死倒没觉有什么痛苦。爱画身边的金钱已在她母亲医药棺椁上面用尽,也不愿另寻生路,就要剪去三千烦恼丝,拜在本庵尼僧的法王座下。但那尼僧明月虽是方外人,却很有些肝胆,将秦夫人的灵柩暂时且安厝入土,并说:"做尼僧很苦恼,贫尼身入空门,自觉追悔不来,如何使女菩萨重蹈覆辙?香积尚余三石米,也能同女菩萨吃到来岁新秋,女菩萨肯愿同贫尼做伴,这是很好的事,若要拜我为师,请女菩萨再休提起。"

爱画也只得遵从她的意思,暂在茅庵住下。

不想那时候陈州乡下却闹出一桩奇闻,不知哪里来了个四十来岁的道士,头戴乌角巾,身披皂袍,腰里系着黄色丝绦,丝绦上系着一个手拇指粗细的红漆小葫芦,到陈州乡下化缘。

有人问他是哪处庙观的道士,道号唤作什么,他说:"贫道是闲云野鹤,没有一定的庙观,道号已有多年不用,就记不清楚了。"

又有人问他从什么地方来,化了缘要修哪一座庙观,他说:"贫道是从这葫芦里来的,化了缘,是要修我这五脏庙的横梁直柱。"

众人听他的语意很蹊跷,便问:"这个小小的葫芦,连一个手指都容不下,怎么能容得羽士的身躯呢?而羽士荒乎其唐,招摇惑众,难道你这小小的葫芦,真有袖里乾坤、壶中日月的妙用?羽士能从葫芦里出来,还能再到葫芦里去吗?"

道士听了回道:"既然能从葫芦里出来,怎么不能到葫芦里去呢?说什么袖里乾坤,壶中日月?我这葫芦里,真是别有天地,绝非人间可比。"

众人道:"羽士既有这样的道法,何不就到葫芦里去,给我们赏识赏识呢?"

众人才说完这话,道士叫他们站开些,解下腰间的葫芦,放在一片干净土上,拔开葫芦塞,道士已不见了,只有一道缕缕的白气,冉冉钻入葫芦里面,顷刻间连白气也没有了。众人更是惊讶不小,哪知一转眼,白气又从葫芦里冒出来。

那道士还依然站在原处,已拾起葫芦来,向众人说了一声:"献丑!"

众人问道:"我们也可到葫芦里去一次吗?"

道士回道:"你们一出娘胎,就可到我这葫芦里耍一次,不过你们若破了身,不是出娘胎时光景了,你们自信没破过身吗?就请到这葫芦里去,破了身是去不得,去了就怕没有性命出来了。"

这一班人当中,大半是男已婚,女已嫁的,有几个十八九岁的少年和两个十七八岁的闺女也站在那里看把戏,众人都怂恿未婚的少年进去。那几个少年都是你推着我,我推着你,谁也不肯放胆到葫芦里去。那两个大闺女怕再推选到她们了,这不是当耍的,两人脸上不约而同地晕红一阵,这把戏不敢再看下去,都吓得溜之乎也。

道士向众人瞧了瞧,即指着一个十一二岁的童子说道:"贫道看这孩子,倒可以到葫芦里去耍一次。"说着,即将那童子拉到跟前,一转眼,不见孩子的踪迹,也是一道白气,钻进葫芦,没半会儿时辰,却白气仍冒出葫芦,孩子已到道士面前了。

众人便争向孩子问道:"你看见了什么吗?"

那孩子笑得跳起来说:"道士将我推进一间又高又大的房子里,那房子里摆设得五颜六色,我眼里也看不过来。正看得好乐,又被道士拉出来,我还想进去再玩一趟。"

道士笑道:"你没有这造化能常在葫芦里奔走,就只有这一次,若是没破过身,再有了根器,无论男女、不分年龄,都可以常在葫芦里住。"

有人插着问道:"怎样才算有根器的呢?"

道士回道:"聪明的童贞男女,其中也有根器的,但大半没有根器,须瞒不过贫道的这双法眼。"

众人听道士这样奇怪的话,又看了这样奇怪的举动,都将道士当作费长房、李铁拐一流人物,这风声一传十,十传百,登时就传遍了陈州境界。以后有没破过身的男女,都到道士葫芦里耍一次,觉得那其中的景物,真是一个神仙世界。

这日,道士在陈州胡家坪,忽向众人说道:"贫道奉玉帝的纶旨,在大后天中秋月夜三更以后,接引有缘的人,做天上的神仙。前面是一座土坪,贫道就在土坪里画起一个大圆圈,你们都站在圈子外,非经贫道许可,不准到圈子内。只是你们有这造化,就可以白日登仙,这是千载难逢的登仙捷径,你们自信没有破过身体的,无缘也要前来,有缘更不能错过这种机会。并且你们登了仙,还可照常回家探望。丁令威化鹤归来,这就是铁证。"

道士自说了这样旷古未有的奇闻,十个之中,竟有九个相信不会走错,其中一个也不敢认定是假,不过有些疑虑罢了。

秦爱画同老尼明月起初也不信竟有这件事,但听一人说是如此,千百人无不说是如此,并有人亲目所睹,说得神乎其神,也就相信没有虚假。秦爱画一颗心被说得活动了,心问口,口问心,这身躯是清白无瑕,具有那样平地登仙的资格,到了十五日这一日,偕同明月赶到胡家坪。

天色已交二鼓,一轮清圆如镜的月光高悬天空,加倍显出十二分的精彩,看那座广坪四面,早已挤得人山人海。爱画同明月两人只挤不进去,只在众人背后站定,踮起脚尖,看土坪中间一无所有,哪里看见什么和尚、道士呢?耳里却听众人议论纷纷,说是道士大约在三更后才来呢。爱画也只得同明月站在那里等候,直等到四更以后,还不见道士前来。那四围的人,男女老少也有没破过身体,却心地太顽钝,自知无神仙缘分的,也有醉翁之意不在酒,前来饱尝眼福的,见道士没有来,也就等得耐不住,站得有些腿直了,怕道士有了虚伪,都纷纷如鸟兽散。

就中只有十来个心地玲珑、没有破过身的童贞男女,同二三十个心地玲珑、没有破过童贞男女的家长同伴,还圈在那里等着。不过人数少了一二十倍,圈子围得稀薄。

爱画和明月都得站前几步,只顾呆呆看那一座圆圆的广坪。直等到月光渐渐从西山低微下来,大约要过五更时分了,众人都站得颈胀腿酸,提不上精神来,还誓必等到天明,不能错过这千载难逢的登仙捷径。果然皇天不负苦心人,天气才交五鼓,便见道士来了。

道士走进土坪,手里捏着那个红漆小葫芦,向众人宣道:"天色快要亮了,谁自信没破过身体的,就请谁举手,若是混元假冒,固然不能平地登仙,且追取你们性命,罚入蛆虫道,永劫不复人身,这不是好耍的事。"

那十来个心地玲珑的童贞男女听了,不约而同竖起手腕。道士便将举手的男女,一个一个唤到圈子里,仔细端详了一会儿,选了八个人。那些被选的人心里只有说不出的快乐,那些落选的人仍旧回到圈子外,各自跺脚叹息,归咎自己没有仙缘,不能走入这条平地登仙的捷径。

明月便是个落选的人,心里虽然烦恼,但看爱画已经被选,转暗暗艳羡她的仙福不浅。

道士又取出一个金漆小葫芦来,将被选的四个童男、四个童女,令分左右站定,说道:"凡人心地聪明,来历就算不错,只一破了身,便迷失来时的道路。我这两个葫芦,是你们证道的捷径,不过男女不能在一起,若在一起,万一会在这葫芦里破身失节,惹得上帝怪罪下来,你们固然罪不容诛,贫道的罪过,比你们更大。不若将童男请进我这红漆葫芦,童女请进我这金漆葫芦,我将这两个葫芦带往天堂,你们便受我提携接引之功,得证无上神仙道果。但是进了葫芦,须不用喧嚷,要谨记贫道的吩咐。"

说着,便先拔开红漆葫芦的口塞,接着便见一缕一缕的白气陆续进了葫芦,那四个童男已没有了。

道士又拔开金漆葫芦口塞,接着便见一缕一缕的白气陆续进了葫芦,那四个童女也没有了。

道士又向众人说道:"想你们落选的童女,也毋庸悲伤懊恼,须知:'一人得道,鸡犬升天。'你们这时虽无缘得登神仙大道,但这已经登道的童男女,将来化鹤归来,仍得引度你们的。只不能贪爱一时欢娱,破了你们清白的身体。"

众人听他这话,如得了纶音佛旨一样,看那道士两手分握着两个小葫芦,要走出圈子外的模样儿。忽见远远跑来一个金面和尚,抢到道士跟前,叫了一声:"孽障!"

那声音如同平空打了个霹雳,道士一听不好,不由飞起一腿,向和尚肾囊踢去,打算踢死他,便没有事了。谁知这一腿才踢下去,和尚早闪得不见了。道士因这一腿用力太猛,踢不着和尚,身子还没站定,可是那一条没有踢起的腿仿佛腿弯里箍了一下,就不由跌了个仰面朝天。和尚已夺了他的两个葫芦,向地下一放,早抓住他顶心发,一举手,提在空中,哈哈笑道:"孽障!你这时还能踢我一腿吗?有本领尽可使出来吧!"

道士觉被和尚抓住顶发心,什么功夫也使不出来了,只得哀告道:"小道肉眼不识如来佛,求佛菩萨大慈大悲,饶恕我这一遭。"

众人在旁见这光景,都惊异得什么样的。

和尚笑道:"你想我放你吗?只是你今夜只要放过一班的童贞男女。贫僧初到陈州,听得那些无稽的邪说,就怕是你这孽障变着戏法,不知要断害许多童男女的性命。喂!众位施主听着,你们看他这两个很小的葫芦,不是两个很大的布袋吗?"

众人被和尚提醒了,果然见地下放着两个很大的布袋,布袋里像有好些人藏在里面,不见两个小葫芦到哪里去了。

欲知后事如何,且俟三十四回分解。

第三十四回

葫芦变布袋幻象皆空
古刹拜奇僧音容犹昔

众人都看得呆了,不知这两个小葫芦如何会变成两个大布袋,这布袋得多么大,每个布袋能藏四人,难道这些人真个将布袋当作一座天堂吗?

忽然,听得布袋里吵嚷起来,说:"我们分明在天堂一样的房屋里,如何腿靠腿闷在这地方呢?好好的一个天堂,倒变成地狱了。"

众人心里也有些明白,便将两个布袋解开,由布袋钻了四个童男、四个童女出来,他们都是你望着我,我望着你,七嘴八舌,在那里混说一阵。

明月看见爱画指天说地的神情,便将她扯过一旁站定。和尚见众人鸟乱得厉害,即向他们朗朗地说道:"大家且少安毋躁,在这里略等候片刻,让贫僧惩罚了这个孽障,有几句话奉告你们,不可违拗贫僧的意思。"

众人在这时候,真个把和尚看作一尊活佛,一个个鸦雀无声,且看和尚如何发落。

却听道士又向和尚哀告道:"活菩萨要取小道的性命,直似踏死一只蚂蚁,只是上天有好生之德,小道以后再也不敢招摇惑众,只求活菩萨饶了小道的性命。"

和尚听了回道:"你我向无仇隙,不过你这孽障,仅有一点儿戏法,竟敢自诩赛管辂,在鄱阳帮当了强盗,又复装模作样,要惨掳许多童男女,祭炼阴阳子午刀。若留这孽障荼毒人群,贫僧实在担不起这样大的罪孽,只是你们鄱阳帮的强盗,前次取得多少童男女,须告诉我,还我一个数目,你若说错了,才知贫僧的神通不是好欺骗的。讲不起,就得为你这个孽障开我多年没有开过的杀戒。"

道士回说:"没有。"

和尚大喝一声道:"岑明,你还敢瞒我吗?就可知你这孽障以后不肯重行改过,要把这孽障留在人间,贻害不小。"说着,又使劲将他的顶心发提了几提。

这道士果是岑明,倒被和尚猜着了,觉得被他这一手,提得周身骨节麻痛得很难当,便也抖抖地回道:"小道以前实在没有亲自掳过童男女,那是铁寨主派人掳来一个吕珉玉。"

和尚道:"那是萍乡吕伯阳的女儿,贫僧是知道的。还有谁呢?赶快从实说来,不说是不行。"

岑明又抖道:"还有石剑星、金玉珠两人,是他们自投罗网,到盘蛇寨去的,听说现在官兵已剿了盘蛇寨,小道事先就将他们带到嵩山,送给法铨方丈了。"

和尚睁大眼睛喝道:"你这几句是真的吗?"

岑明抖着回道:"小道在这时候,如何敢对活菩萨打着诳语?并可对天发誓,若有半句虚言,就得天雷劈打,这是本身咒,不能应报到来生去。"

和尚听了,不便多问下去,偏着头想了想道:"也罢,贫僧说不起,要许你一条自新之路。不过要你将那三个童男女释放出来,你听信不听信?改过不改过?恐怕不能如从贫僧的志愿,只是你以后再在地方上招摇惑众,也瞒不过贫僧的耳目,不待你的阴阳子午刀祭炼成功,须逃不了贫僧的掌。去吧!"说着,将手一松。

岑明落地怔了半会儿,叩了几个头起来,要请教和尚的法号。

和尚喝道:"你可知道现在有名的人,大半是些酒囊饭袋?贫僧不是酒囊饭袋,也就没有名字。你若想图报复贫僧,唯有等你的消息便了。良言尽此,滚了吧!"

岑明不敢停留,只得忍着痛,向一条小道中走去。走过一村落,便不见了。

其时月色西落,空间闪着疏疏几个明星,天光看要明亮了,和尚即向众人说道:"你们看我没有处死这个孽障,便疑惑我真个望他改过向善吗?不过因他很有点儿来历,将来仍旧怙恶不悛,就令贫僧无奈他何,天理也就容他不得。看你们在布袋里逃脱性命的人,俱当婚嫁之年,此番虽被救脱,贫僧实不能常在你们这地方驻足,万一你们再着他的道路,那种罪责实在非人所受。此地总该有你们的亲人家长,要从速想个避免的计较,男即使之有室,女即使之有家,这东西便不来转你们的念头了。"

众人听了,也有默然无语,心里很赞成的,也有回了声遵命的,也有向和尚问及那东西是变着什么法术的。

和尚笑道:"他若真有法术,也不致听从贫僧的摆布了,这不过是雪山水较强的一类戏法,变着这类戏法,江湖上卖解的人也有会变的,这如何能说是真法术?是他幻象的作用罢了。"

有人问:"怎么是幻象呢?"

和尚道:"本是个人,他用着遮眼离形法,在大家眼中看来,就是一缕的白气。本是个大布袋,在大家眼中看来,就是个小葫芦。本在布袋里,在大家看来,不但觉得局促不安,反觉得那布袋里像个神仙洞。如有人硬认定这是个布袋,不是葫芦,这是屈伏在布袋里,不是自由在神仙世界中行走,这是一个人,不是一缕白气，他这戏法便拆穿了。江湖上卖解的人，有从一个小瓶子里取出十来只鹅鸭，也有能将一碗的水都变幻成鲜花，这就是雪山水的戏法。不过他的戏法，有离形的巧妙，所以贫僧说他是雪山水较强的一类戏法。"

有人问："怎么是布袋，他叫人看了会变成葫芦呢！"

和尚道："他有这样邪法，他心里要使布袋变成葫芦，所以一般人看了，就是个葫芦。譬如我是个和尚，他是个道士，如另有人使出这样邪法，心里要使我这和尚也变成道士，而在一般人看了，也是道士。"

有人问："这又是什么道理？"

和尚未及回答，爱画已明白过来，即向众人说道："因为和尚是幻象，道士也是幻象，所以会使邪法的人，要变作什么，就会变作什么。"

众人听了，仍有些莫名其妙。

和尚虽听爱画的话沾染些禅和子气，但心地算是聪明极了，向她面上留神一望，不由暗吃一惊，即对她问道："你看这孽障，两手能提盛着四个人大布袋，这是什么？"

爱画只略停了停，便回道："他这是气力，不是戏法。"

和尚越发惊异得了不得，当下也不向众人再说什么，只略问爱画几句，便掉头不顾地去了。

众人看天色已亮，都纷纷分路回家。

明月带着爱画，回到庵中，便对爱画说道："我看和尚是个圣僧，你我若是男子，倒可以拜和尚为师，将来一般也得着超凡入圣的门径。"

爱画道："超凡入圣的话，想来是不容易了，我看和尚的智慧本领都高人一等。我很愿意拜他为师，毕竟他不是你，竟和奇人当面错过机缘。"

明月同爱画谈了一阵,因一夜没有睡,大家都疲惫不堪,略吃了一点儿东西,便关起门窗,颠倒价同睡在一张云床上。这一觉睡得好不舒畅,比平地登仙还自在呢,直睡到夜间二更向后,两人方才起身。看月光射进纸窗,照得房里晶莹明亮。

这时候,忽听得院间风声陡作,那窗外一棵高大梧桐树,经这阵风刮来,便吼得像潮水一般,窗槅门本来关得很严密的,而风声到处,将窗上的纸都吹破了,接着哗啦一响,两扇窗门大开,飘空就闪了个老和尚进来,直到床前落下。那老和尚的身材衣着和在胡家坪所见的和尚相仿佛,手里却提了一个包袱。两人看得明白,都暗暗吃了一惊,说也奇怪,老和尚才站定身躯,外面的狂风已停息了,一时万籁俱寂,连树叶摇落的声音都没有。

爱画心里虽然害怕,面子上不由显出冷若冰霜的态度,向老和尚呸了一口道:"这是什么地方?夜静更深,看你胡闹些什么?如何佛门中也有你这个地狱种子?"

和尚忙从怀里取出假面具戴起来,也向她们回道:"那是什么地方?夜静更深,看他胡闹些什么?如何道门中,也有他那个地狱种子?"

爱画看老和尚戴起假面具,转眼就变成一个金面和尚,认出他就是在胡家坪所见的那个和尚,便向明月道:"老师父不用害怕,这是圣僧法驾降临,愧我们没有扫径恭迎,他老人家是何等光明正大,就照他老人家的真正面目来看,像煞一尊大佛。"

和尚听罢,即除去面具,向爱画道:"你的眼力倒还不错,但贫僧此次来的意思,你大略还未明白。你在十三岁时候,可记得有个观修和尚吗?"

爱画被他一句提醒了,向他仔细望了望,便说道:"就是某年某月,圣僧到我家化缘,欲化我做徒弟吗?如今事隔多年,回想当日的情事,就同在眼前的模样儿。看圣僧容貌还没多改变,只多了一撇胡须。"

观修老和尚笑道："亏你还记得不错,如果你母亲那时肯将你化给我,你在这几年来所惹的许多的烦恼,并同昨夜死中求活的事,一些也没有了。"

爱画听罢,便叩头下去,口里叫了一声："师父!看师父胸怀磊落,断不避免男女之嫌,弟子就在这里拜师了。"

明月看爱画拜认师父,也就叩头下去,只说："求师父大慈大悲,一并收了弟子,传弟子的道法。"

观修急忙将身向旁一闪,连连摆手道："老僧哪有这造化做你们的师父?拜错了,拜错了!这位住持师,看来为人也不错,此后若在'无挂碍'三字上用功夫,这三字便是你的师父,更用不着拜我和尚为师了。"

明月听老和尚的话很有道理,她的向道之念本来触类而发,见老和尚拒绝她,也就罢了。

爱画讶然问道："师父既不肯收弟子为徒,当初为何说出要化我做徒弟的话呢?"

老和尚回道："你再想一想,我那时最后对你说什么话呢?"

爱画想了想,忽然哦了一声道："我想起来了,师父见我母亲不肯将我化给师父,临行向我点了点头,不是说可惜可惜,这真叫作'有缘千里来相会,无缘对面不相逢'了的话吗?"

老和尚道："这就对了,那时你母亲不肯将你化给我,你又不愿随我为徒,这总算你我没有师徒的凤缘,勉强也是无益。你这时拜我为师,已迟了事了。老僧看你凤根也深厚,虽不能收你为徒,却愿意给你介绍一个师父,你愿意去吗?"

爱画说："自然是愿意的,要请圣僧告诉我的师父现在哪里。"

观修道："你随我到哪里,就知你师父在哪里。你可记得在秦家岩时,不是剑星、玉珠两人将你从虎口里救出来的吗?现在他们已做了你的师兄了,他们的师父,就是你的师父。"

爱画道:"如果金、石两侠是我师父的徒弟,如何徒弟有了苦难,师父没将徒弟救回呢?"

观修道:"你且毋庸问我,事到临头,你总该有明白时候。这包袱里是一套男装,你快换过,随老僧去见你师父。"说着,便打开包袱,取出一套男装,遂闪出窗外,让爱画换过了。

爱画当夜拜别明月,又在她母亲坟前哭了一场,随着观修出关。

到了摩天岭,即将她送到孟铎家中去。这便是爱画对她师父孟铎所说的一段惊人的情事。不过没有我作小说的说得这般详细。

孟铎听她的话,心里好生焦躁。第二天,又到善化寺去,同观修一同商量。

观修道:"贫僧本来不愿亲自再开杀戒,但因居士的心胸肝胆又实在使贫僧拗不过这种情面,没奈何,只得同你走一遭。但凡事要听我的计较,即不能如愿以偿,你这次什九也没有危险。"

两人计议已定,当由观修带了陆氏兄弟,孟铎带了冯倩娘、冯立娘,准备出发到嵩山去,按下慢讲。

且说明月从爱画去后,谨记观修和尚的话,只在那"无挂碍"三字上用功夫,不料她的凤擘极深,平白地却添了一件烦恼。她住的这所庵刹,叫作圆贞庵,庵里只有明月一个尼姑,另外雇了一个村婆,在庵中照料柴米。

离圆贞庵一里,有个姓葛的绅士,声势非常煊赫。葛家有个在福建做过知府的,前妻已死,留下一个女儿,生得着实漂亮,她曾偷偷地和一个教书的秀才喁喁情话,不幸被她继母撞着了,枕边灵的状子告发到她父亲面前去,她父亲这一气,非同小可,将教书的先生辞逐了,赏她结结实实的一顿毒打。这女儿后来打听得她的意中人已在逐出之后,为此她害了个相思病,想死了,在家又受着生父继母的虐待,一时烦恼起来,便跪在她父亲面前,情愿落发出家,摆脱了此身的冤孽。她父亲虽然恨她做下丢尽祖宗颜面的事,但女儿终是个女孩,毒打了一顿,也就警戒她下次了。见她要落发出家,天性所关,终觉有些不忍,无如她父亲终究生就一对棉花耳朵,禁不起她继母从中怂恿,就拨出五百两银子,送到圆贞庵,拜明月为师,希图眼前有个照顾。

明月本不愿收徒弟的,但看这小姐出家志愿已决,又畏怯葛家的声势,没奈何,将她收作弟子,削去头发,法名唤作定性,用一百两银子,将庵屋重新整理一番。所怕定性是乡绅人家小姐的出身,过不惯这庵中清苦生活。谁知定性初来的时候,日间在佛座前流抹眼泪,夜间总是躲在房里,呜呜地抽泣。

及至过了半月时间,定性忽地有说有笑,从先那般忧伤烦恼的神态没有了。明月也不知是什么缘故,而看书诸君,更何从想到这定性便是金、石两侠的救命主呢?其中当然有个很蹊跷的情节。

毕竟是什么蹊跷情节,且俟三十五回分解。

第三十五回

扑朔迷离禅房来浪蝶
伦常乖戾恶道受天刑

明月正想不到定性的行径转换得这样快,究竟是一个什么缘故。

这日,忽见观修老和尚前来,并带着两个年轻的女子,说:"这两个女子贪图圆贞庵是一块干净土,想在庵中住几日。"要明月好生看待。

自然明月没有不答应的。明月转问爱画近来情况,可曾拜过师没有。观修也略略告诉她,只不肯将孟铎的居址、姓名说出。坐了片刻,即告辞而去。

明月也不便强留,暗暗问那两个女子的来历。那两个女子都是含糊其词,一句后来再说,明月转不禁有些疑惑起来。偏是那两个女子,日间多躲在明月房里睡歇,一到夜间二更时候,便出去了,出去干什么,她们又不肯说明,更使明月惊讶万分,转怕她们的行径实在不对,表面上又不好拘束她们,只放在心里纳闷。

原来这两个女子,就是倩娘、立娘姊妹俩,此番随孟铎等人来到河南,各人分头觅了个栖身地点,日间到庵里睡歇,夜间都到嵩山周近地方,暗探飞龙寺的秘密。接连探了好几夜,都没有探出个所以然来。

这夜二更向后,倩娘、立娘在明月房里,一觉醒来,看明月已倒在床上,打起呼声来了。倩娘、立娘且不去惊动她,出了房门,听前面一所寮房里有男子的声音在那里咳嗽,立娘心想,这不是明月的徒弟定性的寮房吗?这定性少年落发,又生得天仙化人的好模样儿,房里必藏有男子,污秽了这一片干净土。

　　立娘才想到这里,倩娘急将她的衣袖一扯,做着个手势,意思是叫她不用声张,好在时候尚早,且来探听一个究竟,好随从自家的神气做去。

　　立娘会意,姊妹俩轻轻蹑到窗下,即听里面男子的声音,似乎向着定性问道:"你虽是约我三更后前来,我不过今天来得略早些,你就怕到这个样子,你看那边房里的女师父,不是要睡了吗?会如何闯到这里来呢?"

　　接着又听定性回道:"你哪里知道,我害怕的意思,并非怕我的师父,我师父此刻纵没有睡,照例起了更,她没到我这里来过一次。我叫你在三更后前来,就因师父房里有两个很漂亮、很轻狂的女子,和我师父做伴,一到二更时候,她们就要到外面去胡调。我怕你不知轻重,在二更时前来,给她们看出了马脚,不是耍的。此刻到了二更向后,我想她们或是出去了,但总有些提心吊胆。若你早一时前来,我还不知怎样害怕呢!"

　　那男子似乎笑道:"原来是这样,想我同你萍水相逢,就搭上这竹竿子,我怎舍得每夜挨到三更向后,才同你亲热亲热呢?今夜来得早些,早一时希图多寻一时的快乐。我的本领,你是听我说过的。哪怕什么年轻的女子,只要你做个锡糖,若撞见她们,便可拉她们到这床上来睡一夜,哪有什么要紧?她们不服服帖帖地听我摆布,也辱没我们飞龙寺的名气了。"

　　立娘听他说到这里,早不由心里有些冒火。

　　倩娘听出他是飞龙寺的党伙,更禁不住向房里喝道:"何来的恶少,敢污秽佛门清净土?"

这声才喝出来，便听得窗门一响，倩娘姊妹知道这恶贼是出来了，忙向两边一分，借着房里的灯光、房外的月光，看窗内蹿出来的，却是个三十来岁的尼姑，单刀提在手中，两只尺二莲船落了地，东张西望，像是很得意的样子。

立娘看出他是个和尚化装的，忙向倩娘喝道："姐姐，还不动手？若给恶秃逃跑了，打着灯笼还没处寻呢……"

话犹未毕，那尼姑便迎头一刀向立娘砍来。立娘也早就拔了佩刀在手，不敢怠慢，一挥手，已将他的刀架住，接连倩娘挥着刀，从那边砍将进来。这尼姑实在很懂得一点儿本领，只佩服倩娘、立娘这两把刀非同小可，又在灯月光辉之下，觑得这两个女子，好似一对儿天仙玉女，又不由有些筋酥骨软，不敢恋战下去。本打算三十六计，走为上计，无奈她们不肯放松半点儿，但似乎刀上有眼，只不能放他逃脱，却也不曾伤他的性命。

这尼姑误会了，以为这一对儿玉人出手肯让几分情分，想为是看穿自己的行径。转想言归于好，来吊她的膀子，便低喝了一声道："住手！我有话说。"

倩娘听他这声喝出，心里早有了计较，忙抽回刀向旁一闪，对立娘喝道："妹妹就住手，且看他说出什么好话来。"

立娘只听她姐姐的吩咐，站在她的旁边，向尼姑道："有话就说，走的须不算好汉。"

那尼姑笑道："你怕我走，我却不走了，我问你，你我有何仇怨，用得着对我下这毒手？"

倩娘呸了一口道："我问你，你和定性有何仇怨，用得着对她下这毒手？"

尼姑笑道："啧啧，小尼也是和你们一样的人，你们喜欢同她师父睡，我喜欢同她睡，各睡各的床铺，谁对她下什么毒手呢？"

倩娘道："小尼这个称呼,劝你在我们面前收拾起来吧,我们同明月师父睡,哪有什么关系？你走你的路,本来不干碍我们的事,只是我们睡在这种地方,你也该对我们打个招呼。"

化装尼姑的和尚笑道："你既看出我是个和尚化装的,想必还不知我是飞龙寺出来的和尚呢。要我对你们打招呼,这也不难,不过外人多向飞龙寺和尚打招呼,我们飞龙寺的和尚要怎样才向人打招呼呢……"

话才说到这里,倩娘倏地挽住立娘,向和尚拜道："恕小女子们生就这双肉眼,不知师父是飞龙寺的一尊大佛,谅活菩萨大慈大悲,用不着同我们女孩子一般见识。"

和尚见她们陡然变卦,真是快乐极了,忙将她们拉起,扭头笑道："奇怪,怎的你们听得'飞龙寺'三个大字,就倾倒得了不得,这是什么缘故呢？"

倩娘回道："此地不是谈话之所,有话到房里密谈如何？"

和尚点头一笑,即将她们带到定性房中。

这时定性已吓得抖作一团,和尚便向她说道："你不用害怕,我们总算自家人,不打不相识。"

定性听他这话,害怕的心肠是没有了,只羞得向床上被里一钻,用被头把脸蒙住了。和尚即向倩娘、立娘努着嘴笑道："看她这个孩子气样的,真让女施主见笑,请问女施主,你们是哪里的人,姓什么,芳名唤作什么,是怎么个称呼？为何一听到我是飞龙寺的和尚,就对我行这样的大礼,从前那样杀人不眨眼的神态,一些都没有呢？"

倩娘未及回答,立娘即从旁正色向倩娘道："姐姐须得仔细,没的再吃这和尚骗了,闹出天大的笑话来。"

和尚道："你疑惑我还对你说假话吗？来来,我交代你们一个证据。"说着,即将那把戒刀送给立娘、倩娘过目。

倩娘看那戒刀的刀柄上嵌着五个小字,即向立娘笑道:"喏喏,妹妹看这刀柄上不是嵌着'飞龙寺慧禅'五个小字吗?"

立娘不由抿着嘴一笑,便不说什么了。

倩娘道:"慧禅师父在飞龙寺是什么职务,如何同这女师父有了首尾呢?"

慧禅笑道:"贫僧虽在寺中没有一定的职务,但方丈因贫僧是他的结义兄弟,看待得同嫡亲骨肉相似。这次偶然到陈州来,却听得圆贞庵的定性师父原是乡绅人家好小姐,我混充尼僧到圆贞庵看过她一次,果然像煞一个散花的仙子。我只用一个单刀直入的方法,到了那夜三更向后,悄悄踅来相聚,不知费了多少唇舌,才和她模模糊糊成了好事。"

倩娘不待他再说下去,便向立娘笑道:"我们去吧,且让他们多结一回欢喜缘,不要叫床上女师父恨我。"说着,即同倩娘装作要起身的样子。

慧禅走近门口,遮开两只膀臂,将门拦住,笑道:"你们这一走,倒反觉得无趣了,只要你们对我说明了来历,我一同带你们到飞龙寺去,包管你们心里快活。"

倩娘、立娘同声笑道:"飞龙寺是什么地方?寺里全是和尚,你把我们发放在那里,我们是不愿意去的。"

慧禅笑道:"你们肯答应我去,这就容易说话了,我把你们藏在机关里,还怕露了外人的耳目吗?"

倩娘道:"你是什么机关?把我们藏在那机关里干什么呢?"

慧禅笑道:"不是我在今晚喝几杯黄汤说醉话,我们飞龙寺的机关很神秘,你到那里,才知我的话不是信口吹着牛皮。我看你们大略也在绿林中混,光是这样东飘西荡,没有一定栖身所在,也不是个长策。不若随我同定性到飞龙寺去,你我的快乐也就到了极顶。"

立娘从旁听了,扑哧笑了一声道:"睬他呢!你看他闲话里,夹着铁屎臭,越说越没有好的话出来了。"

倩娘讶道:"妹妹不要假正经,人家这样抬举我们,妹妹还要飞金溺壶地装什么憨腔?人生在世,能活多少岁?辛辛苦苦学成这点儿本领,若不趁年纪未老,身体强健的时候,快乐快乐,世界上可找出这样的呆瓜?看我们都如初开的一朵鲜花,而爷死娘不在,此身无挂碍。夏邑的地方乡亲,看了不少,谁肯和我们做强盗的女子来做这门亲呢?虽然凭我们这点儿能耐,不用靠男人穿衣吃饭,但飘零身世,有家已是无家。几闻得飞龙寺是个好所在,深恐我们姓花的姊妹没有这种造化,难得活菩萨肯拉拢我们在一起,这总有前世欠他未了的债,今生才得了却这未了的缘。"

慧禅听了笑道:"你说这些话,叫我越发开胃了。你是夏邑人,姓花,你们芳名,是唤作什么?"

倩娘笑道:"芳名倒各有一个,你就叫我花玉姐。我这妹子,就叫作花玉妹。"

慧禅笑道:"你们一个叫花玉姐,一个叫花玉妹,我看你们这面容、肌肤,真个比玉玉生香,比花花解语了。慧禅,你真好侥幸也。"

立娘道:"我们谈正经,像这些羞人答答的话,说来说去,亏你们这张嘴还说得出口。"

慧禅道:"玉妹要我们讲什么正经话呢?我讲些给你听,包你听了开心。"

立娘道:"我们吃的是这种把式饭,请你讲几句江湖上最有趣、最神秘的故事,这算是正经话,我听了就欢喜。"

慧禅伸手在头上搔了几搔,说:"故事倒有几个,不若这一件有趣得很,倒是眼前的景物。哈!我这时得意极了,玉妹请听我说出来吧。

"这事情就出在我们飞龙寺,你们可知道鄱阳帮有个赛管辂岑明,被我们住持方丈探听他会得种种法术,曾派我到盘蛇寨去,名为拜谒铁寨主,实则想邀同赛管辂,到我们寺里入伙。现在铁鼎一死,岑明是来了,并带来铁鼎两房小妾,那年纪大些的,恰也姓花,芳名唤作花凝香。那年纪小些的,就唤作周娟红。据说这花凝香是窑子里姑娘出身,早同岑明有了沾染,并带来两个祭刀的童男女,男名石剑星,女名吕珉玉,还有一个姓金的姑娘,唤作金玉珠。

"岑明见了我们的方丈,两人倾谈之下,投契得了不得。岑明一面忙着选择吉日,祭炼阴阳子午刀,一面转动周娟红的念头。在飞龙寺第五道机关里,居然扮作新郎的模样儿,要周娟红嫁他做第二房小妾,周娟红只是推三阻四地不肯听从。又经花凝香几番劝,左说方右说圆的,周娟红也就答应了。

"谁知到了晚间,关了房门,周娟红趁他对镜解衣时候,取出一把防身的刀子,要向他的后心刺下。不料他在镜子里忽见周娟红在背后拔刀,忙闪转身时,周娟红转将这把刀向自家颈上一搁。"

慧禅才说到这里,急听床上定性的声音惨然说道:"可怜可怜!"

慧禅道:"这有什么可怜?人家费尽许多心思,想图她一个高兴,也算对她有情了。而她竟忍心拔刀相害。她死了,还不当死去一只狗。"

又说:"那时岑明连忙叫人进房,将周娟红抬出去,转想将那个姓金的姑娘来填补周娟红的缺。

"这姓金的姑娘倒很有点儿本领,但早被岑明用药弄软了,便有周身的本领,只使不出,还不是听从他的摆布?谁知我们住持方丈,见这姓金的姑娘,实在是个聪明的童贞女子,给他白糟蹋了,也很可惜,将来若再寻得一个聪明的童男,就多炼一把阴阳子午刀。

"好在岑军师喜欢的是漂亮年轻的女子,法铨方丈就用移花接木的手段,带他出房闹喜筵,哄骗他喝得睡着了,抬到新人床上,挑选一个年轻貌美的丫鬟,去陪他睡。他这一觉,直睡到五更时候才醒来,这时房里的烛光也熄了,黑漆漆看不出什么来,一伸手过去,触在手指上,很是滑腻。原来并肩睡着一个人,忙低低问是谁。那人回:'是我。'

"岑明只当是金玉珠,就迷迷糊糊地干那好事,接着他们便在枕上说起话来。

"岑明听这丫鬟谈到自家的身世,慌忙披好衣裳,连忙拍着丫鬟说道:'我的好心肝,你不要说吧,这是我们丢脸的事,总怪做老子的欺负了你,你方才说那姓嵇的秀才是谁?那就是我,我就是你的老子。'"

倩娘、立娘听到这里,连称:"好笑好笑!"

定性也禁不住在床上笑道:"要把我的心肝都笑开了呢!"

慧禅冷冷地说道:"这算什么好笑?还有稀奇的话在后头呢!"

欲知后事如何,且俟三十六回分解。

第三十六回

俏丫鬟耻情归地府
恶道士作法惹冤魂

倩娘问道:"难道还有比这件事好笑的吗?"

慧禅道:"虽没有这件事更好笑,倒格外来得蹊跷。那丫鬟听岑明陡然说出这一番话,叽里咕噜,不再管他说些什么,忽然呜呜咽咽地哭起来。接着岑明便向她安慰道:'事情已弄坏到这一步,懊恼也是无益。不要哭,你这一哭,越发叫我对不起你的娘,对不起你。'

"那丫鬟不敢违拗老子的教训,也就立刻将哭声止住。岑明又向她低低谈说了一阵,直谈到天色大亮。忽听门外呀的一声响,那两扇房门开了,踅进一个丫鬟,向岑明道喜。

"岑明说:'要道什么喜?我若脱一脱衣服,便是你们的儿子。'

"丫鬟便问他:'这是什么话?小奴前来听房,只听见新娘娘哭,奴想新娘娘一身风流事,这时候开宗明义,才讲到第一篇,新娘娘在下面哭,你老人家要在上面笑了。谁信是闹成一个僵局呢?'

"岑明说:'我上了和尚的当了,这也不能怪他,他用这偷龙换凤的手段,他有他的用意。但这孩子的父亲,同我曾相识多年,她在小时候,我曾抱过她,听她谈到自家的身世,看她那辛酸落泪的模样儿,使我心里刺痛。天下何愁无佳人供我消受,何必强奸朋友的女儿呢?'他对丫鬟说完这话,便去见方丈和尚了。

"那丫鬟实不相信这位岑先生能奸占鄱阳帮铁鼎小妾,就能放过嵇秀才女儿小红,难道铁鼎不是他的好朋友吗?这事就很有点儿奇怪,便走近新娘娘嵇小红床前,想问她一个究竟。

"谁知这新娘娘见了丫鬟开口问她,不免又呜呜抽泣起来,低低叫了一声:'秋香姐,你我在飞龙寺里都算是好姊妹了,我心里很难受,有话不好对你说。'说到这里,只用手指着她的心口,说:'姐姐,我们从此要分手了,他虽劝我不用死,还给我寻一个称心如意的女婿,我纵然答应他,保守这样的秘密,但我总觉没有这张脸再见人了,我还是一死的好。'

"秋香听她这样话,更觉蹊跷极了,一面拿话安慰她,一面逼问她的口风。

"小红说:'我这时本已视死如归,正不用揭开这一幕,丢尽我祖宗十七八代的颜面。但我转念一想,我已遭受这种惨痛,只恨老天为什么生下了我,什么话也不用守着秘密了,转要借姐姐的口,将这话奉劝给世间好嫖的男子,不要丧尽天良,今夜便是一个现成的榜样。'说到此,便咬着秋香的耳朵,叽里咕噜说了好一会儿。

"秋香把个舌头伸了伸,由此飞龙寺僧俗人等,都知道这嵇小红的母亲唤作春红,是松江有名的妓者,和一个姓嵇的秀才唤作嵇甲的发生了肉欲的关系,一年以来,生了个女孩子,因为眉心间有颗红痣,嵇秀才就给她取了个乳名,就唤作小红。嵇秀才因床头金尽,托言出去弄些银两回来,将春红赎回家去,一去就没有回来。这春红受鸨母娘的拘管,不得抽身寻他。十年以来,并没见嵇秀才到堂子里来过一次,因恨成痴,转痴成病,不久便死了。临死的时候,曾执着小红的手,将自家的心事向小红哭说了一场,即瞑目而逝。

"小红在十二岁时候,被拐子拐到河南,夜间从嵩山经过,被法铨方丈撞见了,将这拐子活活处死,带小红来到寺中,藏之春室,充当一名婢女。看看小红已是一年小二年大了,法铨想,这孩子心地虽不大玲珑,但面孔还出落得漂亮,本要备为己用,就因现在欲借她替换一个金玉珠,想多炼一把阴阳子午刀,不惜割爱赏给了岑明。哪里知道这嵇甲便是岑明的化名,竟使他同女儿小红,做下这种最蹊跷、最神秘的事情呢?

"大家都因岑明的颜面有关,不便在他面前拆穿他们父女这一面大西洋镜。这岑明却也当作三不知的,还在方丈和尚面前说他不肯奸了死友的小女儿,却还要法铨方丈将金玉珠赏给了他,便由他出马,多弄些聪明的童贞男女前来,多祭炼几把神刀。法铨实在拗不过他,便同他订了一个条件,如果他此行寻些聪明的童贞男女前来,自然放金玉珠同他偕成了好事,若不能寻得一些聪明的童贞男女,这件事还要从长计议。

"谁知岑明出了飞龙寺,法铨听小红是岑明的亲生女儿,就将这孩子抬举起来,拜作自家的义女。不意小红多久就想一死了之,虽承法铨这样地抬举她,心坎里总是痛刺刺的,饿了不要吃饭,寒了不要穿衣,疲乏了也不肯睡息。不上七日的工夫,这样一个花朵样的美人儿,活活地饿死了。

"及至岑明回来,听说小红已死,倒也不甚伤心,只是他说在陈州地界已将四个童男四个童女骗到了手,却被一个金面和尚破了他的法术,童男女一个没骗到,又受那和尚狠狠教训一场。侥幸逃脱了性命回来,急要炼成两把阴阳子午刀,先在第七层机关上摆设坛场,一切祭炼神刀的法器都忙得有头有绪。

"直等到甲子日子初时分,岑明将刀放在坛上,令人将童男石剑星抬上坛来。

"这时候,我们方丈和尚也站在法坛西一面,看岑明端坐在叠成的法座上,一不烧符,二不念诀,口里不知说些什么,猛地神坛上刮起一阵风,便从坛外跳进来一个赤须黑面的神将,在法台左边站定,问:'岑法师唤小神有何差遣?'

"岑明便向那神将低声说了一阵,即听那神将回道:'法师要弄这些邪法干什么呢?即令法师能将阴阳子午刀炼成了功,小神怕法师这条性命,要被怨鬼纠缠去了。小神职卑位薄,请不动哪吒太子、太乙仙姑,恕小神不能遵从法令。'

"岑明听了,随手捏了几个诀,不由勃然大怒,把法木震了几下,说:'本法师奉太上老君的律令,要差遣谁,谁敢在本法师案前扭一扭呢?那哪吒太子、太乙仙姑,自然唯太上老君律令是从,你怎说请他不得?'

"那神将道:'不是小神敢违拗太上老君的律令,实在这件事不能向大菩萨开口。法师要请哪吒太子、太乙仙姑,仍由法师请来,恕小神不能遵守法师的命令。'

"岑明翻着眼,向他望了一会儿,即把手一扬,那神将如脱锁的猴子,一蹦一跳地去了。

"岑明便在炉中添了好些沉檀速降,口里不住念着外国梵语,可是念了一会儿,不见有哪吒太子、太乙仙姑前来。又脱口连喝了几声敕,仍没有丝毫响动。

"岑明只急得头上出了阵阵的热汗,便下了法台,走到坛前,散开了头发,烧马甲、化朱符、步罡踏斗,将两片法木面对面噼啪噼啪地碰了几下。这一来,却从坛外响了一声,跟着一阵寒风陡起,只吹得这一座神坛都有些摇摇晃晃,便是我们方丈和尚站在那里,也不禁被这阵风吹得毛骨悚然。坛上的烛光被风吹得一闪一灼。

"岑明只顾目不转睛地望着烛光将要熄灭了,猛对烛光喝一声:'敕!'火焰又登时伸得起来,直竖在风中,动也不动,那风声也就立刻停止。

"岑明便跪在坛前,说:'有劳太子、仙姑前来,要恕敝法师未能先期预约。'

"随即起身,执着一把刀,将童男的左臂膊袒开了,刀锋到处,那童男唯有双目流泪。

"正在刀刺到他的左臂膊上,要取血出来祭炼的时候,即见坛外滚进两个黑影,落地便不见了。接着岑明叫了一声:'哎呀!'将刀掼在一边,身子便向后跌了个倒栽葱。

"我们方丈和尚看他好像昏沉不醒的样子,便问他是什么话。却见他向地下一指,喝道:'你要报复我,趁火打劫,要将我这性命追了去,我就佩服是个厉鬼。'说到这里,却泪流满面地哭起来了。

"又说:'算你有真本领,我们也要讲个道理。我在松江花了无数的银子,陪你快活一二年,也算对得起你,你硬要我赎你回去,我只对你说着客气话,你们做这妓女生涯,就该迎新送旧,朝秦暮楚。你时时刻刻想着我,害相思想死了,我没看见,干我什么事?而你竟忍心说我奸了你的女儿小红,难道这孩子就不是我的女儿吗?我若早知是她,又何致饶得你来责备我?哎呀!我的女儿呀,我虽欺负了你,但你总算我的骨血,老子娘是一样的,你不该儿子大似老子的,帮着你的娘,要老子的性命。'

"忽然,又看他用手在自己嘴巴上打了几下,便合上双眼,昏昏沉沉地睡去。

"法铨方丈见了,暗暗纳罕,别的没有打紧,所怕岑明被鬼缠了去,这阴阳子午刀无人祭炼。正要叫人将他抬到花凝香的房里,忽见岑明已睁开眼来,起身向法铨一笑,说:'和尚听我说些什么呢?'

"法铨不好当面告诉他,连连摆手回说:'没有。'

"岑明说:'和尚可知我方才遇到两个厉鬼,被我哄骗去了的事吗?'

"法铨又故意问他是两个什么厉鬼。他笑了笑,只说:'怪我事先没有斋戒沐浴,我在提刀取血的时候,分明看见哪吒、太乙仙姑前来,他们说嫌我身上污臭,虽有太上老君的律令,只近不得我的身体。他们的话才说完,便有个厉鬼,硬夺去我刀,将我捺在地下,究竟我也不知同这厉鬼有什么冤仇,这总由我事先没有斋戒沐浴,这身躯有些肮脏,不由作法自毙,却又招得厉鬼前来。太子、仙姑的话绝不欺我。

"法铨听他这番荒唐的话,一半也信以为真,即将那童男仍然押下,收了神坛,由花凝香前来,扶他到房中去睡。现在他一般也同寻常人一样,还准备到下一个甲子日,事先斋戒淋浴,再开坛祭炼神刀。若说他没有遇见鬼,他口中的话是假不来,若说他是遇见鬼,现在两个厉鬼到哪里去了,怎不向他要命呢?你们看这件事,不是蹊跷极了?"

倩娘听了,说道:"你这连篇的鬼话,虽不能叫我们信以为真,倒好似看了一篇《聊斋志异》。"

立娘道:"你还有比这个更神秘、更有趣的眼前情事?你高兴再来一个,只要说得好听,我们立刻叫你……"

慧禅道:"叫我怎样?"

立娘羞答答地回道:"叫你这心上快活。"

慧禅只喜得抓耳挠腮,说:"像这样好的新鲜事情,眼前哪有第二个呢?"

倩娘道:"虽再没有较好的事情叫我们听了快乐,但你总要再说飞龙寺里几件新闻,我这妹子,也就饶恕了你了。"

慧禅尚没回说,床上定性听了,说道:"你不好将飞龙寺种种神秘机关告诉她们吗?我听你说那里的机关又很细密,又很有趣,我听了就高兴得了不得,你对她们姊妹讲一遍,比听蹊跷的故事还有趣呢!"

倩娘姊妹听她这话,分明打在心坎上,且看慧禅如何答复。

慧禅向倩娘、立娘笑了笑,说:"要我对你们讲说飞龙寺的机关,这也不难,但你们立刻要准许我一件事。"

立娘道:"什么事呢?"

慧禅即向立娘笑道:"就践行玉妹的那句话,叫我这心上快活。"

倩娘看他这种急色鬼,癫蛤蟆想吃天鹅肉的样子,也居然将我们两个都当作下流种子,我们不是这样下流种子,他终究疑惑我们,不把我们当心上人看待,料他未必肯说出飞龙寺种种的机关。好在定性已听他说得很详细,我们总该得知道,不若且了却这个孽障,省得同他厮缠。打定了主意,趁慧禅两眼注视立娘,没有转动的时候,冷不防猛地一刀,向慧禅胸窝刺下,说:"孽障,我叫你这心上快活!"

慧禅怪叫一声,胸口已喷出鲜血来。

那边立娘眼快,早挥起一刀,已将那颗圆笃笃的葫芦砍成了两半个。两人忙得什么样的,扫去房里的血迹。倩娘叫立娘将慧禅的尸首带出圆通庵,送到荒野无人的地方掩埋了。立娘听命去了。

倩娘听床上咯吱咯吱作响,原来定性在那里抖个不住,倩娘忙安慰她道:"这也不能怪你,那东西单刀直入,要奸淫你的身体,你虽不愿意,但有什么方法能避免那个不愿意的勾当?还好,看这东西已落到我们的手里,总算替你心头上除去个大疙瘩。你是好人家小姐出身,这名气并非不值半文钱,我们处处给你保守秘密,从此劝你勘破情关。要明白这些嫖虫淫棍,本不懂得专情一志的道理,他们糟蹋女孩,就如吃东西一样,吃了这样,又要吃那样,吃够了就觉毫无趣味,又撇了你去玩弄别个女子了。你既身入空门,往后能受你师父的衣钵,从此心无挂碍,正所谓:'放下屠刀,立地成佛。'你的造化就也不可小。"

定性听她这话,心里略宁帖些,口里只央求:"好姐姐,我一时不能杀身全节,败尽我祖宗的门风。现在也唯有姐姐、妹妹两人知道,我是知罪了,总求姐姐实践前言,要处处保守秘密。"

倩娘又向她安慰一阵,看她这时的神态毫无悲泣之容,就想到她虽同慧禅发生暧昧,尚谈不到贞操问题,就毋庸怕她要替死者雪冤愤。心里这一想,即渐渐问到飞龙寺种种机关上去。定性便悄悄向她说了好一会儿,倩娘便叫:"怪绝怪绝!"

欲知后事如何,且俟三十七回分解。

第三十七回

艳塔泄春光鸾囚凤槛
风尘识奇侠鹤立鸡群

原来飞龙寺的机关共有七层,每层都暗设一道机关,不拘什么小说书上,详叙机关的巧妙,尤其是详叙庵寺的机关,在上面则佛像佛座之间,都有机关的油线,在下面则隧道房屋之内,都有机关的动脉。似这么千篇一律,神乎其神,说来也很热闹。独有这飞龙寺的机关,上面佛像佛座之间没有惊人的机揆,下面隧道房屋之内,也没有陷人的坑堑。他这七层机关,是由法铨别出心裁,尽造化人工之巧,越发造得神秘不测。

在飞龙寺后院,有一座很高大的七层宝塔,高入云霄,塔下是飞龙寺一位开山祖师埋骨之所。这七层宝塔,一层高似一层,每层四周,本有门户的,因为许多游山的红男绿女,有到飞龙寺随喜的,必要从宝塔下面,一层一层爬到最上的一层,登高一望,万峰环绕,胸怀为之一爽。

法铨却说祖师的肉身,葬在宝塔下,若容男女游客在塔上爬上爬下,这许多游山男女,不啻一脚一脚都在祖师身上跨上去,踏下来,践踏祖师的肉身,使祖师不安,这是飞龙寺和尚极大的罪过。但一班男女施主既到飞龙寺随喜了,要爬到塔上去徘徊瞻眺,又不便禁止,没奈何,只得从常住里腾出一笔款子来,将塔上每层的四面门窗都闭塞了,就此有人到飞龙寺随喜,也没有上塔的门径,总该祖师的肉身,以后没有男女不洁的人,再能在上面践踏了。

谁知那七层宝塔上,没有游山男女的踪迹所在,却变成飞龙寺的和尚,一座万恶的渊薮,请问这些和尚,如何能到宝塔上呢?

原来寺中香积厨里,有两口大水缸,一口靠着东壁,一口靠着西壁,西壁一只口缸,不拘何时何日,都贮着半缸的水,像没有用过一瓢一勺。他们在晚间关起山门的时候,要到宝塔上去,就先移开那口水缸,下面便现出两块长约三尺宽一二尺长铁板,掀开铁板门,下了地道,便有人将上面铁板仍回封起,那口大水缸仍旧移放在原处。

那地道下有二三十层石级,一层一层走下去,便有一条甬道,蜿蜒而北,直达到那宝塔的下面。那下面只有一个瓷坛,那瓷坛里算是藏着祖师的肉身了。其实是空空如也,祖师的尸骨已化成灰,放在瓷坛里,代远年湮,连灰也没有许多了,不是一个空坛是什么呢?

那地方有座云梯,上了云梯,便是第一层宝塔了。那里的空气并不十分闷塞,你道是什么缘故呢?原来后院墙四围很高,墙上荆棘都填遍了,下面却留下许多的漏洞,宝塔内间接用这许多漏洞,透通空气,所以人在塔内栖住,空气并不十分闷塞。但不及外面海阔天空,清爽宜人罢了。

一层一层的宝塔,外面的门户是用瓦石闭塞了,里面一般也有门窗四壁,都蒙着铁板。他们的机关,不借油线作用,却终没有人能到那机关内,去就只仗着这点儿神秘。每层机关里,都没有响铃,下面有了响动,上面的人便走下来了,上面有了响动,下面的人又走上去。

这第一层宝塔,轮流选四个有把式的和尚在那里逻守。

缘上云梯,到了第二层塔内,那里是众丫鬟休息的地方。

再上第三层。这第三层内,是藏着许多年轻的女子,夹着许多年轻的和尚看守着她们,防有人来夺方丈和尚的衣食饭碗缘,固然不许别人转动女子的念头,更不许女子出这地方一步。

第四层放着两面大鼓,鼓上蒙着牛皮,每个鼓上,都用细铁签戳了许多的小孔,外面也有和尚看守,就只有这两面大鼓,为什么要人看守呢?每个鼓皮上,又为什么用铁签戳了许多的小孔呢?不是飞龙寺和尚告诉过定性,局外人实在是莫名其妙。

第五层本是法铨和众僧侣秘密会议之所,如今添了个岑明,竟同花凝香占了这个会所。但法铨有要紧的事,仍在这地方秘密会议。

第六层却安设许多的橱柜,橱柜里藏着许多金银珠宝,都是法铨从外面搜刮得来的,也有几个和尚看守着。

第七层地方最狭小,最没有什么用着,现在因为要祭炼阴阳子午刀,会贪图这地方很清洁,就摆设着一座神坛。

飞龙寺的机关是这样,外人以为飞龙寺的和尚大半有惊人的本领,都哄传其词,说寺里的机关如何厉害、如何危险,其实他们的机关就是保守神秘,使人看不出、想不出、捉摸不出。听他们的声势厉害,更没有人轻易冒险,敢栽他们一个跟斗。

倩娘当时听得定性说了一大篇,很有些不相信,却向定性说道:"你便将这些话全告诉了我,我与飞龙寺没有不解的冤仇,听来也没有用着。你安心睡下来,我绝不飞短流长,坏了你的名声。我妹妹此刻还没有来,我就出去看望我的妹妹。"

定性一把拉住她,跪下来,要她转托玉妹,也要保守她的秘密,下次再不敢有无礼的举动,污秽这佛门中一片干净土。

倩娘看她这神情,可笑又复可怜,早将她一把拉起,说:"你放心,我姊妹若不保守你今夜的秘密,你就骂我混账。"

说着,即甩脱她的手,匆匆走出房门。接着便听呀的一声,房门已被定性关起来了。

出了山门,转到郊外去寻觅立娘,哪里能寻得着。直到五更向后,倩娘才回到明月的禅房,已见立娘和明月颠倒地睡在床上。她们似乎觉得有人闯进房来,只听倩娘微笑了一声,两人都翻身而起。

　　立娘道:"我将恶秃的尸首掩埋了,回到定性房外,蓦地有个人影掩在一株桂树下面,及至近前一看,却是这位老师父,在那里窃听。她见了我,便摆着手,意思是要我不用声响,拉我到这里来。她说:'蒙蒙眬眬时候,听得那边厮杀的声音,就惊醒了。'起身悄悄到桂树下面,窥探了好一会儿,像飞龙寺那个恶秃的全本《法华经》,她都讲得很明白,要我们姊妹保守定性的秘密,以后她愿加意防闲,不使再有浪蝶狂蜂污秽佛门中这片干净土。我打算姐姐和定性谈了一会儿,总该回房来看我,谁知好半会儿没有来。我到定性那边一看,恰没有半点儿动静,才想到姐姐是到郊外寻我,我只得仍回到这所在,等候姐姐前来。等的时间过久,也就同这位老师父躺在床上养一养神,果然姐姐是回来了。"

　　倩娘笑了笑,接着便将飞龙寺的机关向立娘仔细说了,方才各自安睡。直睡到来日天晚,姊妹俩方才起身,略用了一点儿茶饭,同明月谈叙多时,看天色已将近二更时分了,正要想在今夜去寻觅她的师父,把昨夜的事情禀告一番,好着手攻打飞龙寺。不料观修老和尚已带着孟铎,同陆氏三龙来了。倩娘便将昨夜得来的消息暗暗告知孟铎,但心中毕竟有些狐疑。

　　孟铎听罢,不禁直跳起来,向观修笑道:"崆峒道人的话半点儿不错,但他尚没知金、石两小徒押在那地方,不及倩娘说得这般详细,怪不得他因我问到金、石两小徒身上去,他对我说出不好去问我徒弟的话来。看这崆峒道人的道法,竟是一个活神仙,我们以后正不用少见多怪,批评人妄谈道法。但飞龙寺虽不难攻破,法铨不难歼灭,金、石两小徒不难救出,而我祖宗的大仇、我们全国人祖宗的大仇,万难报复在我们手里,这真应得观师所谓,凡事之不可理解者,不谓之天数,即谓之天命了。"说到这里,不由喟然长叹起来。

倩娘、立娘听她师父这类言语很奇特,神情很忧郁,正要问下去,便听孟铎又说道:"好在这位女师父不致泄露我们的秘密,这件事我要对你讲个明白,你们才好听观师的主意,放开胆量,随我到飞龙寺去。"说着,便将关于崆峒道人的事情,向立娘、倩娘说了。

原来这崆峒道人,本系崆峒山会玄道观的道士,是一个不出世的大剑侠,无如有多大的树,即有多大的影,有多大的本领,就有多大的声名。崆峒道人觉得自家名气一大,这会玄观便不能常住下去,从此足迹遍天下,没有再到会玄观一次。便有人闻得他的大名,有事要访求他,也无处访问得着。

孟铎在二十一二岁时候,曾到会玄观见过崆峒道人,那时道人看已有七八十岁,两眼奕奕有光,面容焕发,两只粉嫩雪白的手臂,好看得同十七八岁女孩子皮肤一样,不是头上没一根发、颏下的白胡须飘然拖过胸膛,只估量他也只有二十来岁。孟铎那时只知崆峒道士是个养性修真的大废物,没看出他有怎样的本领,竟同这位不出名的大剑侠当面错过机缘。后来崆峒道人的名气大了,再到崆峒山寻访崆峒道人时,任谁也不知他的行踪所在。

这夜,孟铎在距离嵩山五十里之抱犊村间,因一时腹中饿了,看村中人大半深入睡乡,只有一家店铺,门虽虚掩着,门内似乎悬着一盏油灯。孟铎上前把门一推,果是一个小小点心铺子,只有个小伙计,在灶下打盹,灶上的蒸笼蒸得热气腾腾的,像似蒸好了一笼点心,等待有人来吃的样子。

孟铎走过去,将那小伙计拉了一把道:"快将笼里的点心卖给我吃。"

那小伙计惊醒过来,把眼睛揉了揉,仔细向孟铎一打量,说:"是了,果然吃点心的人来了!"说罢,即走到灶前,取出一蒸笼大馒头,搁在一张方桌上,向孟铎点头道:"请客官尽量吃吧!"

孟铎看向蒸笼里,有二十个大馒头,腹中饿得难过,竟似风卷残云、空扫落叶,吃了二十个大馒头,腹中已饱,问小伙计共算几个钱。

小伙计回说:"平时的馒头,只卖一文钱一个。今夜的馒头,是卖得二钱银子一个,二十个大馒头,早已算过是四两银子。"

孟铎看小伙计说这话的时候,露出满脸的笑容,估想他是这样说着取笑的,当真二十个馒头就卖到四两银子的道理?急数着六十文钱,要来会账的光景,小伙计急止道:"不用数,四两银子的点心账,已有人给你付过了。这人托我告诉你,还要在四更向后,同你商量一件大事呢!"

孟铎问:"是什么人,有什么事要同我商量?预先就知道我要前来,吃二十个馒头,给我算还四两银子的账?"

小伙计讶道:"奇怪,他没有约你前来吃馒头,预先就叫我蒸好馒头等你吃吗?不瞒你说,这几月有个游方的老道士,怎样的衣装,多大的年纪,常到我店里吃馒头,每顿只吃两个。

"他昨天忽对我说:'今夜三更时分,有个铁臂膊的朋友,到你店里来,一顿要吃二十个馒头,你明天晚间,要把馒头蒸好了,等他来吃。'

"我说:'我们店里在起更时分,关门睡歇,谁耐烦等到三更向后呢?老道长要请朋友吃馒头,尽可日间请来一吃。'

"他说:'我赏你二钱一个,蒸二十个馒头,拢共给你四两银子。你吃点儿辛苦,蒸好馒头等他来,这是贫道的朋友,你不能怠慢。贫道还有一件天大的事,须在明晚五更后,同他细细商量,要仰仗他的鼎力。'

"我收了老道的银子,今晚就蒸好二十个馒头等你,果然你是来了。像老道的银子这般松动,下次还盼他前来,约你吃馒头,只要有四两银子,无论叫我等到什么时候,我都愿意。"

孟铎不由暗暗叫声奇怪,心想,这道人是谁?有什么事要同我商量?我原一时偶然,到这点心店里吃馒头,他怎知道我前来,而来的时间又在三更向后呢?若说他是岑明,用的一种幻象,岑明就会变出这种戏法,又何能在事先算准我到这点心铺呢?若说是另一个道士,江湖上穿这类衣服的道士,现在是有七八十岁年纪,我实在又没有这个方外的老朋友,他既说有事和我商量,绝非对我含有恶意。左思右想,实在想不出这道士是谁,只得收了钱,走出店门。看天气已将近四更时分了,一路出了这所村庄,向西行去。只行不数里,前面是一片荒郊,那斜月的光辉照着郊外树荫木影,远看竟似许多的魔鬼,要前来攫人的样子。

孟铎又向前走了一箭多路,即听得树荫那边有人歌唱道:

　　收拾乾坤一石担,上肩容易下肩难。
　　暗中何必长鞭打,做个神仙懒亦难。

这歌声虽不甚响彻,但远远听来,吐出来的字眼儿,圆转清脆,竟似吹着乐器一般,没有一字吐完以后没有袅袅的余音。孟铎也不审及歌中的意味。

歌声过处,即从树荫那边走出一个鹤发童颜的老道来。孟铎借着月光,看老道身上的道袍,已不是二十年前的衣装,但同点心铺里小伙计所说的那个老道一般无二,容貌较二十年前还没大改变,但面皮益发苍老了。心里才想到,这老道便是崆峒道人。不由得发出极钦敬的意思,正要向崆峒道人跪拜下去,不想崆峒道人已将他一把拉住,转现出很凄惶、很忧郁的样子说:"贫道身犯大罪,非孟居士不能救我。"

毕竟崆峒道人身犯何罪,且俟三十八回分解。

第三十八回

炼宝刀情侠殉身
痛国仇奇人说法

崆峒道人旋说旋向孟铎合掌当胸,表现出十分诚恳的样子。

孟铎回道:"老道长要晚辈怎样救你呢?晚辈就有这样的热心肠,也没有这样的能耐。"

道人道:"能耐大有什么用着呢?即如贫道的能耐,不但比那万恶的小徒高强,自信亦不在居士之下。偏是贫道犯下来的罪,不能自救,却非居士解救不可。难得居士此次前来,便不待贫道恳求,也得解救贫道的弥天大罪。请居士坐下来,我们是好朋友,谈的话正长呢!"

孟铎只得同崆峒道人在树荫下对面坐定。孟铎道:"令徒系属何人,老道长究因何事,犯下怎样的罪孽?难道凭老道长这样的能耐,还怕现在的王法吗?"

道人听了叹道:"王法固无奈我何,贫道亦非犯了王法。居士不是问我那个孽徒吗,你道他是谁?他就是现在嵩山飞龙寺的住持法铨。贫道当初不曾详加审慎,却看法铨天资极好,夙根极深,急欲收一个徒弟,就许他身列门墙,只去传他一点儿本领,他已无恶不作,眼前就没有贫道这个师父。本来误收恶人做徒弟,在我们同道中人极多极多,原也不止贫道一个。不过像我们这种能耐,传徒弟不是一件容易的事,若造成犯罪的徒弟,这徒弟犯了罪,师父的罪过比徒弟还大。因之贫道受他的拖累,实在担当不起这样大的罪恶。"

孟铎讶道:"老道长的能耐,自不待说,要比令徒高强十倍,徒弟犯了罪,师父不好亲自去惩治他吗?"

道人摇头道:"贫道若好前去惩治他,他的头就早被我的剑砍下来了。贫道虽身犯大罪,只不顾违拗我祖师的戒律。"

孟铎笑道:"谈到'戒律'二字,就不外戒盗、戒杀、戒淫三种,戒盗是不妄盗,戒杀是不妄杀,戒淫是不妄淫。徒弟犯了罪,师父去惩治徒弟,这也不得谓之妄杀。晚辈实不知老道长这话怎讲?"

道人道:"这是你们武术门中所订的戒律,不是我祖师的戒律。我们的祖师所订定的戒律,本来也只有这三条最为要紧,但戒盗务要戒净,即乱动人家一草一木,亦干戒例。戒淫务要戒净,即娶妻延嗣,或起邪僻的观念,也算破了淫戒。戒杀务要戒绝,即杀鸡杀鸭,杀死一只蚂蚁,也算违犯了杀戒。我祖师所以要订这样严的戒律,也有一半看你们武术中人,良莠不齐,仗着有些本领,借着'不妄盗、不妄淫、不妄杀'的九字护身符,在外面横行无忌,什么强词夺理的话也说得出,什么伤天害理的事都干得出,徒弟犯了戒,师父反为掩护其词,杀人越货,说他是没有妄杀妄盗,三妻五妾,说他是没有妄淫,结果这戒律等于废约。徒弟不守戒律,师父要传他这戒律干什么?徒弟犯了戒律,师父反为掩护其词,当初要这戒律有什么用着?我祖师嫌你们武术中订的戒律太宽,所以惹得手下许多的徒弟容易犯戒。他老人家从严订定这三条戒律,使手下的徒弟无从借口,徒弟犯了戒,他自己应该到师父面前,自尽以掩耻。殊不知这徒弟犯了戒,便不将师父放在眼里了,还肯到师父面前以身殉戒吗?而师父处死犯戒的徒弟,这师父本身已犯了杀戒,要使徒弟不犯戒,就得看这徒弟为人光明正大,每日把这'戒律'二字口诵心唯,这徒弟也绝不致犯戒,所以我们剑侠中人,传徒弟最是一件不容易的事。贫道就因一时糊涂，收下这个容易犯戒的徒弟，后来虽憬悟得早，没有传授他的剑术、道法，也没有再马马虎虎地收个徒弟。但看他离开门墙，造下种种罪恶，违犯祖师的戒律，非等到他身受天谴，简直没法能处死他。早知居士替天行道，很愿为贫道锄杀这个孽障，实在感恩不浅。"

孟铎听了，回道："不瞒老道长说，晚辈此来就想锄杀这个孽障，实不知他还是老道长的徒弟。晚辈虽有此雄心，只怕这点儿本领，还奈何那个孽障不得。"

道人道："论你这本领，本奈何他不得，他这件事除去你们同道人而外，任谁也不能了。你们来的意思，一半是要救你的徒弟、外甥女，一半是要为世界上除去这个孽障，你怕他寺里的机关吗？他的机关，里面没有盘蛇寨那般厉害，七层宝塔内面，有七道机关，上下皆有人把守，但除去法铨外，其余的酒囊饭袋，谅你们也还对付得了。进去的机关，你在寺中香积厨下，自然会找得着。

"你怕法铨的本领比你高强，你就对付不了他吗？这倒是你一件很可以放心的事。这东西软硬功夫，软的像棉花一般软，硬的比金铁一般硬，火硝兵刃，都不能伤他分毫。

"贫道这里却有一把双股刀，这刀是阴阳双股，分开来是两把刀，合起来依稀像个剪股，阴刀名为清泓，阳刀名为耀冶，阴刀在子时开炼的，阳刀在午时开炼的，所以并名又叫作阴阳子午刀。这双股刀在同时祭用起来，哪怕他就炼就金刚不坏的身体，只要你心里要伤他，他就没法能够逃脱性命。这刀是新近一个同道送给我的，据他谈说，当初造这刀的人是一对儿未经婚配的童男贞女，男名叫铁耀冶，女名叫水清泓。这两个未婚的小夫妻，在江湖上做了许多锄奸杀霸的勾当，常常嫌他们用的刀不快，杀人煞费许多手脚，两人一商量，就预备苦苦炼出两把宝刀来,用两石顽铁,炉烘火炼,千锤万打,成了两块纯钢,费尽千年的功夫才炼成两把刀出来。看是光芒锋利,但他们觉在手中使用起来,仍无异于两块顽铁。两人竟致废寝忘食,仍将这两把刀放在炉火中炼了五年,仍觉得这刀子炼得不甚淬厉。后来遇到一位剑仙,传他祭炼刀的方法,两人就在每日子午二时,设着神坛,午时由清泓取臂上的血,祭炼阴刀,子时由耀冶取臂上的血,祭炼阳刀,如此炼了一年六个月,两个鲜肥活跳的童男女已炼得痨病鬼一样,这阴阳子午刀还未炼成了功,结果将刀放在火炉里,烧得通红,可怜一对儿童男女,都脱得一丝不挂,跳进火炉中去,童男女是烧死了,这刀也炼成了。

"后来这刀落在军营里,谁知在他们当兵人手中使用起来,仍无异于两块顽铁。被一个当差的偷出来,一吊钱卖给远方收旧货的。我这道友,是用二十两银子,从那旧货摊买下来的,他的道行很高,自然知道这刀的来历,并且懂得祭用的方法。而江湖上三教九流人物,不明白阴阳子午刀是什么神刀,怎生个祭炼,如何地用着,一味地以讹传讹,惊世骇俗,竟有淫僧恶道,痴心妄想,要炼这两把阴阳子午刀,不知惨掳多少童男女。

"贫道的小徒法铨,和昔日盘蛇寨的恶道岑明,就是现在两个妄想祭炼神刀的败类,无论阴阳子午刀,绝非他们两个败类能炼得成功,而他们葫芦头不久便要寄送在这阴阳子午刀之下了。"

说着,即将刀交给孟铎,所有祭用的窍诀,向他仔细说了,急站起身来,故意做出要辞行的样子。

孟铎急将他挽住,说道:"多谢老道友授我锄奸的密钥,真叫晚辈喜出望外。但老道长只吞吐其词,没有详细说明飞龙寺的机关,并且晚辈两个小徒、一个外甥女,不知藏在飞龙寺什么地方,要请老道长宣示明白。"

崆峒道人听了,闭着眼沉吟了一会儿,忽然像是恍悟过来的样子,说:"你不好去问你同来两个女徒弟吗?你去会见她们,当然她们已有了线索。贫道的道力绝对不错。"

孟铎道:"老道长怎知我两个同来女徒弟已有了这样线索呢?晚辈与其回问两个小徒,不若仍乞老道长明以教我。"

道长道:"呆子,贫道果然处处知道很详细,竟是个活菩萨,也不向居士说出问你两个女徒弟的话来,你去问你两个女徒弟,贫道的道力绝对不错。"

孟铎道:"晚辈在先少见多怪,不信得什么叫作道法,现在听老道长开我茅塞,也不由我不相信世间真有道法。但是老道长的道力,既算得我两个女徒弟已知道这样的线索,怎的老道长反不知道呢?这又是什么道理?"

崆峒道人回道:"我的道力,和同道中人不同,讲到预知、前知的两种门径,同道中人的多有知其小而不能知其大。我的道力却能知其大而不能知其小,总之我这道法,虽不及同道中人那样厉害,而同道中人也不及我有这样的把握,这是各人所做的功夫不同。但功夫到了极顶,道力竟如日月之在天空,凡天之下万事万物,大则宇宙之内,小则草芥之间,无不照彻通明。而我的道力,现在尚未大成,就是不能算定极小极细极微的事。"

孟铎听罢,陡然想起一句话来,复向道人说道:"晚辈有一件很大的事,也要仰助老道长的道力。老道长的道力,竟似天大的明镜一样,知道我要问老道长是一件什么大事呢!"

道人向孟铎仔细一望,便明白过来,说:"你不是要报雪祖宗的大仇,我们汉人祖宗的大仇,要我帮助你吗?我若能帮助你,又何用你开口向我说呢?"

孟铎道:"道长不是我们汉人吗?想起满人占夺我们汉人的山河,惨杀我们汉人的祖宗,奸淫我们汉人的妇女,奴隶我们汉人的臣民,在我们汉人当中,凡有血性者,莫不思食满人之肉,老道长不是我们汉人吗?怎的不愿帮助我呢?"

道人道:"贫道何尝不愿帮助你?只是不能帮助你。替祖宗报仇,是件极大的事,这件事更比我祖师的戒律大得十倍,徒弟犯下罪,我不好亲自惩治他,老实说,一半因这徒弟恶孽未终,我便去惩治他,也没有用着,一半不敢开我祖师不许轻开的杀戒。你以为我这点道法,便算无敌于天下吗?岂知满人当中有道法的,也有好几个,为要巩固他们满族的山河,所以他们炼的道法,甚是可怕。

"贫道昔日收法铨做徒弟,就因贫道当初怀抱国仇思想,被满族当中同道人所猜忌,所以急不暇择,尽看法铨是满族当中一个有灵性的人物,竟收他做徒弟,是教满族同道中人见了,估量我既收满族人做徒弟,已打破满汉的界限,国仇的思想是没有了。这正是贫道混俗和光的权变,便是我祖师当初定下那样严厉的戒律,名为矫正江湖上戒律之弊,实则其中很有个意思。祖师的戒律,说戒杀务要戒净,是对满族同道中人表明我们绝不杀一人一畜,还有什么恢复山河的思想呢。

"我不忍违犯祖师的杀戒,也很有个意思,明知这种行不通的戒律,也等于一张废纸,我却视若泰山之重,也是仰承祖师遗教,对于满族同道中人,表显我不破杀戒罢了。其实这三种戒律,将来传之子孙,一百年后,仍要反复过来,为我祖宗报雪冤愤,不过现在尚未到报雪冤愤的时候。这是什么话呢?我们一不怕人,二不让人,让人已没有道理,怕人就更没有道理,凭着满腔热血,就不惜肝脑涂地,也要将这山河恢复过来。不过我们学道的人最要研究一个'孽'字,虫鱼禽兽,皆各有其孽,孽不足以相抗,人力亦无如之何。孽字的意思,同星相家所谈'命运'二字相同,满人入主中夏,现在孽数未尽,其孽数之难抵抗,较虫鱼禽兽过乎千万亿兆。你看当初有志恢复社稷者,智谋非不精细,兵甲非不坚锐,凡是揭竿举义的,没有一个能成功,皆由志士之热血,不足以抵抗满人之孽数。

"若除去这个孽字,更愿同居士畅谈我国的人心。现在国人心死已久,除有限几个先知先觉而外,且多有不知北京做皇帝的是什么人,更难知道有'国仇'二字,无论清朝的孽数正旺,绝对不能抵抗,即使这个孽字属于虚无缥缈,而我国的人心死到极处,涣散到极处,自私自利到极处,他们不能奋袂而起,同怀枕戈待旦之志,只你几个有限的人想将这山河洗净得风清月白,还不是空自拼掷无量的头颅、无量的血?哪有什么用着呢?

"居士欲报雪祖宗的大仇,断非鲁莽决裂所能成功的。若能以身做法,先端正中国的人心,将来徒子徒孙,遍满了天下,再暗暗提醒中国人,使他们胸中有种族国家的思想。将来一百年后,我们中国人有了爱国的思想,而满人的孽运也告终了,所以我说那时候,才是报雪冤愤的时候。谅居士心怀旷达,不以微言见轻。"

孟铎听他这话,觉得一句句都刺到心坎上,竟像痴呆了一样,浑身出着冷汗,汗出得没有了,却汇出两眼眶里,变出痛泪直流。听道人话说完了,不由放下神刀,纳头拜道:"我听受老道长的忠告好了,我收拾这雄心,以待将来好了,我准备多传一干的徒弟,暗暗提醒他们的爱国思想。传之久远,预为复仇之地好了。"

拜罢起身一看,哪里还有什么崆峒道人呢?地下放着一个刀鞘,再仔细看那阴阳子午刀时,并不十分淬厉,只得收刀入鞘,放在身边。

忽地耳边透进一种极刺激的声音来,这声音如猿啼,如虎啸,倒将孟铎吃了一惊。

欲知后事如何,且俟三十九回分解。

第三十九回

飞龙寺贼秃受天刑
摩天岭英雄联凤侣

孟铎听这声音,却从刀鞘里发出来的,知道这阴阳子午刀有神感作用,不比寻常顽铁无灵,这番发出一种很刺激的鸣声来,大有跃跃欲试之概,就此斩了法铨、岑明的首级,这功劳完全要记在阴阳子午刀上,才不负耀冶、清泓生时锄奸杀霸的志愿。

说也奇怪,孟铎刚这么一想,那刀仍然鸣得厉害,但鸣一会儿也就停止了。复前行二三十里,迎面见是观修和尚同陆氏三龙来了。

观修急向孟铎笑道:"到处只寻你不着,不是崆峒道人告诉我,如何知道你到这里?"

孟铎道:"观师见过崆峒道人吗?"

观修道:"贫僧且问你,你可见崆峒道人没有?他是否送你两把阴阳子午刀呢?"

孟铎听了,忙将夜间种种经过情形向观修仔细说了。

观修连说:"善哉善哉!适才我同三个小徒在郊外寻你,见有一个老道士从斜刺城跑到贫僧面前,郑重其词地说道:'崆峒道人有句话,忘记向孟居士说,贫道要托大和尚转告孟居士,崆峒道人送他的阴阳子午刀,只传他祭刀的窍诀,但转念一想,和尚和他都非复童男的身体,无缘祭用阴阳子午刀,未免玷辱炼刀人的身份。当初炼刀的是一对儿童男贞女,如今祭用神刀,须用和尚大徒儿陆士龙纯阳之精,和孟居士大徒儿冯倩娘纯阴之宝,陆士龙祭用阳刀,冯倩娘祭用阴刀,要在同时祭起,并且炼这两把刀的人是刺自己身上的血,终之以身殉刀,这两把刀当然有神感的功用,两人的精灵都攀附在两把刀上,他们当时专喜欢锄杀奸恶,生而为英,死而为灵,再将这两把刀祭起的时候,尽能诛杀凶顽,却不肯胡乱伤害好人的一毫一发.'

"贫僧听他的话,便问:'孟居士现在哪里?崆峒道人如何送他的阴阳子午刀呢?'

"那人回道:'崆峒道人没有叫贫道对和尚说如何送他的阴阳子午刀,贫道也只得暂守秘密。你要见孟居士呢,一直向东行十数里,便会见他了.'

"我问:'崆峒道人在方外很有点儿好名气,我要会会前辈的剑侠,方不辜负我这双肉眼.'

"那人回道:'和尚要会崆峒道人吗?嗐嗐,那里来的不是崆峒道友吗?'

"我同三个小徒认着道人指定的方向,凝神望去,哪里见得什么呢?再回头一看,道人也不知闪到哪里去了,我才想到道人就是崆峒道人,来得很蹊跷,去得也很古怪,果然依着崆峒道人的话,带领三个小徒行了十数里,便会见了孟居士。听居士说的这派话,这崆峒道人果算一位道行高明之士,可惜贫僧未换得这双肉眼,竟同道人失之交臂。"

孟铎听了笑道:"不错,这神刀方才发出一种很刺激的鸣声,我道是什么缘故,原来清泓、耀冶的英魂有知,不许我们祭用。若再将他佩在衣底,就更污玷神刀了。"遂解下刀鞘,将神刀拢在衣衫里,便同观修师徒连夜回到圆贞庵。

倩娘、立娘见过她们师父、师叔,彼此谈叙了一大阵,孟铎因倩娘已知道飞龙寺机关秘密,想起崆峒向他说出不好去问你女徒弟那句话,益发佩服道人的道力,竟有预知之明。

倩娘听她师父说,要陆士龙祭用阳刀,要她祭用阴刀,粉面上虽晕红了一阵,芳心里正有说不出的快乐。接着孟铎便取出刀鞘,分开两股阴阳子午刀,将阴刀交给倩娘,阳刀交给士龙,并暗暗告知两人祭用神刀的窍诀。两人各自记在心头,都像很能领会的样子,当夜即辞别明月,一同出了圆贞庵,直到来日二更时分,方到嵩山。

这夜的月光甚是皎洁,大家上了山巅,观修便向众人说道:"请孟居士同立娘在飞龙寺塔尖上看风,天龙、季龙两个小徒各伏在大雄宝殿左右,和孟居士呼通一气,贫道同倩娘、士龙两人从飞龙寺前门攻进。讲不起,这番要孟居士的威福,也要开我多年未经开破的杀戒。"

众人各自领命,就此分道扬镳。观修提了禅杖,带领士龙、倩娘两人,走下一个山坤,弯弯曲曲,只走没半里的路,前面便是飞龙寺,寺前是一座很广大的石坪,两边栽了许多松杉,掩映一座赭黄色的围墙,在月光下看来,的确是个清幽的所在。寺后一座七层的高塔,与后山相衔接。他们虽没有见塔上的人影,但估量孟铎师徒二人已到那塔尖暗处伏定了。走近山门口,果见上面写着"敕建飞龙禅寺"六个金字,山门大开着,有一对儿石狮子蹲在门外两边,像在那里把门光景。

观修同士龙、倩娘走进了山门,里面寂无一人,看天王殿一尊弥勒佛向着三人哈哈地笑。

倩娘看这佛像笑得很是蹊跷,便不禁向士龙笑道:"你看他有什么好笑?"

这话才了,早从两边空房里闪出两个和尚来,两人仿佛听得是女子的笑声,各提了戒刀,要将这女子生擒活捉,参他们的欢喜禅。谁知出来一看,是一个老和尚,带着一男一女到寺中来,转疑惑这老和尚是飞龙寺呼通一气的人,两人都不禁怔了怔。

观修看见他们怔住了,登时计上心来,向他们说道:"贫僧有要紧的使命,请方丈和尚出来有话说。"

两个和尚便领他们到客厅上坐定,连忙去传报法铨。法铨正在第四层塔内左拥右抱,与一班粉白黛绿的女子共开无遮大会,同参欢喜之禅,便有个丫鬟进来报道:"外面两位值夜的师父,托小阿奴禀告活佛,说厅上有个老和尚,有要紧的使命,请佛爷出去谈心。"

法铨怒道:"什么事这样大惊小怪?"

丫鬟又照着前话申说了一遍。

法铨讶道:"谁呀!这是什么时候,有话不好请岑道友出去会他吗?"

丫鬟碰了这个钉子,便出来告知两个知尚,领着他们到第二层塔内。岑明已经睡了,丫鬟不知向花凝香说些什么,花凝香便将岑明的头摇了摇。

岑明从怪梦中惊醒过来,说:"我的对头到了。"

花凝香问是怎么样的。

岑明道:"你摸摸我的心,只是跳得慌,咽喉内好像要冒出火来了,难道我的性命真要断送在两个厉鬼手里不成?"

花凝香问道:"你可又做了什么怪梦?"

岑明不肯说。

花凝香又照着丫鬟的话向他申说了一遍。岑明听说厅上有个老和尚,方丈要差他去同老和尚说话,心里不由害怕起来,遂令丫鬟将两个值夜的和尚叫进来,问和尚有多大的年纪,穿的什么衣装,是什么样的相貌。两个和尚从实说了。岑明一想衣装相貌全不像胡家坪所遇的金面和尚,并听和尚还带来一男一女,倒也无所疑虑,随着两个和尚出来,走到大厅。

观修一眼看来的这个孽障分明就是在胡家坪所见的赛管辂岑明,且慢打发他回去,便向他点头笑道:"岑道友,我们好多日不见了,老僧特送两把阴阳子午刀孝敬道友。"

岑明像似魂不守舍的光景,也不向老和尚询问来历,是在哪里会见过的,但听老和尚说送他两把阴阳子午刀,只当是送来一对童男女,便使自家有这本领,能炼出两把阴阳子午刀来,只不由露出一种喜笑欲狂的神情,两只眼睛只在士龙、倩娘两人脸上,这里一碰来,那里一闪去,看他们两人嘴里叽里咕噜,毫不将他放在眼里似的。

老和尚知道这是时候了,便向两人大喝一声道:"神刀还不献出来,孝敬这位岑道友吗?"

话犹未毕,士龙已取刀在手,喝一声:"疾!"便是一道长蛇也似的金光,直向岑明头上罩来。

岑明叫了声:"不好!"

接着倩娘一个"疾!"字喝出口,一道白光,直同那金光混合起来。只听得咔的一响,岑明的脑袋早已滚落在地下,尸首向后一倒,倏然间那两道光芒在空中招展了几下,仿佛自鸣得意的样子。

天龙、倩娘各喝一声:"来!"

那两道光芒便又像倦鸟归林的样子,倏地便不见了。幸得那两个值夜的和尚在天龙、倩娘祭起神刀的时候,早吓得向门外一溜,不管三七二十一,走下地道,竟闯上法铨秘密行乐的地方,将墙上的警铃当当当按了几下,口里都直嚷道:"佛爷快起,不……不……不好了!"

法铨陡听了这样消息,正不知外面出了什么变故,忙推过身边两个年轻的女子,令她们各自穿好衣裳。自家也系好一条裤子,上身还赤裸着,亲自同两个和尚问讯明白,按着警铃乱响一阵,便有许多的和尚早已闻声而至。法铨令他们出去迎敌,只留一个和尚同他把守机关。

众和尚领命出来,法铨在那里听了好半会儿,似乎听得外面人声嘈杂,不过这声音很低微,渐渐又听不见了。忽地远远递过一阵脚步声响,法铨竖目而视,侧耳而听,却是寺里一个小和尚,踉踉跄跄地直扑进来,见了法铨,口里连珠似的说:"岑军师已死,众僧侣死去的也不知有多少。敌人来得很多,也有从后院塔顶上下来的,也有从大雄宝殿上杀下的,那些人的声势都好生厉害。师父还不亲自出马,贼人就要杀进来了。"

法铨一听不好,急带领那两个和尚出了地道,才走出香积厨,在月光之下,看那香积厨外,东横许多人头,西堆许多尸级,也没见敌人在那里,心想,敌人怕我出来,难道已先一步走开吗?

直走到厅前,仍没见人在那里。忽然从对面屋上飞下几个人影,左有观修、天龙,右有孟铎、立娘,各舞着兵器,共战法铨一个。陆季龙接住两个和尚厮杀,上手没数合,被他手起刀落,砍死了一个。那一个方欲逃避,季龙喝了声:"哪里走!"刀光闪处,已将他的人头拎在手里,便帮助他们共战法铨。

士龙、倩娘只在屋上观战,看法铨手中并不用什么兵器,他的兵器就是两个拳头、两条腿,虽被众人包围住了,但众人的兵刃没有能伤坏他分毫,却也侥幸没被他打中一拳、踢中一腿。此时士龙、倩娘两人都知道这两把阴阳子午刀既有神感的作用,当然同学道人用着符箓一样,这符箓本可以诛妖灭怪的,就只能伤得妖怪,伤不得人,符箓着在人身上,还不是等于废纸?神刀着在好人身上,也就等于两块顽铁,用不着存个投鼠忌器的观念,都不由各自祭起神刀来。在两人祭着神刀的时候,法铨看身边五个敌人身法很灵敏,轻易不能取他们的性命,他在崆峒门下已会使炼形的剑法,旋战旋用手将自己的鼻头一拍,即见两道青虹似的光芒从两个鼻孔里射出来。观修众人在他两道青光射出来时候，便不约而同地向旁一闪，那两道青光着在对面粉墙上，咔嚓两声响，已将那墙上钻了两个窟窿，青光依旧转了回来。

这时候，只听得屋上两个敕字喝出口，只见一金一白两道光芒，在空中闪了几下，倏地变成一道绿光，接住那一道青光。那绿光见了青光，好像仇人遇见冤家，那青光见了绿光，登时似乎显出畏葸退缩的样子，将那青光逼住了，不肯放松一点儿。忽听咯吱一声响，青光便不见了。法铨已经身首异处，倒在丹墀下。

那绿光在空中打了个转，仍分一金一白的两道光芒，向屋上闪去，顷刻间也不见了。

士龙、倩娘已飘然而下，各问他们的师父，说："这个贼不错杀吗？"

他们的师父都回说："不错。"

观修领着众人到香积厨下，见西边一口大水缸，已移过两边，现出两扇洞门来。众人放开胆量，下了地道，直走上第四层宝塔里面，果然那边放着两面大鼓，搬过两面鼓，原来那两面鼓下面，没有蒙着鼓皮，左边鼓下睡的是石剑星，右边鼓下睡的是金玉珠和吕珉玉，三人身体上虽然疲惫不堪，但心里却甚明白。

大家问讯之下，才知他们都吃了瘫药，便找着寺里的丫鬟，寻出些解药来，给三人服下，身体虽未能立刻恢复，但勉强还能行动。

玉珠又说："岑明的淫妇花凝香，原是铁鼎的姨太太，同岑明偕成花烛，岑明几番来强迫她，都是花凝香出的主意。"

立娘听她的话，便迫令一个丫鬟带着眼线，将这个花大姐也送到西方极乐世界去了。

众人在那里搜查一番，将法铨辛苦半生得来的珠宝藏在这里，没有用着，也就饱充他们的私囊，各赠送丫鬟们许多财物，将他们遣散了。

　　立娘背着玉珠，士龙背着剑星，倩娘背着吕珉玉，各出了飞龙寺，就此孟铎将吕珉玉送到萍乡，交给了吕伯阳。

　　大家回到摩天岭，剑星、玉珠在孟家将息了数日，精神便已然恢复原状，便由孟铎主婚，以为玉珠和剑星久同患难，两颗心早合并起来，就将玉珠配与剑星，择日合卺。

　　这天是金、石双侠的合卺良辰，适值干铃同印空投到孟家，各叙情由，才明白是这样一回事。一众男侠都在厅上吃着喜酒，忽然冯倩娘慌慌张张跑到厅上来，向孟铎面前一跪，说："徒儿一时粗莽，竟失了清泓刀，要示师父重重惩治徒儿的罪过。"

　　孟铎踟蹰未及回答，忽地陆士龙在怀里摸了摸，也不由吓得面如土色，起席走到孟铎面前，说："孟师叔，我的耀冶刀也不见了。"

　　孟铎听罢，不由大吃一惊。

　　欲知后事如何，且俟四十回分解。

第四十回

昙花惊一瞥众志成城
劳燕喜双飞全书结束

冯绍甲在座上听了,便向倩娘问道:"你的刀是放在哪里的?"

倩娘道:"我向来刀不离身,身不离刀,午间还取出来抚摩一会儿,此刻却不见了。"

孟铎即令倩娘起来,一撇身,走出厅外,好半会儿才转得前来,露出很惊讶的神态,向众人说道:"岂但他们阴阳子午刀不见了,便是我所收藏的刀鞘,却也杳如黄鹤,这刀鞘是放在我房第二只箱子里,上面加上一把锁,钥匙就放在我身上。方才回房,打开第二只箱子一检查,什么东西也不少,那空刀鞘已不见了。这阴阳子午刀,是崆峒道人交给我的,万一道人日后向我讨取神刀,我拿什么偿还人家呢?失去神刀事小,而盗取神刀的人本领更大得骇人,我们倒不可看作儿戏。"

正说到这里,忽然一个短童,拿了一张名片进来,说:"外面有个老道,要进来会老主人在话说。"

孟铎看那名片上,只写着"崆峒"两字,连忙同众人迎接出来。走到门前一看,哪里还有什么崆峒道人呢?出门走到山巅上,东张西望,仍不见道人的踪迹,才恍悟阴阳子午刀及一只刀鞘,仍被道人取去了。

当夜,除了金、石两侠结成连理,却也无话可说。接着孟铎同冯绍甲一商量,将倩娘配给陆士龙,立娘配给天龙,窈娘配给季龙,都成了神仙眷属。爱画在师门学艺三年,回转关内,将她母亲的灵柩遣葬入土,再转到摩天岭。孟铎怜干铃无偶,将爱画配给干铃,两下都很情愿,这婚姻也就容易谐成花烛。但干铃虽列在孟铎的门墙,三年以来,看孟铎平时专同门下的徒弟研习武术,绝不提到恢复国仇的事实上去,心里好生纳闷,有时向孟铎探问口风,孟铎总是回一句后来再说。

这时,印空已住居善化寺,很受观修方丈另眼相看,干铃见师父不肯说,常跑到善化寺去问印空,印空转问观修和尚,也是回一句后来再说。干铃闷得耐不住了,回房去问他这位新夫人。

爱画摇摇头说:"师父不许我对你说,叫我怎样敢说呢?"

干铃听罢,只急得两个眼珠顿时红赤起来,说:"你不敢说,我也没法能逼你说,你心里若只有个师父,不知有我这个老公,我要你这老婆干什么呢?我们就此桥不管桥,路不管路。说一句回头话,我就是你养下来的。"

爱画听罢,不禁泪流满袖,说:"你这是哪里话来?你我是怎样卿怜我爱,成了一对儿好夫妻,反拿这话来欺辱我,你在前天成亲的晚上,你总算白疼了我了,你这人还有什么良心?"

干铃急道:"我的娘,你说我欺辱了你,我欺辱你,该怎么样?别人欺辱你,该怎么样?你我受人的欺辱,该怎么样?你的祖宗受人欺辱,该怎么样?"

爱画道:"我祖宗和你及别人受了人家的欺辱,如同我们身受的一样,不过你我是一个四字,写不出两个口字,你就欺辱了我,我唯有忍声承受,没有旁的话说。"

干铃流泪道:"我是个粗人,斗大的字也认不了一个,不要四字口字地同我弄这字眼儿,我一句也听不来。你我是怎样的人,你用不着再怄我,我是怎生到关外来的,还惹得我的娘把性命丢了,勒逼我随从师父,痛痛快快干一下,想将这山河收拾过来。现在我在师门有三年了,怎么师父不提到报雪国仇的事上去?就惹得我这口气,只是暂不转来,就不如死在你面前,倒反落个爽快。"

爱画道:"轻声些,师父和金、石两师兄曾暗暗对我说,那些狐群狗党的满洲人,自从定鼎中华,把我们全国人当牛马一般看待,当猴猁一般玩弄,当鱼肉一般菹醢,我们汉人当中,哪一个不受满人的欺凌?对满洲人有道理可讲,对我们亡国的人,就没有道理可讲。于今我国人还能算是个人吗?我们做侠客的,不想给全国人报仇,不想给全国人祖宗报仇,辜负这七尺身躯,不是枉生在世界上吗?"

干铃听到这里,不由哭起来,说道:"对呀!这话才像个人说的。"

爱画又说道:"师父将这些话横在心头,不是一天了,不过他听信崆峒道人的话,看满人的气运尚未告终,这种仇你也不能报,我也不能报,只要我们存着报仇的心志,暗暗向前做去,百年后,自有替我们报仇的人。"说着,即将崆峒道人当初对孟铎所说的种种道理,转向他仔细说了。

干铃道:"呸!什么崆峒道人?这是世界上一个大废物,想不到我师父心肝是个血热的心肝,耳朵却又像个棉花耳朵,我立刻去见我的师父,同他评一评这个道理。"

说着,气冲冲地走到孟铎房里问道:"师父说的话可作数呢?"

孟铎见干铃劈口问出这一句话,心里怔了怔,又不好对他说是不作数,只得从容笑道:"我有什么话不作数呢?"

干铃笑道:"师父既认说话作数,我总觉得师父不应该说话不作数。师父在三年前,叫我到摩天岭来,打倒北京皇帝,替我们中国人及我们中国人的祖宗报冤雪愤，怎么就听信崆峒道人的话，把祖宗的大仇丢向脑后？请问师父，假如有人杀了我们的老子娘，又夺了我们的田地房产，不待说，那人的气势自然比我们高强，我们结下不共戴天之仇。若是个有血性的汉子，这种仇还是拼着一死，要亲自报复过来，还是等待百年后人替我们报复老子娘的大仇呢？"

孟铎不想他说的这话派虽然粗率得很，不啻被云门禅师当头打了一棒，重将那已死的雄心鼓得直跳起来，说："我错了，我听你的话好了，我立刻准备兴师动众，为我全国人祖宗报仇好了。"

孟铎当夜听信干铃的话，即到善化寺，去见观修和尚，将他来的意思向观修说明了，要求观修派出陆氏弟兄及印空和尚出来，好助他一臂之力。

其时，老和尚悟迷也在禅房，听孟铎陡然变转计划，只是摇头。

观修听了，转向陆氏兄弟及印空问道："你们愿随孟居士去吗？"

陆氏兄弟及印空听了，都失声笑道："只怕老佛爷不放我们去。"

观修不由长叹了一声，说："凡人的天良，一触不发，要遏止他，终究也遏止不来。崆峒道人没在性情上看人，他的道力虽然高明，也挽不了这场浩劫。好！你们众人都想凭着这口气，要把这乾坤翻转过来，须知天下事，总难逃得一个数命，也终有破釜沉舟的一日。你们造化大得骇人，纵然这乾坤虽不是你们的势力所能翻新过来，然而一烈士饮刃于疆场，则百烈士崛起于草莽，前者仆而后者继，且让你们做个榜样，好牵起后来一班爱国英雄，使他们肝脑涂地，一个个都做了流血成仁的人物。在我们亡国史上，好留下一点儿的光彩。"

孟铎只求观修放着陆氏兄弟及印空出山，其余的话，也不用深深记在心坎。从此联合海内英雄，准备倡义报仇。

就有关外的地方，许多江湖上的好朋好友，不知什么是国仇，一经孟铎去提醒他们，说"皇帝是满人，满人和我们汉人是祖代的仇敌，"他们再也按捺不住，都愿意投效孟铎名下，要将这山河从满人手里夺了回来。

孟铎因嫌摩天岭地方是满人的本营，便带领冯家父女、陆氏兄弟及金石双侠、干铃夫妻、印空等人，一齐微服入关，听玉珠说，太行山地方离北京较远，山势又很险峻，便在太行山啸聚党羽，设立寨棚，由许多好朋好友拿出钱来，制造军械、购买马匹，一般也电闪旌旗，风吹鼍鼓，在山中揭竿发难，义军直抵泽州，那声势好不雄壮。

那时山西的提督唤作张人凤，是兵部侍郎和珅夫人的干儿子，为人谦和圆滑，在兵部府当了一名家将，被兵部夫人收他做干儿子，到京外出了两趟差，就升他署理山西提督。其实张人凤除了有几百斤蛮力，哪有什么惊人的本领。兵部夫人说他是个有本领的汉子，收作干儿子，当是另外有个缘故。这个缘故，除去兵部夫人，和他两人而外，或有第三者得知其详，我们作小说的，正不用在这当儿，胡说许多。好在那是歌舞河山、粉饰藻火的升平时代，做高官掌大权的，用不着有多大的本领，只要他的官运亨通，背后有一把硬铮铮的泰山椅子，哪怕武不能上马提枪，文不能白词念赋，但公务有属员办理，剿匪有部将争功，做长官的，不过是坐大轿、骑骏马，文的剥尽地皮，武的吞吃皇饷，终日间会结乡绅，招摇过市，摆尽他的威风。夜间还要陪他心爱的姨太太抽几口乌烟，照例办过那么一回交涉，这一天的公案，总算草草交过排场。哪里想到一百年承平之世，竟会产出太行山的一干逆党,胆敢背叛朝廷,揭竿发难,直逼泽州?

一封宣战书下到太原,张人凤闻惊大怒,立刻着令统制裴德,点起三千人马,衔枚疾走,才到泽州境界,就被逆军杀了个落花流水。张人凤不由怕起来,连忙亲至总督衙门,请示办法。

说到齐晋的总督铁开山,其本是直隶人氏,衙门里有几个诗文朋友,他们却是旗人,却很懂得一些法术,为首的唤作碧云老祖,曾在茅山石洞面壁十年,学得一种很厉害的邪法。

铁开山同张人凤一商量,就请碧云老祖夹在官军队伍中,一路浩浩荡荡,杀奔泽州而来。

那时孟铎已占了泽州城,听探事报告,官兵来有三万多人,诈称五万,要来包围泽州。孟铎听报,即带领兵将出城,将太行山的人马也调得前来,连夜拉开一条战线,准备一个:"兵来将挡,水来土掩。"刚把战线拉开,猛听得山后一声炮响,那官兵竟似潮水一样,不上两个时辰,远远将他的战线包围起来。那个碧云老祖和他几个同道都在空间作法,接着十来道火光向义军下面射来。

孟铎陡然见天空间射下东一簇、西一簇的火光,那火只在义军队里焚烧,却烧不到官军方面,霎时狂风四起,风借火势,火助风威,满天的火焰把星月的光辉都掩定了。那一阵阵呼号喊杀的声音,听得孟铎根根毛发都直竖起来,看官兵仍在火光三里外呐喊,说也奇怪,官兵只离火光三里外呐喊,却又不杀得前来。本军中却转被四面的火焰包围了,只是分明火光也烧到自家身上,只觉烫得难受,并没有烧破了一根毛发。要向左边闯,火光便向左边射,要向右边闯,火光又向右边射,四面一看,自家战线已乱,兵将四散奔逃,那火光也跟着四散焚烧。

孟铎才想到官营中,果有使弄邪法的人,崆峒道人的话现在已有了灵验。接着火光却渐渐低微了,陡然半空间升起了一层黑雾,黑雾着在身上,什么本领也使不出,全身不能动弹,竟像害着一场大病。顷刻雾散云开,孟铎看自家的兵将,都被那黑雾迷翻了,任凭官兵生杀活宰,谁也不能抵抗分毫。那一阵号痛的声音,真是天地为愁,草木生悲。

孟铎大叫道:"是英雄,是好汉,各自值价些,反正十八年后,我们还来再干一场。"

这话才了,早有一队官兵冲上前来,当先一名百夫长,挥手一刀,已将孟铎的头砍作两截。这一场浩劫,官兵没有死伤,义军的将领,如冯绍甲、倩娘、立娘、窈娘、陆士龙、天龙、季龙、干铃、爱画、印空等一干男女英雄,没有侥幸逃脱一个。喽啰死者七八百人。只有剑星、玉珠两人,因出外运粮未回,得免这场浩劫。

总算官兵大获全胜,一面挂榜安民,一面将死者的尸骸火葬了,这才打着得胜鼓,回至省垣。这铁开山总督,不敢将当日孟铎谋叛的情形奏闻朝廷,就因那时粉饰太平,怕触了皇帝老子的忌讳,再则把案子弄大了,他是总督,所司何事,辖下养成这干叛逆,功则未必加赏,罪则有所攸关。好在碧云老祖只要替本人出了力,也没有半点儿居功的思想,也只得奏说泽州发现土匪,现已剿除,以致清史略而不详,苟非街谈巷语传说当日的故事,后人且不知有这一回事,哪里还知有孟铎等这班男女英雄呢?

可怜剑星、玉珠两人,在路间听人纷传其词,党中一班同志都遇难了,连尸骸也都烧得没有了,两小夫妻才知满廷命运正隆,原不可行险侥幸,以图万一。各自仰天干号了一阵,便弃了粮草,微服出关,到了摩天岭,见过观修、悟迷,便双双匍匐在地,痛哭了一会儿,正要向观修诉说似的。

观修道:"不用你说,老僧和悟师已知道了。"

剑星笑道:"崆峒道人和两位老师父要算是活菩萨,无如天命难违,虽有活菩萨,也救不了我师父和兄弟姊妹们这场浩劫。我正不知满人的孽运竟该隆然而兴,我们的同志竟该如此被他们一网打尽,这不但是人世不平,连天道也不平了。不平则鸣,能不令人伤心,同声一哭?"

观修忙将他们拉起,含泪劝道:"你师父和党中的兄弟姊妹们已经超升天国,天不许他们终老山泽,老僧便想违逆天数,也破不了三里雾的邪法。事已如此,你纵哭断肝肠,也是无益,但劝贤夫妻善自珍重,此后多收几个有根器的徒弟,秘密传播他们的爱国思想,待百年后,才将这山河光复过来,也算你们报答师门的好处。孟居士及众同志泉下有知,亦当为贤夫妻破涕一笑。"

剑星、玉珠听了,都含泪拜受。窗外一阵阵冷风,吹来丝丝小雨,天亦有情,好像在空间陪人洒着眼泪。

图书在版编目(CIP)数据

荒山豪侠 / 何一峰著. -- 北京：中国文史出版社，2025.3

(何一峰武侠小说)

ISBN 978-7-5205-4006-3

Ⅰ.①荒… Ⅱ.①何… Ⅲ.①侠义小说-中国-现代 Ⅳ.①I246.5

中国版本图书馆 CIP 数据核字(2022)第 250013 号

责任编辑：牟国煜

出版发行：	中国文史出版社
社　　址：	北京市海淀区西八里庄路 69 号院　邮编：100142
电　　话：	010-81136606　81136602　81136603（发行部）
传　　真：	010-81136655
印　　装：	廊坊市海涛印刷有限公司
经　　销：	全国新华书店
开　　本：	880×1230　1/32
印　　张：	10.25　　字数：246 千字
版　　次：	2025 年 3 月第 1 版
印　　次：	2025 年 3 月第 1 次印刷
定　　价：	68.00 元

文史版图书，版权所有，侵权必究。

文史版图书，印装错误可与发行部联系退换。